名家小说

·典藏·

巴

金
小说

李小林 选编

浙江出版联合集团
浙江文艺出版社

出版说明

　　巴金（1904—2005），出身于四川成都一个封建官僚家庭，祖籍浙江嘉兴，原名李尧棠，字芾甘，小说家、散文家、翻译家，被誉为中国的"一代文学巨匠"。巴金早年受"五四"文学思潮洗礼，追求民主、平等，追求光明、正义，毕其终生从事文学创作。主要作品有"激流三部曲"（《家》《春》《秋》），"爱情三部曲"（《雾》《雨》《电》），以及《寒夜》《憩园》《随想录》等，其作品被翻译成近二十种文字在世界各地传播。

　　巴金是以一个战士的姿态从事创作的，他的小说大都是写旧家庭的崩塌，以及青年一代的叛逆反抗。作为一个具有强烈的热情、博大的爱心和敏锐的感性，富有诗人气质的作家，巴金以创作为自己生活的组成部分，坦诚地记录和描写自己的生活经验，表达自己对生活的独特理解和追求。他用带着情感的笔锋，描写和讴歌青春，抒发青年人的时代苦闷，在当时的年轻人中引起了强烈的共鸣，深受广大青年读者的喜爱。

本书以巴金后人李小林老师亲自选编的我社"世纪文存"版本为底本,篇目略作增删调整。在编辑过程中,我们根据目前通行的语言文字规范,对个别字词、标点做了适当的修改,以方便大众读者尤其是学生读者的阅读。就总体而言,我们尽可能地保留作品所体现的时代风貌。对于那些体现了作家鲜明创作个性的字词,也按巴金其他著作的出版惯例予以保留。

小说在编辑过程中难免存在不足,热忱欢迎广大读者继续提出宝贵意见。

浙江文艺出版社

目录

中 篇 小 说

憩　园

一

　　我在外面混了十六年，最近才回到在这抗战期间变成了"大后方"的家乡来。虽说这是我生长的地方，可是这里的一切都带着不欢迎我的样子。在街上我看不见一张熟面孔。其实连那些窄小光滑的石板道也没有了，代替它们的全是些尘土飞扬的宽马路。从前僻静的街巷现在也显得很热闹。公馆门口包着铁皮的黑漆门槛全给锯光了，让崭新的私家包车傲慢地从那里进出。商店的豪华门面几乎叫我睁不开眼睛，有一次我大胆地跨进一家高门面的百货公司，刚刚指着一件睡在玻璃橱窗里的东西问了价，就给店员猛喝似的回答吓退了。

　　我好像一个异乡人，住在一家小旅馆里，付了不算低的房金，却住着一间开了窗便闻到煤臭、关了窗又见不到阳光的小屋子。除了睡觉的时刻，我差不多整天都不在这个房间里。我喜欢逛街，一个人默默地在街上散步，热闹和冷静对我并没有差别。我有时埋着头只顾想自己的事，有时我也会在街头站一个钟点听一个瞎子唱书，或者找一个看相的谈天。

有一天就在我埋头逛街的时候，我的左膀忽然让人捉住了，我吃惊地抬起头来，我还以为自己不当心踩了别人的脚。

"怎么，你在这儿？你住在哪儿？你回来了也不来看我！该挨骂！"

站在我面前的是我的小学同学、中学同学、大学同学姚国栋，虽说是三级同学，可是他在大学读毕业又留过洋，我却只在大学念过半年书，就因为那位帮助我求学的伯父死去的缘故停学了。我后来做了一个写过六本书却没有得到多少人注意的作家。他做过三年教授和两年官，以后便回到家里靠他父亲遗下的七八百亩田过安闲日子，五年前又从本城一个中落的旧家杨姓那里买了一所大公馆，这些事我完全知道。他结了婚，生了孩子，死了太太，又接了太太，这些事我也全知道。他从来不给我写信，我也不会去打听他的地址。他辞了官路过上海的时候，找到我的住处，拉我出去在本地馆子里吃过一顿饭。他喝了酒滔滔不绝地对我讲他的抱负、他的得意和他的不得意。我很少插嘴。只有在他问到我的写作生活、书的销路和稿费的多寡时才回答几句。那个时候我只出版过两本小说集，间或在杂志上发表一两篇短文，不知道怎样他都读过了，而且读得仔细。"写得不错！你很能写，就是气魄太小！"他红着脸，点着头，对我说。我答不出话来，脸也红了。"你为什么尽写些小人小事呢？我也要写小说，我却要写些惊天动地的壮举，英雄烈士的伟绩！"他睁大眼睛，气概不凡地把头往后一扬，两眼光闪闪地望着我。"好，好。"我含糊地应着，在他面前我显得很寒伧了。他静了片刻，忽然哈哈大笑起来。他第二天便上了船。可是他的小说却始终不曾出版，好像他就没有动过笔似的。

现在站在我面前的就是这位朋友，高身材，宽肩膀，浓眉，宽额，鹰鼻，嘴唇上薄下厚，脸大而长，他并没有大的改变。只是人稍微发胖，皮色也白了些。他把我的瘦小的手捏在他那肥大的、汗湿的手里。

"我知道你买了杨家公馆，却不知道你是不是住在城里，我又想你会住在乡下躲警报，又害怕你那位看门的不让我进去，你看我这一身装束！"我带了一点窘相地答道。

"好了，好了，你不要挖苦我了。去年那次大轰炸以后，我在乡下住过两三个月就搬回来了。你住在哪儿？让我去看看，我以后好去找你。"他诚恳地笑道。

"国际饭店。"

"你什么时候到的？"

"大概有十来天。"

"那么你就一直住在国际饭店？你回到家乡十多天还住在旅馆里头？你真怪？你不是还有阔亲戚吗？你那个有钱的叔父，这几年做生意更发财了，年年都在买田。你为什么不去找他？"他放开我的手大声说，声音是那么高，好像想叫街上行人都听见他的话似的。

"小声点，小声点，"我着急地提醒他，"你知道他们早就不跟我来往了……"

"可是现在不同了，你现在成名了，书都写了好几本，"他不等我说完便抢着说，"连我也很羡慕你呢！"

"你也不要挖苦我了。我一年的收入还不够做一套像样的西装，他们哪里看得起我？他们不是怕我向他们借钱，就是觉得有我这个穷亲戚会给他们丢脸。哦，你的伟大的小说写成没有？"

他怔了一下，忽然哈哈大笑。"你记性真好。我回家以后写了两年，足足写坏了几千张稿纸，还没有整整齐齐地写上两万字。我没有这个本领。我后来又想拿起笔翻译一点法国的作品，也不成。我译雨果的小说，别人漂亮的文章，我译出来连话都不像，丢开原书念译文，连自己也念不断句，一本《九十三年》①我译了两章就丢开了。我这大学文科算是白念了。从此死了心，准备向你老弟认输，以后再也不吹牛了。现在不讲这些，你带我到你的旅馆里去。国际饭店，是吗？这个大旅馆在哪条街，我怎么不知道！"

我忍不住笑起来。"名字很大的东西实际上往往是很小的。就在这附近。我们去罢。"

"怎么，这又是什么哲理？好，我去看看就知道。"他说着，脸上露出欣喜的微笑。

二

"怎么，你会住这样的房间！"他走进房门就惊叫起来。

"不行，不行！我不能让你住在这儿！这样黑，窗子也不打开！"他把窗门往外推开。他马上咳了两声嗽，连忙离开窗，掏出手帕揩鼻子。"煤臭真难闻。亏你住得下去！你简直不要命了。"

我苦笑，随便答应了一句："我跟你不同，我这条命不值钱。"

"好啦，不要再开玩笑了，"他正经地说，"你搬到我家里去住。不管你愿意不愿意，我一定要你搬去。"

"不必了，我过两天就要走。"我支吾道。

---

　　① 《九十三年》：通译《九三年》，法国小说家、诗人雨果的长篇历史小说。

"你就只有这点行李吗?"他忽然指着屋角一个小皮箱问道,"还有什么东西?"

"没有了,我连铺盖也没有带来。"

他走到床前,向床上看了看。"你本领真大。这样脏的床铺,你居然能够睡觉!"

我不说什么,只是笑了笑。

"行李越少越好。我马上就给你搬去。我知道你的脾气,你住在我家里,我决不会麻烦你。你要是高兴,我早晚来陪你谈谈;你要是不高兴,我三天也不来看你。你要写文章,我的花厅里环境很好,很清静,又没有人打扰你。你说对不对?"

我对他这番诚意的邀请,找不到话拒绝,而且我听见他这么一讲我的心思也活动了。可是他并不等我回答,就叫了茶房来算清旅馆账,他抢先付了钱,又吩咐茶房把我的皮箱拿下楼去。

我们坐上人力车,二十分钟以后,便到了他的家。

三

灰砖的高门墙,发亮的黑漆大门。两个脸盆大的红色篆体字"憩园"傲慢地从门楣上看下来。本来关着的内门,现在为我们的车子开了。白色的照壁迎着我。照壁上四个图案形的土红色篆字"长宜子孙"嵌在蓝色的圆框子里。我的眼光刚刚停在字上面,车子就转弯了。车子在这个方石板铺的院子里滚了几下,在二门口停下来。朋友提着我的皮箱跨进门槛,我拿着口袋跟在他后面。前面是一个正方形的铺石板的天井,在天井的那一面便是大厅。一排金色的门遮掩了内院的一切。大厅上一个角落里放着三部八成新的包车。

　　什么地方传来几个人同时讲话的声音，可是眼前一个人的影子也没有。

　　"赵青云！赵青云！"朋友大声唤道。我们走下天井。朋友向左边看，左边是门房，几扇门大开着，桌子板凳全是空着的。我又看右边，右边一排门全闭得紧紧的，在靠大厅的阶上有两扇小门，门楣上贴着一张白纸横条，上面黑黑的两个大字，还是那篆体的"憩园"。

　　"怎么到处都写着'憩园'？"我好奇地想道。

　　"就请你住在这里头，包你满意！"朋友指着小门对我说。他不等我回答，又大声唤起来："老文！老文！"

　　我没有听见他的听差们的应声，我觉得老是让他给我提行李，不大好，便伸过那只空着的手去，说："箱子给我提罢。"

　　"不要紧。"他答道，好像害怕我会把箱子抢过去似的，他加快脚步，急急走上石阶，进到小门里去了。我也只好跟着他进去。

　　我跨过门槛，就看见横在门廊尽处的石栏杆，和栏外的假山、树木、花草，同时也听见一片吵闹声。

　　"谁在花园里头吵架？"朋友惊奇地自语道。他的话刚完，一群人沿着左边石栏转了出来，看见我那位朋友，便站住，恭敬地唤了一声："老爷。"

　　来的其实只有四个人：两个穿长衫的听差，一个穿短衣光着脚车夫模样的年轻人，和一个穿一身干净学生服的小孩。这小孩的右边膀子被那个年轻听差拖着，可是他还在用力挣扎，口里不住地嚷着："我还是要来的，你们把我赶出去，我还是要来的！"他看见我那位朋友，气愤地瞪了他一眼，噘起嘴，不讲话。

　　朋友倒微微笑了。"怎么你又跑进来了？"他问了一句。

　　"这是我自己的房子，我怎么进来不得？"小孩倔强地说。我看他：长长脸，眉清目秀，就是鼻子有点向左偏，上牙略微露出来。年纪不过十三四岁的光景。

朋友把皮箱放下，吩咐那个年轻的听差道："赵青云，把黎先生的箱子拿进下花厅去，你顺便把下花厅打扫一下，黎先生要住在这儿。"年轻听差应了一声，又看了小孩一眼，才放开小孩的膀子，提着我的皮箱沿着右边石栏杆走了。朋友又说："老文，你去跟太太说，我请了一位好朋友来住，要她检两床干净的铺盖出来，喊人在下花厅铺一张床。脸盆、茶壶同别的东西都预备好。"头发花白、缺了门牙的老听差应了一声"是"，马上沿着左边石栏杆走了。

剩下一个车夫，惊愕地站在小孩背后。朋友一挥手，短短地说声"去罢"，连他也走开了。

小孩不讲话，也不走，只是噘起嘴瞪着我的朋友。

"这是你的材料，你很可以写下来。我给你们介绍一下，"朋友得意地笑着对我说，然后提高声音，"这位是杨少爷，就是这个公馆的旧主人，这位是黎先生，小说家。"

我朝小孩点一个头。可是他并不理我，他带着疑惑和仇恨的眼光望了我一眼，然后把两只手插在裤袋里，大人似的问我的朋友道：

"你今天怎么不赶走我？你在做什么把戏？"

朋友并不生气，他还是笑嘻嘻地望着小孩，从容地答道："今天碰巧黎先生在这儿，我介绍他跟你认识。其实你也太不讲理了，房子既然卖给别人，就是别人的东西，为什么还要常常进来找麻烦呢？"

"房子是他们卖的。我又没有卖过。我来，又不弄坏你的东西，我不过折几枝花。这些花横竖你们难得有人看，折两枝，也算不了什么。你就这样小器！"小孩昂着头理直气壮地说。

"那么你为什么老是跟我的听差吵架？"朋友含笑问道。

"他们不讲理，我进来给他们看见，他们就拖我出去。他们说我来偷东西。真浑账！房子都让他们卖掉了，我还希罕你家里这点东西？我又不是没有饭吃，不过不像你有钱罢了。其实多几个造孽钱又算什么！"这小孩嘴唇薄，看得出是个会讲话的人，两只眼睛很明亮，说话的时候，一张脸挣得通红。

"你让他们卖掉房子？话倒说得漂亮！其实你就不让他们卖，他们还是要卖！"朋友哈哈笑起来，"有趣得很，你今年几岁了？"

"我多少岁跟你有什么相干？"孩子气恼地掉开头说。

那个年轻听差出现了，他站在朋友面前，恭敬地说："老爷，花厅收拾好了，要不要进去看看？"

"你去罢。"朋友吩咐道。

年轻听差望着小孩，又问一句："这个小娃儿——"

朋友不等年轻听差讲完，就打岔说："让他在这儿跟黎先生谈谈也好。"他又对我说："老黎，你可以跟他谈谈，"他指着小孩，"你不要放过这个好材料啊。"

朋友走了，年轻听差也走了。只剩下我同小孩两人站在栏杆旁边。我望着他，他也望着我。他脸上愤怒的表情消失了，他正在用怀疑的眼光打量我。他不移动脚步，也不讲话。最后还是我说一句："你请坐罢。"我用手拍拍石栏杆。

他不答话，也不动。

"你今年几岁了？"我又问一句。

他自语似的小声答了一句："十五岁。"他忽然走到我面前，闪着眼睛，伸手拉我的膀子，央求我："请你折枝茶花给我好不好？"

我随着他的眼光望去。石栏外，假山的那一面，桂树旁边，立着一棵一丈多高的山茶。深绿色的厚叶托着一朵一朵的红花。

"就是那个?"我无意地问了一句。

"请你折给我。快点儿。等一会儿他们又来了。"孩子恳切地哀求，他的眼光叫我不能说一个"不"字。我知道朋友不会责备我随便乱折他园里的花。我便跨过栏杆，走到山茶树下，折了一小枝，枝上有四朵花。

他站在栏杆前伸着手等我。我就从栏外地上，把花递给他。他接过花，高兴地笑了笑，说一声："谢谢你。"马上转过身飞跑了。

"等一下! 等一下!"我在后面唤他。可是他已经跑出园门听不见了。

"真是一个古怪的小孩。"我这样想。

四

园里很静。现在只有我一个人。朋友把我丢在这里就不来管我了。我在栏外立了好几分钟，也不见一个听差进园来给我倒一杯茶。我便绕着假山，在曲折的小径里闲走。假山不少，形状全不同，都只有我身材那样高，上面披着藤蔓，青苔；中间有洞穴，穴内开着红白黄三色小草花；脚下小径旁草玉兰还没有开放。走完小径，便到一间客厅的阶下，客厅的窗台相当高，纸窗中嵌的玻璃全被绘着花鸟的绢窗帘掩住，我看不见房内的陈设，我想这应该是上花厅了。在这窗下，在墙角长着一棵高大的玉兰树，一部分树枝伸出在梅花墙外，枝上还挂着残花。汤匙似的白色花瓣洒满了一个墙角，有的已经变黄了。可是余香还一阵一阵地送入我的鼻端。

我在这树下立了片刻。我弯下身去拾了两片花瓣拿在手里抚摩。玉兰树是我的老朋友。我小时候也有过一个花园，玉兰花是我做小孩时最喜欢的东西。我不知不觉地把花瓣放到鼻端去。我忽然惊醒地向四周看了看。我忍不住要笑我自己这种奇怪的举动。我丢开了花瓣。但是我又想：那个小孩的心情大约也跟我现在的差不多罢。这么一想，我倒觉得先前没有跑去把小孩拉回来询问一番，倒是很可惜的事情了。

我并不走上台阶去推客厅的门（我看见阶上客厅门前左面有一张红木条桌和一个圆瓷凳），我却沿着墙往右边走去。我经过一个养金鱼的水缸，经过两棵垂丝海棠，一棵腊梅，走到一个长方形的花台前面。这花台一面临墙，一面正对着一间窗户全嵌玻璃的客厅。我知道这就是所谓"下花厅"，我那位朋友给我预备的临时住房了。花台上种着三棵牡丹，台前一片石板地。两棵桂花树长在院子里，像是下花厅的左右两个哨亭。左右两排石栏杆外面各放了三大盆兰花，花盆下全垫着绿色的圆瓷凳。

我走上石阶，预备进花厅去。但是朋友的声音使我站住了。他远远地叫道："老黎，怎么只有你一个人？杨家小孩什么时候走的？你跟他谈了些什么话？"

我掉过头去看他，一面说："你们都走了，当然只有我一个人……"可是我没有把话说完又咽下去了，因为我看见他后面还有一个穿淡青色旗袍、灰绒线衫，烫头发的女人，和一个抱着被褥的老妈子。我知道他的太太带着老妈子来给我铺床了。我便走过去迎接他们。

"我给你介绍，这是我太太，她叫万昭华，你以后就喊她昭华好了；这是老黎，我常常讲起的老黎。"朋友扬扬得意地给我们介绍了。他的太太微微一笑，头轻轻地点了一下。我把头埋得低，倒像是在鞠躬了。我抬起头，正听到她说："我常常听见他讲起黎先生。黎先生住在这儿，我们不会招待，恐怕有怠慢的地方……"

朋友不给我答话的时间，他抢着说："他这个人最怕受招待，我们让他自由，安顿他在花厅里不去管他就成了。"

他的太太看他一眼，嘴唇微微动一下，可是她并没有说什么，只对他笑了笑。他也含笑地看了看她。我看得出他们夫妇间感情很好。

"虽说是你的老同学，黎先生究竟是客人啊，不好好招待怎么行！"太太含笑地说，话是对他说的，她的眼睛却很大方地望着我。

一张不算怎么长的瓜子脸，两只黑黑的大眼睛，鼻子不低，嘴唇有点薄，肩膀瘦削，腰身细，身材高高，她跟她的丈夫站在一块儿，她的头刚达到他的眉峰。年纪不过二十三四，脸上常常带笑意，是一个可以亲近的、相当漂亮的女人。

"那么你快去照料把屋子给他收拾好。今晚上你自己动手做几样菜，让我跟他痛快地喝几杯酒。"朋友带笑地催他的太太道。

"要你太太亲自做菜，真不敢当……"我连忙客气地插嘴说。

"那么你就陪黎先生到上花厅去坐罢。你看黎先生来了好半天，连茶也没有泡。"她带着歉意地对她的丈夫说，又对我微微点一下头，便走向下花厅去了。老妈子早已进去，连那个老听差老文也进去了，他手里抱着更多的东西。

五

"怎么样？你还是依我太太的话到上花厅去坐呢，还是就坐在栏杆上面？不然我们在花园里头走走也好。"朋友带笑问我道。

我们这时立在门廊左面一段栏杆里。我背向着栏外的假山，眼光却落在一面没有被窗帘掩住的玻璃窗上，穿过玻璃我看见房内那些堆满线装书的书架，我知道这是朋友的藏书室，不过我奇怪他会高兴读这些书。我忍不住问他："怎么你现在倒读起线装书来了？"

他笑了笑："我有时候无聊，也读一点。不过这全是杨家的藏书，我是跟公馆一块儿买下来的。即使我不读，拿来做摆设也好。"

他提起杨家，我马上想到那个小孩，我便在石栏上坐下来，一面要求他："你现在就把杨家小孩的事情告诉我罢。你知道多少，就说多少。"

"你找到了材料吗？他跟你讲了些什么话？"他不回答我，却反而问我道。

"他什么话都没有说。他要我给他折枝茶花，他拿起来就跑了，我没有办法拉住他。"我答道。

他伸手搔了搔头发，便也在石栏上坐下来。

"老实说，我知道的也不多。他是杨老三的儿子，杨家四弟兄，老大死了几年，其余三个好像都在省里，老二、老四做生意相当赚钱。老三素来不务正业，是个出名的败家子，家产败光了，听说后来人也死了。现在全靠他大儿子，就是那个小孩的哥哥，在邮政局做事养活一房人。偏偏那个小孩又不争气，一天不好好念书，常常跑到我这个花园里来要花。有天我还看见他在我隔壁那个大仙祠门口跟讨饭的讲话。他跑进来，我们赶他不走，就是赶走了他又会溜进来。不是他本事大，是我那个看门的李老汉儿放他进来的。李老汉儿原是杨家的看门头儿，据说在杨家看门有二十几年了。杨老二把他荐给我。我看他做事忠心，也不忍心多责备他。有一回我刚刚提了一句，他就掉眼泪。有什么办法呢？他喜欢他旧主人，这也是人之常情。况且那个小孩手脚倒也干净，不偷我的东西。我要是不看见也就让他去了。只是我那些底下人讨厌他，常常要赶他出去。"

"你知道的就只有这一点吗？我不懂他为什么常常跑到这儿来

拿花？他拿花做什么用？"我看见朋友闭了嘴，我的好奇心没有得到满足，便追问道。

"我也不知道，"朋友不在意地摇摇头说，他没有想到我对小孩的事情会发生这么大的兴趣，"也许李老汉儿知道多一点，你将来可以跟他谈谈。而且我相信那个小孩一定会再来，你也可以问他。"

"不过你要答应我一件事：以后小孩再来，让我对付他，你要吩咐你的听差不干涉才好。"

朋友得意地笑了笑，点点头说："我依你。你高兴怎么办就怎么办罢。只是你将来找够材料写成书，应该让我第一个拜读！"

"我并不是为了写文章，我对那个小孩的事情的确感到兴趣。我多少了解他一点。你知道我们家里从前也有个大花园，后来也跟我们公馆一块儿卖掉了。我也想到那儿去看看。"我正经地说。

"那么你为什么不去看看？我还记得地方在暑袜街。你们公馆现在是哪一家在住？你打听过没有？只要知道住的是谁，让我给你设法，包你进去。"朋友同情地、热心地说。

"我打听过了。卖了十六七年，换了几个主人，已经翻造过几次，现在是一家百货公司了，"我带点感伤地摇摇头说，"我跟那个小孩一样，我也没有说过要卖房子，我也没有用过一个卖房子得来的钱。是他们卖的，这个唯一可以使我记起我幼年的东西也给他们毁掉了。"

"这有什么难过！你将来另外买一所公馆，照样修一个花园，不是一样吗？"朋友好心地安慰我。可是他的话在我听来很不入耳。

我摇摇头，苦笑道："我没有做富翁的福气，我也不想造这个孽。"

"你真是岂有此理！你是不是在骂我？"朋友站起来责备我说，可是他脸上又现出笑容，我知道他并没有生我的气。

"这跟你有什么相干？我是指那些买了房子留给子孙去卖掉的傻瓜。"我说着，我的气倒上来了。

"那么你可以放心，我不会把这个花园白白留给我儿子的。"朋友说，他伸出右手，做了一个姿势，头昂起来，眼里含笑，好像在表示他有什么伟大的抱负似的。我没有作声。歇了片刻他又说："不要讲这些闲话了。石头上坐久了不舒服。我们到下花厅去看看，昭华应该把屋子收拾好了。"

六

我跟着朋友走进了下花厅。他的太太正立在窗前大理石方桌旁整理瓶里的花枝，听见我们的脚步声，便回过头来看她的丈夫，亲切地笑了笑，然后笑着对我说："房子收拾好了，不晓得黎先生中意不中意，我又不会布置。"

"好极了，好极了。"我朝这个花厅的左面一部分看了一眼，满意地说。我的话和我的表情都是真诚的，大概她看出了这一点，她的脸上也露出微笑。

我有这样一种感觉：她每一笑，房里便显得明亮多了，同时我心上那个"莫名的重压"（这是寂寞，是愁烦，是悔恨，是渴望，是同情，我也讲不出，我常常觉得有什么重的东西压在我的心上，我总不能拿掉它，是它逼着我写文章的）也似乎轻了些。现在她立在窗前，一只手扶着那个碎瓷大花瓶，另一只手在整理瓶口几枝山茶的红花绿叶。玻璃窗上挂着淡青色窗帷，使得投射在她脸上的阳光软和了许多。这应该是一幅使人眼睛明亮的图画罢。我知道这个方桌就是我的写字桌。床安放在屋角，是用炕床铺的，连踏凳也照样放在床前。一幅圆顶的罗纹帐子悬在床上。床头朝着窗安放，我的皮箱放在床头一个方凳上；挨近床脚，有两张沙发，中间夹放着一个茶几。

她的手离开了花瓶，身子离开了方桌，她向她的丈夫走去，一面对我说："黎先生，请坐罢。"她吩咐刚把沙发搬好的老文说："老文，你去给黎先生泡碗茶来。"又对那个叠好铺盖以后站在床头的老妈子说："周嫂，你记住等会儿拿个大热水瓶送来。"又对我说："黎先生，你要什么，请你尽管跟他们说，要他们给你拿来。你不要客气才好。"

"我不会客气的，谢谢你。姚太太，今天够麻烦你了。"我感谢地说。

"黎先生，你还说不客气，你看'谢谢'，'麻烦'，这不是客气是什么？"姚太太笑着说。

我那朋友插嘴了："老黎，我注意到，你今天头一次讲出'姚'字来，你没有喊过我的名字，也没有喊过我的姓，我还怕你连我叫什么都忘记了！"他哈哈笑起来。

我也笑着答道："你那个伟大的名字，姚国栋，我怎么会忘记？你是国家的栋梁啊！"

"名字是我父亲起的，我自己负不了责，你也不必挖苦我。其实我父亲也不见得就有什么用意，"朋友带笑辩道，"譬如日本人给他儿子起名龟太郎，难道是要他儿子做乌龟吗？"

"当然啊。他希望他儿子像乌龟那样长寿！"我也笑了，"还有你的大号诵诗，不知是不是要你读一辈子的诗。"

"我们回去罢，让黎先生休息一会儿，他也累了。我还要预备晚上的菜。你们晚上一边吃酒，一边慢慢谈罢。"姚太太忍住笑压低声音对她的丈夫说。

"好，好，"她的丈夫接连点着头，含笑地看了她一眼，说，

"让我再说一句。"他又向着我："这个地方清静得很，在这儿写东西倒很不错。不过太清静了，晚上你害怕不害怕？"他不等我回答，马上接着说："你要是害怕，倒可以喊底下人找我来聊聊天。"

"你高兴，就请来谈谈，我很欢迎。不过你放心，我不会害怕的。"我笑着回答。

朋友陪着太太走了。我还听见他在窗下笑。今天也够他开心了。

我在方桌前藤椅上坐下来。我感到一点疲倦，不过我觉得心里畅快多了。我仰着头静静地听窗外树上无名的小鸟的歌声。

七

晚上就在这个下花厅里我和老姚（我开始叫他做"老姚"了）坐在一张乌木小方桌的两面，吃着他的太太做的菜，喝着陈年绍酒。菜好，酒好，他的兴致更好。他的话就像流水，他连插嘴的机会也不留给我。他批评各种各类人物，评论各种各样事情。他对什么都不满意。他一直在发牢骚。可是从他这无穷无尽的牢骚中，我却知道了一个事实：他对自己的生活并没有什么不满意，他甚至把他的第二次结婚看作莫大的幸福。他满意他这位太太，他爱他这位太太。

"老黎，你觉得昭华怎样？"他忽然放下酒杯，含笑问我道。

"很不错！你应该很满意了。"我称赞道。

他高兴地闭了一下眼睛，用右手三根手指敲着桌面，接连点了几下头，然后拿起酒杯，大大地喝了一口，忽然一个人微微笑起来：

"老黎，我劝你快结婚罢。有个家，心也要安定些。"他停了一下，又说，"你不要老是做恋爱的梦，那全是小说家的空想。你看我跟昭华也没有讲过恋爱，还不是别人介绍才认识的。可是结了婚，我们过得很好。我们都很幸福。"

"我听说你们原是亲戚。"我插嘴说。

"虽说是亲戚，可是隔得远。我们素来就少见面。说真话，我对她比对我头一个太太满意得多。"喜悦使他那张开始发红的脸显得更红了。

"像你这样对结婚生活满意，还要整天发牢骚，倒不如我一个人独来独往自由自在。"我又插嘴。

"你不明白，对你说你也不会了解。中国人讲恋爱跟西洋人讲恋爱完全不同，西洋人讲了恋爱以后才结婚，中国人结了婚以后才开始恋爱，我觉得还是我们这样更有趣味。"他得意地、好像在阐明什么大道理似的慢吞吞说，一面还动着右手加强他的语气。

我不能忍耐了，便打岔道："算了，算了，你这种大道理还是拿去跟林语堂博士谈罢。他也许会请你写本《新浮生六记》，去骗骗洋人。我实在不懂！"

"你不懂？你看，这不是最好的例子？"他带一点骄傲地笑起来，侧过脸望着花厅门。我也掉过头去。他的太太进来了。周嫂打个灯笼跟在她后面。

我连忙站起来。

"请坐，请坐。菜做得不好，黎先生吃不惯罢。"她笑着说，两排白牙齿在我的眼前微微亮了一下。

"好极了，我吃得很多。就是今天太麻烦你了。姚太太吃过饭吗？"我仍然站着笑答道。

"吃过了，谢谢你。请坐罢，不要客气。"她说。我坐下了。她走到她的丈夫身边，他抬起头看她，说："你再吃一点罢。"他把筷子递给她。她不肯接，却摇摇头说："我刚吃过。……你们酒够了罢，不要喝醉了。你说黎先生酒量也不大，就早点吃饭罢，恐怕菜也要冷了。"

"好，不喝了。老文，周嫂，添饭来罢。"老姚点了点头，便提高声音叫人盛饭。

"小虎还没有回来？"他关心地问他的太太。

"我打发老李接他去了，已经去了好久，他也应该回来了。"她答道。

"辣子酱给他留得有吗？"他又问道。

"留得有。他爱吃的东西我都会留给他。"

饭碗送到桌上来了。我端着碗吃饭，我不想打扰他们夫妇的谈话。我忽然听见一个小孩的声音高叫："爹，爹！"我抬起头，正看见一个穿西装的十一二岁的小孩跑到朋友的身边来。

"你回来了？在外婆家玩得好吗？"朋友爱怜地问道，一面抚摩小孩的梳得光光的头。

"很好。我跟表哥他们又下棋又打扑克。明天是星期，不是老李拼命催，我还不想回来。外婆喊我明天再去耍，说下回不必打发老李来接，他们家的车子会送我回来。"

"好，下回你去，就不打发车子接你，让你玩个痛快，"朋友笑着说，"你回来连妈也不喊一声，你妈还在挂念着你呢！"

孩子站在朋友的左边，太太站在朋友的右面。孩子抬起脸看了他的后母一眼，短短地唤了一声，又把脸掉开了。他的后母倒温和地对他一笑，答应了一声，又柔声说："小虎，你还没有招呼客人。这位是黎叔叔。"

"你给黎叔叔行个礼。"朋友推着孩子的膀子说。

孩子向前走了两步，向我鞠了一个躬，声音含糊地唤了一声："黎叔叔。"

这孩子可以说是我那个朋友的缩本，他的脸，眉毛，鼻子，嘴，都跟我那个朋友的完全一样。不同的是服装。老姚穿蓝绸长袍，小姚穿咖啡色西装上衣，黄咔叽短裤，衬衫雪白，领带枣红。论体格和身材，小姚倒跟杨家小孩相似，可是装束和神采却大不相同了。

"老黎，你看，他像不像我？这是我的第二个宝贝！"老姚夸耀地说，他哈哈地笑着。我偷偷看了他的太太一眼。她红了脸，埋下头去。这告诉我：朋友的第一个宝贝便是她了。

老姚看见我不答话，便伸出左手在孩子的背上推一下，说："你走过去一点，让黎叔看清楚！"

孩子向前再走两步，他露出一种毫不在乎的神气动了动头，要笑不笑地说一句："看嘛，"抄着手站在我的面前，他还带着一种类似傲慢或轻蔑的眼光在打量我。

"像不像？"朋友还在追问。

"真像！……不过我觉得……"

"真像"两个字就使他满意了，他似乎没有听见下面的"不过……"这半句话，他马上伸出左手对儿子说："小虎，过来，你妈给你留得有辣子酱，你要不要吃点东西？"

"我现在很饱。今晚上'宵夜'罢。"孩子跑到父亲身边，拉着父亲的手撒娇地要求，"爹，我今天跟表哥他们打扑克，输了四百五十块钱，你还我。"

"好，等一会儿你在你妈那儿拿五百块钱，"这位父亲爽快地一口答应了，"我问你，你在外婆家吃的什么菜？"

"妈，你等一会儿要给我啊。"孩子不回答父亲的问话，却侧过头去对他后母笑了笑，这一声"妈"叫得亲热多了。

"我回去就拿给你。你爹在跟你讲话。等一下你陪我一块儿进去，我要看着你换了衣服温习功课。"他后母温和地带笑说。

"是。"孩子不高兴地答应一声，他眼睛一眨，下嘴唇往右边一歪。这种表情，我先前在比较他们父子的面貌时就已经看到了。由于这种表情，拿整个脸来说，儿子实在不像父亲。

朋友太太看见小虎的这种表情，她默默地看了我一眼，她的脸上仍然带着微笑，眼里却似乎含有一种说不出的哀愁。但是等我注意地看她的时候，她正在愉快地跟她的丈夫讲话，我在她的脸上再也找不到类似哀愁的表情了。

姚太太带着小虎先走了。我和老姚吃完饭，又谈了好久的闲话，现在他不再发牢骚，却只谈他的太太和儿子的好处。我知道他和这个太太结婚三年多还没有生小孩。头一个太太留下一儿一女，但是女儿在母亲去世后两个月也跟着死了。

这一夜我睡在空阔的大客厅里。风吹着门响，树叶下落，鸟在枝上扑翅，沙石在空中飞舞。我并不害怕。可是我没有习惯这个环境，我不能安静地闭上眼睛。

我想着我那个朋友同他的太太和小孩的事情，我也想着杨家小孩的事情。我想了许久。我还把那两个小孩比较一下。我又想着姚太太的家庭生活是不是像她的丈夫所说的那么幸福。我越想越睡不着。后来我烦躁起来，骂着自己道："你管别人的事情做什么？各人有各人的生活方式，用不着你担心！你好好地睡罢。"

可是在窗外黑夜已经开始褪色，小鸟吵架似的在树上和檐上叫起来了。

八

我睡到上午十点钟才起床，太阳照得满屋子金光灿烂。老文进来给我打脸水、泡茶，周嫂给我送早点来。午饭的时候老姚夫妇在下花厅里陪我吃饭。

"就是这一次，这算是礼貌。以后我们便让你一个人在这儿吃，不管你了。"老姚笑着说。

"很好，很好，我是随便惯了的。"我满意地答道。

"不过黎先生，你要什么，请只管喊底下人给你拿，不要客气才好啊。"姚太太说，她今天穿了一件浅绿色旗袍，上面罩了一件白色短外套。她听见我跟朋友讲起昨晚睡得不好，她便说："这也难怪，屋子太敞了。我昨天忘记喊老文搬一架屏风来，有架屏风隔一下，也好一点。"

饭桌上的碗筷杯盘撤去不久，屏风就搬进来了。黑漆架子紫色绸心的屏风把我的寝室跟花厅的其余部分隔开来。

我们三个人还在这间"寝室"里闲谈了一会儿。他们夫妇坐在两张沙发上。老姚抽着烟，时时张口，带着闲适的样子吐烟圈，姚太太坐得端端正正，手里拿着茶杯慢慢地喝茶，好像在想什么事情。我却毫无拘束地跷着腿坐在窗前藤椅上。我们谈的全是省城里的事，我常常发问，要他们回答。

后来姚太太低声对她丈夫讲了几句话，她的丈夫便掷了烟头站起来，在房里走了几步，对我说："今天下午我们两个都不在家，她母亲，"他掉头看了看太太，"约我们去玩，还要陪她老人家听戏。你高兴听京戏吗？我可以陪你去，不过这儿也没有什么好脚色。"

"你知道我从来不看旧戏。"我答道。

他的太太也站了起来。他接着说："我想你现在也许改变了，好些人上了年纪，就慢慢地圆通了。"

"可是也有人越老越固执啊。"我笑着回答。

朋友笑了，他的太太也笑了。她说："他是说他自己，他老是觉得他自己很圆通。"

"你不要讲我，你还不是一样。譬如你不喜欢听京戏，你母亲一说听戏，你就陪她去。我从没有听见你说过'不去'的话。你高兴看外国电影，没有人陪你去，你就不去看。所以不知道的人还以为你是个戏迷呢！"朋友跟他的太太开玩笑，太太不回答他，却只是微笑，故意把眼光射到窗外去，可是她那淡淡擦过粉的脸上已经起了红晕。她后来又收回眼光去看她的丈夫，嘴唇动了动，似乎在求他不要往下说。但是他的口开了，话不吐完，便很难闭上。他又说："老黎不是外人，让他听见没有关系，他不会把你写在小说里面。"（她的脸通红，她连忙装作去看什么东西，转过了身子。）"其实他还是你一个同志！他也爱看外国电影，以后有好片子，请他陪你去看罢。还有，老黎，你在这儿觉得闷的时候，要是高兴看线装书，我书房里多得很，我可以把钥匙交给你。"（他自己先笑起来）"我知道你不会看那些古董的。我太太有很多小说，新的旧的都有。商务印书馆的《说部丛书》，她就有全套。这自然不是你们写的那一种。不过总是小说罢。我也看过几本，虽是文言译的，却也很能传神！新出的白话小说这里也有。"

太太似乎害怕他再讲出什么话来，她脸上的红晕已经消散了，这时便把身子掉向他催促道："你一开头，话就讲不完。你也该让黎先生休息一会儿。我还要进去收拾……"她的脸上仍旧笼罩着笑容，还是她那比阳光更亮的微笑。

"好，我不讲了。看你那着急的样子！"朋友得意扬扬地对他的太太笑道，"我们今天把老黎麻烦够了。我们走罢。让他安静地写他的文章。"

我对他们夫妇微笑。我站起来送他们出去，现在我是这半个花厅的主人了。我站在窗下石栏杆前，望着他们的背影。他们亲密地谈着话，沿着石栏杆走过了上花厅，往里去了。

九

下半天他们夫妇果然不曾来。也没有别人来打扰我，除了周嫂来给我冲开水，老文给我送饭。

我吃过晚饭，老文给我打脸水来。我无意地说了一句："这太麻烦你们了，以后倒可以不必……"

老文垂着手眨着老眼答道："黎老爷，你怎么这样说！你是我们老爷的好朋友，我们当底下人的当然要好好伺候。万一有伺候不周到的地方，请你不客气地骂我们几句。"

这番话使我浑身不舒服起来。我被人称作"黎老爷"，这还是头一次。我听着实在不顺耳。我知道他以后还会这样叫下去的，会一直叫到我离开姚家为止。这使我受不了。我想了想，只好老实对他说："你是老家人了，你跟别人不同。"（这句话果然发生了效力，他的脸上现出笑容来。）"请你不要喊我'黎老爷'，我们在'下面'都是喊先生，你就照'下面'的规矩喊我'黎先生'罢。"

"是，以后就依黎老爷的话；哦，是，黎先生。说老，我们在姚家'帮'了三十几年了。我们是看见我们老爷长大的。我们老爷心地好，做事待人厚道，就跟老太爷一模一样。"

"你们太太呢？"我问道。

"是说现在这位太太吗？"他问道。我点点头。老文便接着说下去："太太过门三年多了，她从来没有骂过我们半句。她没有过门的时候，人人都说她是个新派人物，怕她花样多。她过来了大家都夸奖她好，她心地跟她相貌一样。她脸上一天总是挂着笑容。她特别看得起我们，说我们是姚家老家人。她有些事情还要问我们。我们伺候这样的老爷、太太，是我们底下人的福气。"笑容使他的皱脸显得更皱了，可是他一对细小的眼睛里包满泪水，好像他要哭起来似的。

我洗过脸，他便走到茶几旁去端脸盆。我连忙又问一句，因为我的好奇心被他的叙述引动了，我想从他的口里多知道一些事情。

"你们头一位太太呢?"

老文放下脸盆，看了我一眼，垂着手站在茶几前，摇摇头答道："不是我们底下人胡言乱语，前头太太比这位差得太多，真赶不上。前头太太留下了一位少爷，还有一位小姐，小姐后来也死了……"他突然把下面的话咽住了，转过头去看门外。

"你们少爷我也见过，相貌跟你们老爷一模一样。"我接下去说，我想用这句话来引出他以后的话。

"不过脾气却跟老爷两样。"他看看我，又看看门外，他似乎想收回那句话，可是已经来不及了。他一定知道我清清楚楚地把话听进去了。

"不要紧，你有话只管讲，我不会告诉别人。你说得不错。我也看得出来。你们少爷对你们太太不大好。"

"黎——先生，你还不知道，虎少爷自来脾气大，不说对他后娘，就是对他亲生妈也不好。前头太太去世时候，虎少爷快八岁了，他哭都没哭一声。他外婆太宠他，老爷也太宠他，我们太太拿他简直没有办法。"他走到我面前，压低声音说，"我听见周大娘说，我们太太为他的事还哭过好几回，连老爷都不晓得。"他停了一下，仍旧小声说下去："太太回娘家，要带他去，他死也不肯去。他自己的外婆总说我们太太待不得前娘儿子，这两年，赵家外老太太简直不到我们家来了，就是时常打发人来接虎少爷过去耍。

我们太太逢年过节还是到赵家去。去年赵家怕警报，下乡去住了大半年，就把虎少爷接去住了三四个月。虎少爷回都不想回来了。老爷、太太打发我们去接了好几趟，才接回来的，回来还大发脾气，说在城里头炸死了，归哪个负责！老爷不骂他，太太也不好讲话。其实他在赵家从来不翻书，一天就跟表哥表弟赌钱……"

"你们老爷为什么这样不明白？像你们少爷这样年纪，做父亲的正应该好好管教他。"我插嘴说。

"唉，"老文着急地叹了一口气，"老爷宠他，什么事都依他，从小就是这样。叫我们底下人在旁边干着急。"他忽然忘了自己地提高声音："年纪不小了，已经十三岁了，还在读高小第四册。"过后他气恼地昂起头来，自语道："我们说是说了，就是给旁人听见，也不怕，我们顶多告假回家就是了。"

"他十三岁？我还以为至多十一岁呢！"

"心思多的人不肯长，有什么办法？"老文的声音里还含着怒气。

"昨天那个杨家少爷也不过这样年纪……"我说。

"杨家少爷？"老文惊诧地问道，但是他不等我解释，马上接着说，"我们晓得就是常常跑进来要花的那一个。他家里从前也很阔，听说比我们老爷还有钱，现在败了。不过饭还吃得起。我听见看门的李老汉儿说，那个杨少爷今年还不满十五岁，已经上了三年中学，书读得很好。"

"你们老爷不是说他不肯好好念书吗？"我问道。

"那是老爷的话。我们讲的是李老汉儿的话，我们也不晓得究竟是真是假。我们原说，既然书读得好，怎么又会常常跑进我们花园来要花？这个道理我们实在不明白。问起李老汉儿，他也不肯说，我们多问两句，他就流眼泪水。昨天他还跟我们讲过情，说是只要老爷不晓得，又没有给赵青云看见，就让杨少爷来折几枝花罢。我们倒有点不好意思。其实我们也不想跟杨少爷为难，人家好好的少爷，公馆又原是他们家卖出来的，再说折两枝花，也值不了几个钱，横竖老爷、少爷都不爱花，就是太太一个人高兴看看花。其实太太也讲过，一两枝花有什么要紧，人家喜爱花，就送他一两枝。只是赵青云顶不高兴，花儿匠老刘请了三个月病假，现在归赵青云打扫花园，他顶讨厌旁人跑进花园里头来。老爷也吩咐过不要放杨少爷进公馆来，说是怕把虎少爷教坏了。所以赵青云碰到杨少爷，总要吵嘴。一个要赶，一个不肯走，偏偏杨少爷人虽小，力气倒不小，嘴又会讲话。有时候赵青云一个人把他没有办法，我们碰到，只好去帮忙。"

"你们老爷害怕虎少爷跟着杨少爷学坏，是不是你们少爷喜欢跟杨少爷一块儿玩？"我又问。

"哼，我们虎少爷怎么肯跟杨少爷一堆耍？他顶势利了，从来没有正眼看过我们，从来不肯好好地跟我们讲一句话。老爷真是太小心。"

"你们太太是个明白人，她可以劝劝你们老爷，对虎少爷的教育不好这样随便啊。"我说。

老文绝望地摇着头："没有用。老爷什么事都明白，就是在这件事情上头有点糊涂。你跟他讲，他不会听。"他弯下身子，带着严肃的表情，低声对我说："听说太太跟老爷讲过几回，虎少爷在家里不肯念书，时常到他外婆家去赌钱，又学了些坏习气，她做后娘的不大好管教，怕赵家讲闲话，要老爷好好管他。老爷却说，年纪小的人都是这样，大了就会改。虎少爷人很聪明，用不着管教。太太碰了几回钉子，也就不敢多讲话了。赵家对太太顶不好，外老太太同两位舅太太都是这样，她们不但在外头讲闲话，还常常教唆虎少爷跟太太为难。老爷一点也不管。太太跟周大娘讲过，幸好她自己没有添小少爷，不然，她做后娘更难做了。"

"你们太太的处境也太苦了，"我同情地、不平地说，"真是想不到。"

"是啊，要不是周大娘跟我们说，我们哪儿会晓得？太太一天都是笑脸，见到人总是有说有笑的。我们只求老太爷的阴灵保佑她添两位小少爷，将来大起来，做大事情，给她出一口气。"老家人的诚心的祝福在这空阔的厅子里无力地颤抖着。我看见他用手揩眼睛，我觉得心里不痛快，我站起来，默默地在屋里走了几步。

我觉得老文的眼光老是在我的身上打转，便站定了，望着他那微微埋下的头，等着他讲话。

"黎先生，这些话请你不要告诉旁人啊。"他小心地央求我，脸上愤怒的表情完全消失了。我看到一种表示自己无力的求助的神情。没有门牙的嘴像一个黑洞。

"你放心，我绝不会告诉人。"我感动地说。

"多谢你，我们今天把心里头的话都讲出来了。黎先生，我们虽是没有读过几年书的底下人，我们也晓得好歹，明白是非，我们心里头也很难过。"老文埋着头，捧着脸盆，伤感地流着泪走出去了。

我一个人站在下花厅门口。我引出了他的这许多话，我知道了许多事情。可是我的好奇心得到了满足么？

没有。我只觉得有什么野兽的利爪在搔我的胸膛。

十

第二天老文送午饭来，他告诉我虎少爷昨晚又没有回家，还说了一些关于小虎的话，又说起小虎甚至在外面讲过他的后母的坏话。我听了，心里不大痛快。午饭后，我不能在屋里工作，也不想出去逛街。我在花厅里，在园子里走了不知若干步，走累了，便坐到沙发上休息；坐厌了，我又站起来走。最后我闷得没有办法，忽然想起不如到电影院去消磨时间。我刚从石栏杆转进门廊，就看见周嫂给我送晚饭来，说是老文告假上街去了，所以由她送饭。

我只好回到下花厅里吃了晚饭。周嫂冲了茶，倒了脸水。她做事手脚快。年纪在四十左右，脑后梳一个大髻，脸相当长，颜色黄，颧骨高，嘴唇厚，眉毛多，身体似乎很结实。她在我面前不肯讲话。我故意问她，虎少爷在家不在家。

"他？不消说又到赵家去了。我们太太回娘家，千万求他去，他也不肯。他只爱到赵家去耍钱。"周嫂扁起嘴，轻蔑地说。

"你们老爷喊他跟太太去，他也不听话吗？"我再问一句。

"连老爷也将就他，他是姚家的小老虎，小皇帝。"她掉开头，不再讲话了。

晚饭后我走出大门，打算到城中心一家电影院去。看门人李老汉正坐在大门内一把旧的太师椅上，抽着叶子烟，看见我便站起来，取下烟管，恭敬地唤了一声："黎老爷。"对我和蔼地笑了笑。

我出了大门，这声"黎老爷"还使我的耳朵不舒服，我便转回来。他刚坐下，立刻又站起身子。

"李老汉儿，你坐罢，不要客气，"我做个手势要他坐下，一面温和地对他说，"你不要喊'老爷'，他们都喊我'黎先生'。你明白我的意思吗？"

"是，黎先生，我明白。"他恭顺地回答。

"你坐罢，你坐罢。"我看见旁边没有别人，决定趁这个机会向他打听杨家小孩的事。我在对面一根板凳上坐下来，他也只好坐了。

"听说，你以前在杨家帮过很久，是吗?"我望着他那光秃的头顶问道。

"是，杨老太爷房子刚刚修好，我就进来了，那是光绪三十二年，离现在三十几年了。我起初当大班抬轿子，民国六年跟人家打架，腿跌坏了，老太爷出钱给我医好，就喊我看门。"他埋下头把烟管在一只鞋底上敲着，烟蒂落下地来，他连忙用脚踏灭了火。他把烟管横放在他背后椅子上。

"杨家的人都好吗?"我做出关心的样子问道。

"老太爷民国二十年就过世了。大老爷也死了五年多了，只有一个少爷，公馆卖了，他就到'下面'去，一直没有消息。二老爷在衡阳，经营生意，很顺手。四老爷在省城什么大公司当副经理，家境也很好。就是三老爷家产弄光了，吃口饭都很艰难……"他接连叹了几口气，摇了几下头，抚摩了几下他那不过一寸长的白胡须。

"昨天来的那个小少爷就是他们杨家的人吗?"

"是，这是三老爷的小少爷。跟他父亲一样，很清秀，又很聪明，人又好强。三老爷小时候，老太爷顶喜欢他，事事将就他。后来三老爷长大了，接了三太太，又给朋友带坏了，把家产败得精光，连三太太的陪奁也花光了。后来三太太、大少爷都跟他吵嘴，只有这个小少爷跟他父亲好。"

"那么杨家三老爷还在吗?"我连忙插嘴问道。

"这个……我不晓得。"他摇了几下头。我注意他的眼睛，他虽然掉开脸躲避我的眼光，可是我见到了他一双眼睛里的泪水，我知道他没有对我说真话，他隐瞒了什么事情。但是我还想用话套出他的真话来。

"杨家大少爷不是在邮政局做事吗？那么一家人也应该过得去。这位小少爷还在上学，现在要送子弟上学，也要花一笔大钱！"

"是啊，他们弟兄感情好，小少爷读书又用功。大少爷很喜欢他兄弟，就是不喜欢他父亲。小少爷在学堂里头，每回考试，都中头二三名。"李老汉说着，得意地捏着胡须微笑了，可是眼里的泪水还没有干掉。

"不错，这个我也看得出来，的确是个好孩子，"我故意称赞道，"不过有一件事我不明白，他为什么常常跑到这儿来拿花，跟姚家底下人为难呢？他爱花，可以花钱买，又不贵。何必要折别人家的花？"

"黎先生，你不晓得，小少爷心肠好，他折花也不是自家要的。"

"送人，也可以花钱去买！茶花外面也有卖的。"我接下去说，我看见一线亮光了。

"外头茶花不多，就是有，也比不上杨家公馆里的！栽了三十多年了，三老爷小的时候，花园里头就有茶花。一共两棵，一红一白。白的一棵前年给虎少爷砍坏了。现在就剩这一棵红的。三老爷顶喜欢这棵茶花。他虽说不务正业，可是那回说起卖房子，倒不是三老爷的意思，二老爷同四老爷要拿钱去做生意，一定吵着要卖，大老爷的大少爷不过二十七八岁，没有结婚，性子暴躁，平日看不起家里几个叔叔，也吵着卖房子，说是把家产分干净了，他好到外国去读书，永远不回省来。三太太的钱给三老爷花光了，也想等到卖了房子，分点钱来过活。大家都要卖，三老爷一个人说不能卖也不中用。当时大家都着急得很，怕日子久了会变卦，所以房价很便宜。得了钱大家一分，三老爷没有拿到一个钱。"他的嘴又闭上了，一嘴短而浓的白胡须掩盖了一切。

"他怎么会没有拿到一个钱呢？三太太他们分到钱总会拿点给他花。至少他吃饭住房子得花这笔钱。"我惊奇地追问道，我相信他一定对我隐瞒了一件重要的事情。

"是，黎先生说的是。"他恭顺地答道。

我知道他不会再对我讲什么话了。他大概觉察出来我在向他打听消息，我在设法探出他心里的秘密，他便用这个"是"字来封我的嘴。我要是再追问下去，恐怕不但没有好处，反而会增加他对我的疑惧，还不如就此打住，等到以后有机会再向他探询罢。

我正在这样想的时候，忽然看见一个人影在门前晃了一下。李老汉马上站起，脸色全变了，他那张圆圆脸由于惊恐搐动起来，好像他见到什么他害怕看见的东西似的。

我也吃了一惊。我站起来，走出了大门。我向街中张望。我只看见一个人的背影：瘦长的身材，沾染尘土的长头发，和一件满是油垢快变成乌黑的灰布夹袍。他走得很快，仿佛害怕有人在后面追他一般。

十一

我朝着他去的方向走，走过一个庙宇似的建筑，我瞥见了"大仙祠"三个大字。我忽然记起老姚的话。他说看见过杨少爷在这个庙门口跟乞丐在一块儿。他又说大仙祠在他的公馆隔壁，其实跟他的公馆相隔有大半条街光景。我的好奇心鼓舞我走进了大仙祠。

庙很小。这里从前大概香火旺盛，但是现在冷落了。大仙的牌位光秃秃地立在神龛里，帷幔只剩了一只角。墙壁上还挂着一些"有求必应"的破匾。供桌的脚缺了一只，木香炉里燃着一炷香；没有烛台，代替它们的是两大块萝卜，上面插着两根燃过的蜡烛棍。一个矮胖的玻璃瓶子，里面插了一枝红茶花，放在供桌的正中。明明是昨天我折给杨少爷的那枝花。

奇怪，怎么茶花会跑到这儿来呢？我想着，我觉得我快要把一个谜解答出来了。

神龛旁边有一道小门通到后面，我从小门进去。后面有一段石阶，一个小天井，一堵砖墙。阶上靠着神龛的木壁，有一堆干草，草上铺了一床席子，席子上一床旧被，枕头边一个脸盆，盆里还有些零碎东西。在天井的一角，靠着砖墙，人用几块砖搭了一个灶，灶上坐着一个瓦罐，正在冒热气。

谁住在这儿呢？难道杨家小孩跟这个人有什么关系？或者杨家小孩是大仙的信徒？我问着自己。我站在阶上，出神地望着破灶上的瓦罐。

我听见背后一声无力的咳嗽。我回过头去。一个人站在我的后面：瘦长的身材，蓬乱的长头发，满是油垢的灰布长袍。他正是刚才走过姚家门口的那个人。他的眼睛正带着疑惧的表情在打量我。我也注意地回看他。一张不干净的长脸似乎好些天没有洗过了，面容衰老，但是很清秀。眼睛相当亮，鼻子略向左偏，上嘴唇薄，虽然闭住嘴，还看得见一部分上牙。奇怪，我好像在什么地方见过这个人似的。

他老是站着打量我，不作声，也不走开。他看得我浑身不舒服起来，仿佛他那一身油垢都粘到我身上来了一样。我不能再忍受这种沉默的注视，我便开口发问：

"你住在这儿吗？"

他没有表情地点一下头。

过了一会儿，我又说一句：

"罐子里的东西煮开了。"我指着灶上的瓦罐。

他又点一下头。

"这儿就只有你一个人?"过了几分钟,我又问一句。

他又点一下头。

怎么,他是一个哑巴?我又站了一会儿,同他对望了三四分钟。我忽然想起:他的鼻子和他的嘴跟杨家小孩的完全一样。两个人的眼睛也差不多。

这是一个意外的发见。难道他就是杨家三老爷?难道他就是杨家小孩的父亲?

我应该向他问话,要他把他的身世告诉我。没有用。他不讲话,却只是点着头,我怎么能够明白他的意思?即使他不是哑巴,即使他真是那个小孩的父亲,他也不会对我这个陌生人泄露他的秘密。那么我老是痴呆地站在这里有什么用呢?

我失望地走出了小门。他也跟着我出来。我走到供桌前看见瓶里那枝茶花,我忍不住又问一句:

"这枝花是你的?"

他又点一下头。这一次我看见他嘴角挂了一丝笑意。

"这是我前天亲手在姚公馆折下来的。"我指着茶花说。

他似信非信地看了我一眼,微微一笑(我觉得他是在笑,或许不是笑也说不定),过后又点一下头。

"是杨家小少爷给你的吗?"我没有办法,勉强再问一句。

他再点一下头,索性撇开我,走下铺石板的院子,站到大门口去了。我没有看清楚他脸上的表情。这时庙里光线相当暗,夜已经逼近了。

我扫兴地走出庙门。在我后面响起了关门的声音。我回过头看。两扇失了光彩的黑漆大门把那个只会点头的哑巴关在庙里了。

我站在庙门前,掏出表来看,才六点十分,我马上唤住一部经过的街车，要那个年轻车夫把我拉到蓉光大戏院去。

我心里装了许多人的秘密。我现在需要休息，需要忘记。

十二

我回到姚家，还不到九点半钟。小虎正站在大厅上骂赵青云。他骂的全是粗话。赵青云坐在门房的门槛上，穿着短衫，袖子差不多挽到肩头，露出两只结实的膀子，冷一句热一句地回骂着。老文坐在二门内右面黑漆长凳上抽叶子烟。

"黎先生，回来啦。"老文站起来招呼我。

"他有什么事？"我指着小虎问道。

"他输了钱回来发脾气，怪赵青云接他早了。是太太打发赵青云去接他的。太太说他晚上还要温习功课，早晨七点钟上课，六点钟就该起来。其实他哪儿是读书，不过混混寿缘罢了，"老文摇头叹息道，"一个月里头总有十天请假，半个月迟到的。上了七年学认字不过一箩筐。这真是造孽！"

"老爷没有回来吗？"我问道。

"还早嘞。今天老爷、太太陪外老太太看戏，要到十二点才回来。老爷不在家，他发脾气，也没有人理他。赵青云又是个硬性子，不会让他，是他自讨没趣。"

小虎在大厅上跳来跳去，口里×妈×娘地乱骂，话越来越难听。有一次他跳下天井，说是要打赵青云。赵青云也站起来，把膀子晃了两晃，一面回骂道："×妈，你敢动一下，老子不把你打成肉酱不姓赵！"

小虎胆怯地退了一步。这时二门外响起包车的铃声和车夫的吆喝声。小虎连忙向前走了两步，把两手插在西装袋里，得意地笑道："好，你打罢。老爷回来了。看你敢不敢打！"

一部包车同两部街车在二门口停住了。车上走下一个素服的中年太太、一个穿花旗袍梳两条小辫子的小姐和一个穿青色学生服的十七八岁的青年。他们先后跨进门槛。老文垂下双手招呼了他们。他们对他点了点头。

小虎看见回来的不是他的父亲，回头便跑，跑上大厅的阶沿，又站住大声骂起来。那位太太和小姐走过他的身边，他并不理睬她们。她们也不看他。只有那个青年站住带笑问他一句："虎表弟，你在跟哪个吵嘴？"

"你不要管！"小虎生气地把身子一扭，答了一句。

青年若无其事地笑了笑，就从侧门往内院去了。

"这是小虎的表哥吗？"我问老文道。

"是。这是居孀的姑太太，还有大小姐跟二少爷。他们都晓得我们虎少爷的脾气，能避开就避开。老爷不在面前，虎少爷从不把他们放在眼里。姑太太是长辈，你看他连招呼也不招呼。姑太太是我们老爷的亲姐姐，比老爷大不到两岁。姑老爷死得早，也留得有田地，姑太太一家人也能过活。老爷好意接姑太太来住，恐怕也因为公馆里头房子多，自己一家大小三个住不完。老爷、太太待姑太太都很好，就是虎少爷看不起人家。他常常讲姑太太家里没有什么钱，他们姚家有千多亩田。田多还不是祖先传下来的！人家小姐、少爷都在上大学读书，从来不乱花钱，好多人夸奖，那才是自己的本事。"老文提起小虎，气就上来了。他一开口便发了这一大堆牢骚。我了解他的心理，我知道他的愤怒是从什么地方来的。

"我哪天一定要好好地劝劝你们老爷，再这样下去，不但害了小虎一辈子，并且会苦坏你们的太太。"我说。

"不中用，黎先生，不中用。我们老爷就是在这件事上头看不明白。况且还有赵家一家人教唆。坏就坏在赵家比我们老爷更有钱，虎少爷就相信钱。偏偏太太娘家又没有多少钱，家境比我们姑太太还差，虎少爷当然看不上眼。就是太太过门那年，他到万家去过两回，以后死也不肯再去。"

"你们太太娘家还有些什么人？"

"万家除了外老太太，还有大舅老爷、大舅太太、两位少爷。大舅老爷比太太大十多岁，在大学里教书，听说名声很好。两位少爷都在外州县上学。虽说没有多少钱，人家万家一家人过得和和气气。那才像一个家！哪儿像赵家，没有一个人做正经事情，就只知道摆阔，赌钱！连我们底下人也看不惯。黎先生，你想，虎少爷今天去赵家，明天去赵家，怎么不会学坏？"

"想不到你这样明白。"我赞了他一句。

"黎先生，你太夸奖了，我们底下人再明白，又有什么用，还不是做一世底下人！在老爷面前我们一个屁也不敢放。他读过那么多的书，走过那么多的地方，我们还敢跟他顶嘴吗？我们就是想替太太'打抱不平'，也不敢向老爷吐一个字。况且人家又是恩爱夫妻。外头哪一个不说老爷跟太太感情好！……虎少爷进去了。黎先生，你也进屋去休息罢。我们又吵了你半天。我们去给你打脸水。"他把一直捏在手里的叶子烟管别在后面裤带上，叹息似的微微摆着头，走下天井里去了。我只得跟着他走进"憩园"去。

<h2 style="text-align:center">十三</h2>

我就这样地在姚家住下来。朋友让我自由，给我方便。园子里很静，少人来。有客人拜访，朋友都在上花厅接待他们。其实除了早晚，朋友在家的时候就不多。我知道他并没有担任什么工作，听

说他也不大喜欢应酬。我问老文，老爷白天出门做什么事，老文说他常常去"正娱花园"喝茶听竹琴，有时也把太太拉去陪他。

　　我搬来姚家的第六天便开始我的工作。这是我的第七本书，也就是我的第四本长篇小说。是一个老车夫和一个唱书的瞎眼妇人的故事。我动身回乡以前，曾把小说的结构和内容对一位文坛上的前辈讲过。那时他正在替一家大书店编一套文学丛书，要我把小说写好交给那个书店出版，我答应了他。我应当对那位前辈守信。我的工作进行得很顺利。我关在下花厅里写了一个星期，已经写了三万多字。我预计在二十天里面可以完成我这部小说。

　　每天吃过晚饭我照例出去逛街。有时走得较远，有时走了两三条街便回来，坐在大门内板凳上，找李老汉谈天。我们什么话都谈，可是我一提到杨家的事，他便封了嘴，不然就用别的话岔开。我觉得他在提防我。

　　每天我走过大仙祠，都看见大门紧闭着。我轻轻地推一下，推不开。有一次我离庙门还有四五步远，看见一个小孩从庙里出来。我认得他，他明明是杨少爷。他飞也似的朝前跑，一下子就隐在人背后不见了。我走到大仙祠。大门开了一扇，哑巴站在门里。我看他，他也看我。他的相貌没有改变，只是一双眼睛泪汪汪的，左手拿着一本线装书。

　　他退后两步，打算把我关在门外。我连忙拿右手抵住那扇门，一面埋下眼睛，看他手里的书，问道："什么书？"

　　他呆呆地点一下头，却把那只手略略举起。书是翻开的，全是石印的大字，旁边还加了红圈。我瞥见"共看明月应垂泪，一夜乡心五处同"十四个字，我知道这是二十多年前的旧印本《唐诗三百首》。

　　"你在读唐诗？"我温和地问道。

他又点一下头，往后退了两步。

我前进两步，亲切地再问："你贵姓?"

他仍旧点一下头。泪水从眼角滴下来，他也不去揩它，好像没有觉察到似的。

我抬起眼睛看供桌，香炉里燃着一炷香。茶花仍然在瓶里，但是已经干枯了。我又对他说一句："还是换点别的花来插罢。"

他这一次连头也忘记点了。他痴痴地望着花，泪水像两根线一样挂在他的脸颊上。

我忽然想到这天是星期六。我来姚家刚刚两个星期。那次杨少爷来要花也是在星期六。那个小孩大概每个星期六到这儿来一次。他一定是来看他的父亲。不用说，哑巴就是杨老三。照李老汉说，杨家卖了公馆，分了钱，杨老三没有拿一个。他大概从那个时候起就给家里人赶出来了；至于他怎么会住到庙里来，又怎么会变成哑巴，这里面一定有一段很长的故事。可是我有什么办法知道呢? 他自己不会告诉我。杨家小孩也不会告诉我。李老汉——现在李老汉不跟我谈杨家的事了。

哑巴在我旁边咳了一声嗽，不止一声，他一连咳了五六次。我同情地望着他，正想着应该怎样给他帮忙。他勉强止了咳，指着大门，对我做手势，要我出去。我迟疑一下，便默默地走了出去。

大门在我后面关上了。我也不回过头去看。浅蓝色天空里挂起银白的上弦月，夜还没有来，傍晚的空气十分清爽。

我在街上慢慢地走着。我希望我能够忘记这些谜一样的事情。

十四

"老黎! 老黎!"一个熟习的声音在叫我。从迎面一部包车上跳下来一个巨大的影子。

我站定了，抬起头看。老姚笑容满面地站在我面前。

"我正担心找不着你，想不到在半路上给我抓住了，真巧！"他满意地笑道。他马上掉转脸吩咐车夫："你把车子先拉回家去。"

车夫应了一声，便拉起车子走了。

"有什么好事情？你这样得意！"我问道。

"碰到你，我的难题解决了，"老姚笑答道，"我今天跟昭华约好七点钟去看电影，两张票子都买好了。哪知道我到赵家去，赵家一定要留我吃晚饭，晚上陪老太太听川戏，不答应是不行的。可是我太太看电影的事怎么办呢？我想，只好请你陪她去。不过我又怕你不在家。现在没有问题了。"

"其实你看了电影再去听戏也成。"我说。

"可是我还要赶回赵家去吃饭啊。现在我先回家跟昭华讲一声。"

"你不去，恐怕你太太不高兴罢。"

"不会，不会，"他摇摇头很有把握地说，"她脾气再好没有了。她也知道我平日不高兴看电影，我去也是为了陪她。"

"赵家没有请你太太吃饭？"

"你怎么这样啰苏，我看你快变成老太婆了，"老姚带笑地抱怨道，"快走，昭华在家里等我们。我还要赶到赵家去。赵家在南门，我们这儿是北门！"

我笑了笑，便跟着他走回公馆去。在路上他还是把我的问话回答了。他还向我解释："赵老太太不愿意看见昭华，说是看见昭华就会想起她的亲生女儿，心里不好过。自从我头个太太死后，赵老太太就没有到我家来过。其实昭华对赵家起先也很亲热。后来赵家常说怕惹起老太太伤心，不敢接她去玩，她才没有再到赵家去。其实这也难怪赵家，老太太爱她的女儿，也是人之常情，况且我头个太太又是她的独养女。"

"那么赵老太太看见你同小虎，就不会想到她的独养女吗？"我不满意他这个解释，便顶他一句。

"她喜欢小虎极了。今晚上听戏还是小虎说起的。"他似乎并没有听懂我的意思，却只顾说些叫我听了不高兴的话。

我们到了家。老姚要我回到房里等着。我跨进了憩园的门槛，还听见他在吩咐老文："你到外面去给黎先生雇一辆车来。"

十五

我在园子里走了十多分钟，看见夜的网慢慢地从墙上、树上撒下地来。两三只乌鸦带着疲倦的叹息飞过树梢。一只小鸟从桂花树枝上突然扑下，又穿过只剩下一树绿叶的山茶树，飞到假山那面去了。

老姚夫妇来了。太太脸上仍旧带着她的微笑。她身上穿一件灰色薄呢的旗袍，外面罩了一件黑绒窄腰短外衣。老姚也脱去了长袍，换上一身西服，左膀上搭了一件薄薄的夹大衣。

"老黎，走罢，你不拿东西吗？"老姚站在石栏杆前，高兴地嚷起来。

"好。我不拿东西。"我一面回答，一面走上石阶，沿着栏杆去迎他们。

"黎先生，对不起啊，又耽误你的工作。"姚太太笑着对我道歉。

"姚太太，你太客气了。他知道，"我指着她的丈夫，"我是个大影迷，"我笑答道，"你们请我看电影，还说对不起我，那我应该怎么说呢?"

"不要再讲什么客气话了,快走罢,不然会来不及的。"老姚在旁边催促道。

我们走出园门。三部车子已经在二门外等着了。他们夫妇坐上自己的包车,我坐上街车,鱼贯地出了大门。

过了两条街,在十字路口,朋友跟他的太太分手了。又过了六七条街,我们这两部车子在电影院门口停下来。

我抬头看钟,知道还差八九分才到开映的时间。电影院门前只有寥寥十几个人。今天映的片子是《战云情泪》,演员中没有一个大明星,又是美国南北战争时期的故事,不合这里观众的口味也未可知。

戏院里相当宽敞,上座不到六成。我们前面一排,就空了五个位子。姚太太在看说明书,可是她没有看完,电灯便熄了。

银幕上映出来一个和睦家庭的生活,一个安静、美丽的乡村环境。然后是一连串朴素的悲痛的故事。我的心为那些善良人的命运痛苦。我看见姚太太频频拿手帕揩她的眼睛,我还听见她一阵阵的轻微的吐气。

映到那个从战地回来的父亲躺在长沙发上咽气的时候,片子忽然断了。电灯重燃起来。姚太太嘘了一口气,默默地埋下了头。我却抬起脸,毫无目的地把眼光射到一些座位上去。

我呆了一下。在我右面前三排的座位上,我看见了杨家小孩,就是我先前在大仙祠门口看见的那个样子。他正在跟旁边的一位中年太太讲话,这位太太脸上擦了点粉,头发梳成一个小髻,蓝花旗袍上罩了一件灰绒线衫,在她右面还有一个穿灰西装的年轻人,她侧过头对那个年轻人说了两句话,她笑了,那个年轻人也笑了。过后那个年轻人忽然回过头看后面。他的脸被我看清楚了。除了头发梳理得十分光滑、脸色比较白净外，他的脸跟杨家小孩的脸简直是一个模子里铸出来的。

真巧！许多事都碰在一块儿。想不到我又在这个电影院里看见了杨家小孩的母亲和他的哥哥。

电灯又灭了。片子接着映下去。最后战争结束，兵士们回到故乡。那个善良的姑娘在她同母亲重建起来的田庄上，在绝望的长期等待中，毕竟见到了她的情人的归来。

人们离开座位走了。电灯再亮起来。姚太太看了我一眼，便也站起来。我对她短短地说一句："片子还不错。"她点点头，答了一句："我倒没有想到。"

姚太太怕挤，她主张让旁人先出去。等我们走到门口，车子已经被人雇光了。我看见杨家母子坐上最后三辆街车走了。

老李正在台阶下等候姚太太，看见她便大声说："太太，车子在这儿。"

"黎先生的车子在哪儿?"姚太太问道。

老李答道："我雇好一部，给人家抢去了。今天车子少。到前面多半雇得到。太太要先坐吗?"

我连忙说："姚太太，请先上车罢。我自己到前面去雇车好了。要是没有车，走回去也很方便。"

"老李，你把车拉回去。我陪黎先生走一节路，等着雇到车再坐。横竖今晚上天气好，有月亮。"姚太太不同我讲话，却温和地吩咐老李说。

"是，太太。"老李恭敬地答道。

我只好同姚太太走下台阶。老李拉着车子慢慢地在前面走。我们两个在后面跟着。

十六

我们跟着车子转了弯。我们离开了嘈杂的人声，离开了辉煌的灯光，走进一条清静的石板巷。我不讲话，我耳朵里只有她的半高跟鞋的有规律的响声。

月光淡淡地照下来。

"两年来我没有在街上走过路，动辄就坐车。"她似乎注意到她的沉默使我不安，便对我谈起话来。

"我看，姚太太，你还是先坐车回去罢。还有好几条街，我走惯了不要紧。"我趁这个机会又说一次。这不全是客气话，因为我一则担心她会走累；二则，这样陪她走路，我感到拘束。

"不要紧，黎先生，你不要替我担心，我不学学走路，恐怕将来连路都不会走了，"她看了我一眼，含笑道，"前年有警报的时候，我们也是坐自己的车子'跑警报'，不过偶尔在乡下走点路。这两年警报也少了。诵诗不但自己不喜欢走路，他还不让我走路，也不让小虎走路。"

"姚太太在家里很忙罢？"

"不忙。闲得很。我们家里就只有三个人。用的底下人都不错，有什么事情，不用吩咐，他们会办得很好。我没有事，就看书消遣。黎先生的大作我也读过几本。"

我最怕听人当面说读过我的书。现在这样的话从她的口里出来，我听了更惭愧。我抱歉地说："写得太坏了。值不得姚太太读。"

"黎先生，你太客气了。你是诵诗的老朋友，就不应该对我这样客气。诵诗常常对我讲起你。我不配批评你的大作，不过我读了你的书，我相信你是个好人。我觉得诵诗有你这样的朋友是他的福气。他认识的人虽然多，可是知己朋友实在太少。"她诚恳地说，声音低，但吐字清楚，并且是甜甜的嗓音；可是我觉得她的语调里含得有一种捉不住的淡淡的哀愁。我怀着同情地在心里说：你呢？你又有什么知己朋友？你为什么不想到你自己？可是在她面前我不能讲这样的话。我对着她只能发出唯唯的应声。

我们走过了三条街。我没有讲话，我心里藏的话太多了。

"我总是这样想，写小说的人都怀得有一种悲天悯人的菩萨心肠，不然一个人的肚子里怎么能容得下许多人的不幸，一个人的笔下怎么能宣泄许多人的悲哀？所以，我想黎先生有一天一定可以给诵诗帮忙……"

"姚太太，你这又是客气话了，我能够给他帮什么忙呢？他不是过得很好吗？他的生活比我的好得多！"我感动地说。我一面觉得我明白她的意思，一面又害怕我猜错她的真意，我用这敷衍话来安慰她，同时也用这话来表明我在那件事情上无能为力。

"黎先生，你一定懂我的话，至少有一天你会懂的。我相信你们小说家看事情比平常人深得多。平常人只会看表面，你们还要发掘人心。我想你们的生活也很苦，看得太深了恐怕还是看到痛苦多，欢乐少……"

她的声音微微颤抖着，余音拖得长，像叹气，又像哭泣，全进到我的心里，割着我的心。

我失去了忍耐的力量，我忘记了我自己，我恨不得把心挖了出来，我恳切地对她说："姚太太，我还不能说我懂不懂你的意思。不过你不要担心。请你记住，诵诗有你这样一位太太，应该是世界上最幸福的人。……"我激动得厉害，以下的话我讲不出来了。到这时，我忽然害怕她会误会我的意思，把我的话当作一个玩笑，甚至一种冒犯。

她沉默着，甚至不发出一点轻微的声息。她略略埋下头。过了一会儿，她又抬起脸来。可是她始终不回答我一句。我也不敢再对她说什么。她的眼睛向着天空，我看不到她脸上的表情。

这沉默使我难堪，但是我也不想逃避。她不提坐车，我就得陪她走回公馆。不管我的话在她心上留下什么样的印象，我既然说出我的真心话，我就得硬着头皮承担那一切的后果。我并不懊悔。

她的脚步不像先前那样平稳了。大概她也失去了心境的平静罢。我希望我能够知道她这时候在想什么事情。可是我怎么能够知道？

离家还有两条街了，在那个十字路口，她忽然掉过脸看我，问了一句："黎先生，听说你又在写小说，是吗？"她那带甜味的温柔声音打破了沉默。

"是的。我没有事情，拿它来消磨时间。"

"不过一天写得太多，对身体也不大好。周嫂说，你整天伏在桌子上写字。那张方桌又矮，更不方便。明天我跟诵诗说换一张写字台罢。不过黎先生，你也应该少写点。你身体好像并不大好。"她关心地说。

"其实我也写得不多。"我感激地说。接着我又加上两句："不写，也没有什么事情。我除了看电影，就没有别的嗜好，可是好的片子近来也难得有。"

"我倒喜欢读小说。读小说跟看电影差不多。我常常想，一个人的脑筋怎么会同时想出许多复杂的事情？黎先生，你这部小说的故事，是不是都想好了？你这回写的是哪一种人的事？"

我把小说的内容对她讲了。她似乎听得很注意。我讲到最后，我们已经到了家。

老李先拉着车子进去。姚太太同我走在后面。李老汉恭敬地站在太师椅跟前，在他后面靠板壁站着一个黑黑的人。虽然借着门檐下挂的灯笼的红光，我看不清楚这个人的脸，并且我又只是匆匆地看了一眼，可是我马上断定这个人就是大仙祠里的哑巴。然而等我对姚太太讲完两句话，从内门回头望出去，我只看见一个长长的人影闪了一下，就在街中飞逝了。

我没有工夫去追问这件事。我陪着姚太太走过天井，进了二门。

"我嫁到姚家以后第一次走了这么多的路。"她似乎带点喜悦地笑道。过后她又加了一句："我一点也不累。"走了两步，她又说："我应该谢谢你。"

我以为她要跟我分手进内院去，便含笑地应道："不要客气。明天见罢。"

她却站住望着我，迟疑一下，终于对我说了出来："黎先生，你为什么不让那个老车夫跟瞎眼女人得到幸福？人世间的事情纵然苦多乐少，不见得事事如意。可是你们写小说的人却可以给人间多添一点温暖，揩干每只流泪的眼睛，让每个人欢笑；要是我能够写的话，我一定不让那个瞎眼女人跳水死，不让那个老车夫发疯。"她恳求般地说，声音里充满着同情和怜悯。

"好，"我笑了笑，"姚太太，那么为了你的缘故就让他们好好地活下去罢。"

"那么谢谢你，明天见。"她感谢地一笑，便转身走了。

我当时不过随便说一句话，我并不想照她的意思改变我的小说的结局。可是我回到花厅以后，对着那盏不会讲话的电灯，我感到十分寂寞，摊开稿纸，我写不出一个字。拿开它，我又觉得有满腹的话需要倾吐。坐在方桌前藤椅上，我听见她的声音。在屋子里走

来走去，我听见她的声音。坐到沙发上去，我听见她的声音。"给
人间多添一点温暖，揩干每只流泪的眼睛，让每个人欢笑。"这句
话不停地反复在我的耳边响着。后来我的心给它抓住了。在我面前
突然现出一个新的眼界。我第一次看见我自己的无能与失败。我的
半生、我的著作、我的计划全是浪费。我给人间增加苦恼，我让一
些纯洁的眼睛充满泪水。在这个充满苦难的世界上我没有带来一声
欢笑。我把自己关在我所选定的小世界里，我自私地活着，把年轻
的生命消耗在白纸上，整天唠唠叨叨地对人讲说那些悲惨的故事。
我叫善良的人受苦，热诚的人灭亡，给不幸的人增添不幸；我让好
心的瞎眼女人投江，正直的老车夫发狂，纯洁的少女割断自己的生
命。为什么我不能伸出手去揩干旁人的眼泪？为什么我不能发散一
点点热力减少这人世的饥寒？她的话照亮了我的内心，使我第一次
看到那里的空虚。全是空虚，我的工作，我的生活，我的作品。

　　绝望和悔恨使我快要发狂了：我已经从我自己世界里的宝座上
跌了下来。我忍受不了电灯光，我忍受不了屋子里的那些陈设。我
跑到花园里去，我在两棵老桂花树中间来来回回地走了许久。

　　这一夜我睡得很迟，也睡得很坏。我接连做了几个噩梦。我在
梦里也否定了我自己。

十七

　　第二天我起床并不晚。可是我头痛，眼睛又不舒服。然而我并
没有躺下来，我跟自己赌气，我摊开稿纸写，写不出，不想写，我
还是勉强写下去。从早晨七点半钟一直写到十点半，我一共写了五
百多字。在这三个钟点里面，我老是听见那个声音："为什么不让
他们好好地活下去呢？"我还想倔强地用尽我的力量来抵抗它。可

是我的笔渐渐地不肯服从我的驾驭了。

我把写成的五百多字反复地念了几遍，在这短短的片段里，我第一次看出了姚太太的影响。我气愤地掷开笔，我也说不出为什么动气。就在这个时候老姚进来了。

我抬起头回答他的招呼，勉强地对他笑了笑，我仍然坐在藤椅上，不站起来。

"怎么今天你脸色不好看？"他吃惊地大声问道。

"我昨晚写文章没有睡好觉。"我低声回答。我对他撒了谎。

"是啊，我昨晚上十二点钟以后回来，还听见你在屋里咳嗽，"他接着说，"其实你身体不大好，不应该睡得太迟。反正花园里很清静，你也有空，何必一定要拼命在晚上写！"从他的声音和他的表情，我知道他的关心是真诚的。我很感激他，因此我也想趁这个机会跟他谈谈小虎的事，对他进一个忠告。

"你是跟小虎一块儿回来的吗？"我问道。

"不错。小虎这个孩子对京戏满懂。他看得很有兴趣。"老姚夸耀似的笑答道。

"不过太迟了，对他也不大好。小孩子平日应当早睡觉，而且晚上他还要在家里温习功课。他外婆太宠他了，我害怕反而会耽误他。你做父亲的当然更明白。"我恳切地对他说，我把声音故意放慢，让每个字清清楚楚地进到他的耳里。

他大声笑起来。他在我的肩头猛然一拍："老弟，你这真是书生之见。我对小虎的教育很有把握。昭华起先也不赞成我的办法，她也讲过你这样的话。可是现在她给我说服了。对付小孩，就害怕他不爱玩，况且家里又不是没有钱。爱玩的小孩都很活泼。不爱玩的小孩都是面黄肌瘦，脑筋迟钝，就是多读了几本书，也不见得就弄得很清楚。不是我做父亲的吹牛，小虎到外面去，哪个不讲他好!"

"小虎除了赵家，恐怕很少到别家去过罢。"我冷冷地嘲讽道。

他好像没有听懂我的话，仍然得意地对我笑道："就是赵家也有不少的人啊!"

"那是他外婆家。外婆偏爱外孙，这是极普通的事情。"我正经地说，"可是别的人呢？是不是都喜欢他？"我本来想咽下这样的话，然而我终于说了出来。

他迟疑了片刻，可是他仍然昂头答道："你指什么人？就拿我们家里来说罢，昭华也从没有讲过一句他的坏话。我姐姐不大喜欢小孩，不过她对小虎也不错。这个孩子就是太聪明，太自负。自然，聪明的孩子不免要自负。我以后还得好好教他。"

"这倒是很要紧的，不然我害怕将来会苦了你太太。我觉得你对小虎未免有点偏爱。当心不要把他宠坏了。"我这是诚恳的劝告，不是冷冷的嘲讽了。

"哪儿有这种事情？"他哈哈大笑道，"你没有结过婚，不会懂做父亲的道理。不用你替我担心。我并不是糊涂虫。"

"不过我觉得旁观者清，你应当考虑一下。"我固执地说。

"老弟，这种事情没有旁观者清的。我对小虎期望大，当然不会忽略他的教育。"他拍拍我的肩头，"我们不要再谈这种事情，这样谈法是不会有结果的，因为你完全是外行。"他得意地笑起来。

我没有笑。我掉开头，用力咬我的下嘴唇。我暗暗地抱怨自己这张嘴不会讲话。我不能使他睁大眼睛，看清楚事情的真相；我不能使他了解他所爱的女人的灵魂的一隅。

就在这个时候，他的太太来了。还是昨天那一身衣服，笑容像阳光似的照亮她的整个脸。她招呼了我，然后对她的丈夫说："赵家又打发人来接小虎过去。"

"那么就让他去罢。"她的丈夫不假思索地接口说。

"我觉得小虎要得太多了，也不大好。他最近很少有时间温习功课，我担心他今年又会——"她柔声表示她的意见，但是说到"会"字，她马上咽住下面的话，用切盼的眼光看她的丈夫，等着他的回答。

"没有关系，没有关系，"他摇摇头说，"上一回是学校不公平，不怪他。并且今天是礼拜，赵家来接，不给他去，赵家又会讲闲话。其实赵家一家人都喜欢他，他到赵家去，我们也可以放心。"

"不过天天去赵家，不读书，学些阔少爷脾气，也不大好。"她犹豫一下，看他一眼，又埋下头去，慢慢地说。

"爹！爹！"小虎在窗外快乐地叫道。他带着一头汗跑进房来。他穿了翻领白衬衫和白帆布短裤。他看见他的后母，匆匆地叫了一声"妈"，过后又用含糊的声音招呼我一声。他对我点了一下头，可是他做得那么快，我只看见他的头晃了晃。

"什么事？你这样高兴！"朋友爱怜地笑着问。

"外婆打发车子来接我去耍。"小虎跑到父亲面前，拉着父亲的一只手答道。

"好罢，不过你今天要早点回来啊。"老姚抚摩着孩子的头说。

"我晓得。"孩子高兴地答应着，他放下父亲的手，接着又说一句："我去拿衣服。"也不再看父母一眼，就朝外面跑去。

姚太太望着窗外，好像在想什么事情。

"你这位做父亲的也太容易讲话了。"我开玩笑地对老姚说。我不满意他的这种"教育"。

姚太太掉过脸来看我。

"这是父子的感情，没有办法。"老姚摇摇头说，看他的脸色，我知道他对他的这种"教育"也并非完全满意。

"我担心的倒是小虎耍久了，更没有心肠读书。"姚太太插嘴说，她对丈夫笑了笑。

"不会的，不会的，"老姚接连摇着头说，"你这是过虑。我有把握不叫小虎染到坏习惯。"

"黎先生，你相信他的把握吗？"她抿嘴笑着问我道。

"我不相信，"我摇头答道，"照他说，他对什么事都有把握。"

姚太太点着头说："这是公道话。他对什么事都很自负，不大肯听别人劝。"她又看他一眼。

他仍然带着愉快的笑容，动了一下嘴，正要讲话，周嫂的长脸出现了。

"老爷，大姑太太请你去一趟，说有事情要跟你商量。"周嫂说。

老姚对我说："那么我们下午再谈罢。昭华倒可以多坐一会儿。"他马上跟着周嫂走了。

"黎先生，我已经跟诵诗讲过了，写字台等一会儿就给你搬来。"她站在窗前望了望丈夫的背影，忽然转过身子对我说。

"谢谢你。其实不换也好，这张方桌也不错。"我客气地说。

"这张方桌稍微矮一点。你一天要写那么多的字，头埋得太低，不舒服。"她说。

"我这样写惯了，倒不觉得什么。太麻烦你们，我心里也很不安。"

"黎先生，你以后不要这样客气好不好？你是诵诗的老同学，就不该跟我客气。"她温和地笑道。

"我并没有客气——"我的话被一阵闹声打断了。

"什么事情？"她惊讶地自语道，便向门口走去，我也走到那里。

杨家小孩同赵青云正站在石栏杆前吵架，杨家小孩嚷着："我来找黎先生讲话，你没有权干涉我。"

"黎先生认不得你。你明明是混进来偷东西的，你怕我不晓得你的底细！"赵青云挣红脸骂道。

"赵青云，你让他进来罢。"姚太太在门内吩咐道。

"是。"赵青云答应一声，就不再讲话了。

杨家小孩走到门前，对她行一个礼，唤道："姚太太。"她含笑地点一下头，轻轻答了一声："杨少爷。"

他又向着我唤声："黎先生。"

"你进来坐罢。你找黎先生有什么事情？"她温和地问他。不等他回答，她又对我说："我先走了。要是杨少爷要花，黎先生，请你折两枝给他罢。"

"谢谢你，姚太太。"杨家小孩感谢地答道。

她走了。我看见小孩的眼光送着她的背影出去。

十八

"你坐罢。"我先开口。

他看看我，动动嘴，似乎要说什么话，却又没有说出来。

"你是不是来要花的？"我带笑地问他。

"不。"他摇摇头。

"那么你找我谈什么事情？"我站在方桌前面，背向着窗。他的手放在藤椅靠背上，眼睛望着窗帷遮住了的玻璃。

"黎先生，我求你一件事……"他咽住下面的话，侧过脸用恳求的眼光望着我。

"什么事？你尽管说罢。"我鼓舞地对他说。

"黎先生，请你以后不要到大仙祠去，好不好？"他两只眼睛不住地眨动，好像要哭的样子。

"为什么呢？你怎么晓得我到大仙祠去过？"我惊愕地问道。

"我我——"他红着脸结结巴巴地答不出来。

"那个哑巴是你的什么人？"我又问一句。

"哑巴？哑巴？"他惊讶地反问道。

"就是住在大仙祠里头的哑巴。"

"我不晓得。"他避开了我的眼光。

"我看见你拿去的那枝茶花。"

他不作声。

"我昨天看见你跟你母亲、哥哥一块儿看电影。"

他动了一下嘴，吐出一个声音，马上埋下了头。

"你为什么不要我到大仙祠去？只要你把原因对我讲明白，我就依你的话。"

他抬起头看我，泪珠不断地沿着脸颊滚下来。

"黎先生，请你不要管那些跟你不相干的事。"他哭着说。

"不要哭，告诉我大仙祠跟你有什么关系。你为什么不肯对我说真话？我或者可以给你帮点忙。"我恳切地说。

"我说不出来，我说不来！"他一面说，一面伸起手揩眼睛。

"好，你不要说罢。什么事我都知道。大仙祠那个人一定是你父亲。……"我的话还没有讲完，他忽然放下手，用力摇着头，大声否认道：

"他不是！他不是！"

我走过去，拉住他的两只手，安慰地说："你不要难过，我不会对旁人讲的。这又不是你的错。你告诉我，你父亲怎么会弄到这个样子。"

"我不能说！我不能说！"他挣脱了我的手，往门外跑去。

"不要走，我还有话对你说！"我大声挽留他。可是他的脚步声渐渐地去远了。只有他一路的哭声在我的耳边响了许久。

我没有移动脚，我知道我不会追上他。

十九

这天午饭以前，写字台果然搬到下花厅来了。桌面新而且光滑，我在那上面仿佛看见姚太太的笑脸。

可是坐在这张写字台前面，我整个下午没有写一个字。我老是想着那个小孩的事情。

后来我实在无法再坐下去。我的心烦得很，园子里又太静了。我不等老文送晚饭来，便关上了下花厅的门，匆忙地出去。

我走过大仙祠门前，看见门掩着，便站住推一下，门开了半扇，里面没有一个人。我转身走了。

我在街口向右转一个弯，走了一条街。我看见一家豆花便饭馆，停住脚，拣了一张临街的桌子，坐下来。

我正在吃饭，忽然听见隔壁人声嘈杂，我放下碗，到外面去看。

隔壁是一家锅魁店，放锅魁的摊子前面围着一堆人。我听见粗鲁的骂声。

"什么事情？"我向旁边一个穿短衣的人问道。

"偷锅魁的，挨打。"那个人回答。

我用力挤进人堆，到了锅魁店里面。

一个粗壮的汉子抓住一个人的右膀，拿擀面棒接连在那个人的头上和背上敲打。那个人埋着头，用左膀保护自己，口里发出呻吟，却不肯讲一句话。

"你说，你住在哪儿？叫啥子名字？你讲真话，老子就不打你，放你滚开！"打人的汉子威胁地说。

被打的人还是不讲话。衣服撕破了，从肩上落下一大片，搭在背后，背上的黑肉露出了一大块。他不是别人，就是大仙祠里的哑巴。

"你说，说了就放你，你又不是哑巴，怎么总是不讲话？"旁边一个人接嘴说。

被打的人始终不开口。脸已经肿了，背上也现出几条伤痕。血从鼻子里流下来，嘴全红了，左手上也有血迹。

"你放他罢，再打不得了。他是个哑巴……"我正在对那个打人的汉子讲话，忽然听见一声痛苦的惊叫，我掉头去看。

杨家小孩红着脸流着泪奔到哑巴面前，推开那个汉子的手，大声骂着：

"他又没有犯死罪，你们做什么打他？你看你把他打成这个样子！你们只会欺负好人！"

众人惊奇地望着这个孩子。连那个打人的人也放下手不作声了，他带着一种茫然的表情看这个小孩。被打的人仍旧埋下头，不看人，也不讲话。

"我们走罢，"小孩亲热地对他说，又从裤袋里掏出一方手帕，递给他，"你揩揩鼻血。"小孩拿起他的右手，紧紧捏住，再说一句："我们走罢。"

没有人干涉他，没有人阻挡他。这个孩子扶着被打的人慢慢地走到街心去了。许多人的眼光都跟在他们后面。这些人好像在看一幕情节离奇的戏。

两个人的影子看不见了。众人议论纷纷。大家都奇怪：这个

"小娃儿"是那个"叫化子"的什么人。我从他们的谈话里才知道那个哑巴不给钱，拿了一个锅魁，给人捉住，引起了这场纠纷。

"先生，饭冷了，请过去吃罢，我给你换碗热饭来。"隔壁饭店的堂倌过来对我说。

"好。"我答应一声。我决定吃完饭到大仙祠去。

二十

我走到大仙祠。门仍然掩着，我推开门进去。我又把门照旧掩上。

前堂没有人，后面也没有声音。我转到后面去。

床铺上躺着那个哑巴。脸上肿了几块，颜色黑红，鼻孔里塞着两个纸团。失神的眼光望着我。他似乎想起来，可是动了一下身子，又倒下去了。他痛苦地呻吟了一声。

"你不要怕，我不是来害你的。"我做着手势，温和地安慰他。

他疑惑地望着我。

外面起了脚步声，是穿皮鞋的脚。我知道来的是杨家小孩。

果然是他。手里拿着一些东西，还有药瓶和热水瓶。

"你又来了！你在做侦探吗？"他看见我，马上变了脸色，不客气地问道。

这可把我窘了一下。我没有想到他会拿这种话问我。我红着脸结结巴巴地回答他：

"你不要误会我的意思。我同情你们，想来看看我能不能给你帮忙。我并没有坏心思。"

他看了我一眼，他的眼光马上变温和了。可是他并不讲话。他走到床铺前，放下药瓶和别的东西。我去给他帮忙，先把热水瓶拿在我的手里。他放好东西在枕边，又把热水瓶接过去。他对我微微一笑说："谢谢你。我去泡开水。"他又弯下身子，拿起了脸盆。

"我跟你一块儿去，你一个人拿不了，你把热水瓶给我罢。"我感动地说。

"不，我拿得了，"他不肯把手里的东西交给我。他用眼光指着铺上的病人："请你陪陪他。"他一手提着空脸盆，一手拿着热水瓶，走出去了。

我走到病人的枕边。他睁着眼睛望我。他的眼光迟钝，无力，而且里面含着深的痛苦。我觉得这对眼睛像一盏油干了的灯，它的微光渐渐在减弱，好像马上就要熄了。

"不要紧，你好好地养息罢。"我俯下身子安慰他说。

他又睁大眼睛看我，好像没有听懂我的话似的。他的脸在颤动，他的身子在发抖。我不知道应该怎样照料他，便慌慌张张地问他："你痛吗？"

"谢谢你。"他吃力地说。声音低，但是我听得很清楚。我吃了一惊。他不是一个哑巴！那么为什么他从前总是不讲话呢？

外面响起了脚步声。

"他是个好孩子，"他接着说，"请你多照应他。……"以后的话，他没有力气说出来。

那个小孩拿着热水瓶，捧着脸盆进来了。

我接过脸盆，蹲下去，把盆子放在病人枕头边的地上，把脸帕放到盛了半盆水的盆子里绞着。

"等我来。"小孩放好热水瓶，伸过手来拿脸帕。

我默默地站起来，让开了。我立在旁边看着小孩替病人洗了脸，揩了身，换了衣服，连鼻孔也洗干净了，换上了两团新的药棉；过后他又给病人吃药。我注意地望着那两只小手的动作，它们表现了多大的忍耐和关切。这不是一个十三四岁小孩的事情，可是他做得非常仔细、周到，好像他受过这一类的训练似的。

病人不讲话，甚至不曾发过一声呻吟。他睁大两只失神的眼睛望着小孩，顺从地听凭小孩的摆布。在他那臃肿的脸上慢慢地现出了像哭泣一样的微笑，他的眼光是一个慈爱的父亲的眼光。等到小孩做完那一切事情以后，他忽然伸出他的干瘦的手，把小孩的左手紧紧地抓住。"我对不住你，"他低声说，"你对我太好了……"泪水从他的眼里迸了出来。

"我们都不好，让你一个人受苦。"小孩抽噎地说了一句，声音就哑了，许久吐不出一个字。他坐在床铺边上。

"这是我自作自受。"病人一个字一个字痛苦地说，声音抖得很厉害。

"你不要讲了，你看你成了这个样子；我们都过得好。"小孩哭着说。

"这样我也就心安了。"病人叹了一口气说。

"可是你……你做什么一定要躲起来？做什么一定要叫你自己受罪？……"小孩哭得更伤心了。他把头埋在病人的膀子上。

病人爱怜地抚摩着小孩的头："你不要难过。我这点苦算不得什么！"

"不，不，我们要送你到医院去！"小孩悲痛地摇着头说。

"去医院也没有用，医院医不好我的病。"病人微微摇摇头，断念似的答道。小孩没有作声。"我现在好多了，你回家去罢。不要叫家里人担心。"病人说一句话，要喘息几次，声音更弱，在傍晚灰黄的光线下，他的脸色显得更加难看，只有一对眼睛有点生气，它们爱怜地望着小孩的微微颤动的身子。

"那么你跟我回家去罢，在家里总比在这儿好些。"小孩忽然抬起头哀求地说。

"我哪儿还有家？我有什么权利打扰你们？那是你们的家。"病人摇着头，酸苦地说。

"爹！"孩子抑制不住自己的感情，哭着叫起来。"为什么你不该回去？难道我们家不是你的家？难道我不是你的儿子？这又不是丢脸事情！我做什么还不敢认我自己的父亲！……"孩子又把头埋下去，这一次他俯在父亲的胸前呜呜地哭起来。

"寒儿，我知道你心肠好。不过你母亲他们不会原谅我的。而且我也改不了我的脾气。我把你们害够了。我不忍心再——"他两只手抱着儿子的头，呜咽了许久。我在旁边连声息也不敢吐。我觉得我没有权利知道那一家人的秘密，我更没有权利旁观这父亲和儿子的痛苦。可是现在要偷偷地退出大仙祠去，也太晚了。

父亲忽然叹一口气，提高声音说："你回去罢。我宁肯死也不到你们家去。"

父亲有气无声地哭起来。孩子不抬头，却哭得更伤心了。我看不清楚父亲脸上的表情，只看见他两只手压在儿子的后脑勺上。后来连那两只手也看不见了。

我走过去，俯下身子，轻轻地拍着孩子的肩头。我拍了三次，孩子才抬起头来，转过脸看我。我同情地说："你让他休息一会儿。"

孩子慢慢地站起来。父亲轻轻地嘘一口气。没有别的声音。

"他累了，精神支持不住。不要跟他多讲话，不要叫他伤心、难过。"我又说。

"黎先生，你说该怎么办？他一定不肯回家，又不肯进医院。在这儿住下去，怎么行！"孩子说。

"我看只要你母亲跟你哥哥来接他，他一定肯回去。"我说。

停了好一会儿，孩子才用痛苦的声音回答我："他们决不会来的。你不晓得他们的脾气。要是他肯进医院，就好办了。不过我不晓得住医院要花多少钱。"他的声音低到只有我一个人听得见。

"那么明天就送他进医院罢；就是三等病房也比这儿好得多。你手头没有钱，我可以设法。"我诚恳地说。我的声音稍微大一点，但是我想病人已经睡着了，这些时候我就没有听见他的声息。

"不，不能够让你出钱！"孩子摇头拒绝道。

"你不要这样固执。病人的身体要紧，别的以后再讲。等他身体好了，我们还可以找个事情给他做。你想他肯做事吗？"我对他解释道。

"那么就照你的意思办罢。"小孩感激地说。

"我们明天上午九点钟以前在这儿见面，一块儿送他进医院去，就这样决定罢。你明天要上学吗？"

"我上午缺两堂课不要紧。我明天一定在这儿等你。黎先生，你先回去罢。我还要点燃蜡烛在这儿陪我父亲。"

病人轻轻地咳一声嗽，过后又没有声息了。小孩划了五根火柴，才把蜡烛点燃。

"好，我去了。有事情，你到姚家来找我。"

我听见他的应声才迈步走出小门，进到黑暗的天井里去。

二十一

我回到姚家，经过大门的时候，李老汉站起来招呼我。

"你们三老爷在大仙祠生病，我跟他小少爷讲好明天送他进医院去。"我对他说。我告诉他这个消息，因为我知道除了那个小孩，就只有他关心杨老三。

李老汉睁大眼睛张大嘴，答不出话来。

"你不用瞒我了，你们三老爷还来找过你，我看见的。你放心，我不会告诉别人。"我安慰他说。我又添上一句："我告诉你，我想你会抽空去看他。"

"多谢黎先生。"李老汉感激地说。他又焦急地问："三老爷的病不要紧罢？"

"不要紧，养养就会好的。不过他住在大仙祠总不是办法。你是个明白人，你怎么不劝他回家去住？看样子他家里还过得去。"

李老汉痛苦地叹了一口气，然后说："黎先生，我晓得你心地厚道。我不敢瞒你，不过说起来，话太长，我心头也过不得，改一天向你报告罢。"他把脸掉向门外街中。

"好。我进去找老文来替你看门。你到大仙祠去看看罢。"

"是，是。"他接连说。我跨过内门，走到阶下，他忽然在后面唤我。我回过头去。他带着为难的口气恳求我："三老爷的事情，请黎先生不要跟老文讲。"

"我知道，你放心罢。"我温和地对他点一下头。

我进了二门，走下天井。门房里四扇门全开着，方桌上燃着一盏清油灯。老文坐在门槛上，寂寞地抽着叶子烟。一支短短的烟管捏在他的左手里，烟头一闪一闪地亮着。他的和善的老脸隐约地在我的眼前现了一下，又跟着烟头的火光消失了。

我向着他走去。他站起来，走下石阶迎着我。

"黎先生回来了。"他带笑招呼我。

我们就站在天井里谈话。我简单地告诉他，李老汉要出去替我办点事情，问他可以不可以替李老汉看看门。

"我们去，我们去。"他爽快地答道。

"老爷、太太都在家吗？"我顺便问他一句。

"老爷跟太太看影戏去了。"

"虎少爷回来没有?"

"他一到外婆家,不到十一二点钟是不肯回来的。从前还是太太打发人去接他,现在老爷又依他的话,不准太太派人去接。"他愤慨地说。在阴暗中我觉得他的眼光老是在我的嘴上盘旋,仿佛在说:你想个办法罢。你为什么不讲一句话?

"我讲话也没有用。今早晨,我还劝过他。他始终觉得虎少爷好。"我说,我好像在替自己辩解似的。

"是,是,老爷就是这样的脾气。我们想,只要虎少爷大了能够改好,就好了。"老文接着说。

我不再讲话。老文衔着烟管,慢慢地走出二门去了。

月亮冲出了云层,把天井渐渐地照亮起来,整个公馆非常静。不知道从什么地方送过来一阵笛声。月亮又被一片灰白的大云掩盖了。我觉得一团黑影罩上我的身来。我的心被一种莫名的忧虑抓住了。我在天井里走了一会儿。笛声停止了。月亮还在云堆里钻来钻去。赵青云从内院走出来,并不进门房,却一直往二门外去了。

我走进了憩园。我进了我的房间。笛声又起来了。这是从隔壁来的。笛声停后,从围墙的那一面又送过来一阵年轻女人的笑声。

我在房里坐不住,便走出憩园,甚至出了公馆。老文坐在太师椅上,可是我没有心情跟他讲话。

在斜对面那所公馆的门前围聚了一群人。两个瞎子和一个瞎眼女人坐在板凳上拉着胡琴唱戏。这个戏也是我熟习的:《唐明皇惊梦》。

过了十几分钟的光景,唐明皇的"好梦"被宫人惊醒了。瞎子闭上嘴,胡琴也不再发声。一个老妈子模样的女人从门内出来付了钱。瞎子站起来说过道谢的话,用竹竿点着路,走进了街心。走在前面的是那个唱杨贵妃一角的年轻人，他似乎还有一只眼睛看得见亮光，他不用竹竿也可以在淡淡的月光下走路。他领头，一路上拉着胡琴，全是哀诉般的调子。他后面是那个唱安禄山一角的老瞎子，他一只手搭在年轻同伴的肩头，另一只手拿着竹竿，胡琴挟在腋下。我认得他的脸，我叫得出他的名字。十五年前，我常常有机会听他唱戏。现在他唱配角了。再后便是那个唱唐明皇一角的瞎眼妇人。她的嗓子还是那么好。十五年前我听过她唱《南阳关》和《荐诸葛》。现在她应该是四十光景的中年女人了。她的左手搭在年老同伴的肩上，右手拿着竹竿。我记得十五年前便有人告诉我，她是那个年老同伴的妻子，短胖的身材，扁圆的脸，这些并没有大的改变。只是人老得多了。

胡琴的哀诉的调子渐渐远去。三个随时都会倒下似的衰弱的背影终于淡尽了。我忽然想起了我的小说里的老车夫和瞎眼女人。眼前这对贫穷的夫妇不就是那两个人的影子么？我能够给他们安排一个什么样的结局呢？难道我还能够给他们带来幸福么？

我被这样的思想苦恼着。我不想回到那个清静的园子里去。我站在街心。淡尽了的影子若隐若现地在我的眼前晃来晃去。我忽然想起去追他们。我迈着快步子走了。

我又走过大仙祠的门前。我听见瞎子在附近唱戏的声音。可是我的脚像被一种力量吸引住了似的，在那两扇褪了色的黑漆大门前停下来。我踌躇了一会儿，正要伸手去推门。门忽然开了。杨家小孩从里面走出来。

他看见我，略有一点惊讶，过后便亲切地招呼我："黎先生。"

"你现在才回去？"我温和地问道。

"是的。"我答道。

"他现在好些了？"我又问，"睡了罢？"

"谢谢你，稍微好一点儿，李老汉儿在那儿。"

"那么，你回去休息罢，今天你也够累了。"

"是，我明早晨九点钟以前在这儿等你。黎先生，你有事情，来晏点儿也不要紧。"

"不，我没有事，我不会来晏的。"

我们就在这门前分别了。我等到他的影子看不见了，又去推大仙祠的门。我轻轻地推，门慢慢地开了一扇，并没有发出声响。

我走下天井，后面有烛光。我听见李老汉的带哭的声音："三老爷，你不能够这样做啊……"

我没有权利偷听他们谈话，我更没有权利打岔他们。我迟疑了两三分钟，便静静地退了出来。我听见"三老爷"的一句话："我再没有脸害我的儿子。"

我回到公馆里。二门内还是非常静。门房里油灯上结了一个大灯花。我看不见人影。月亮已经驱散了云片，像一个大电灯泡似的挂在蓝空。

我埋着头在天井里走了一会儿，忽然听见一个熟习的声音唤"黎先生"，我知道这是姚太太。我答应着，一面抬起头来。

她穿一件青灰色薄呢旗袍，外面罩着白色短外套，脸上仍旧露出她那好心的微笑。老李拉着空车上大厅去了。

"姚太太看电影回来了，诵诗呢?"

"他路上碰到一个朋友，找他谈什么事情，等一会儿就回来。黎先生回来多久了? 我们本来想约黎先生出去看电影，在花厅里找黎先生，才知道黎先生没有吃饭就出去了。黎先生在外面吃过饭了?"

"我有点事情，在外面吃过了。今天的片子还好罢?"

"就是《苦海冤魂》，好是好，只是太惨一点，看了叫人心里很难过。"她略略皱一下眉头。她的笑容消失了。

"啊，我看过的，是一个医生跟一个女孩子的故事。结果两个人都冤枉上了绞刑台。两个主角都演得很好。"

她停了一下，带着思索的样子说："我奇怪人对人为什么要这样残酷。一个好心肠的医生跟一个失业的女戏子，他们并没有害过什么人，为什么旁人一定要把他们送上绞刑台？为什么人对人不能够更好一点，一定要互相仇恨呢？"

她仰起头看天空，脸上带了一种哀愁的表情，这在银白的月光下，使她的脸显得更纯洁了。她第一次对我吐露她的心里的秘密。她的生活的另一面终于显露出来了。赵家的仇视，小虎的轻蔑，丈夫的不了解。……这应该是多么深的心的寂寞啊……

同情使我痛苦。其实我对她有的不止是同情，我无法说明我对她的感情。我可以说，纵使我在现社会中是一个卑不足道的人，我的生命不值一文钱，但是在这时候只要能够给她带来幸福，我什么也不顾惜。

可是怎么能够让她明白我这种感情呢？我不能对她说我爱她，因为这也许不是爱。我并没有别的心思。我只想给她带来幸福，让她的脸上永远现出灿烂的微笑。

"这是旧道德观念害人。不过电影故事全是虚构的，我知道人间还有很多温暖。"我用这样的话来安慰她，话虽然简单，可是我把整个心都放在这里面，我加重语气地说，为了使她相信我的话，为了驱散她的哀愁。

她埋下眼光看我一眼，微微点了点头，低声说："我明白，不过我觉得自己的生活太舒服了。我不说帮助人，就是给诵诗管家，也没有一点成绩。有时候想起来，也很难过。"

"小虎的事情我也知道，"我终于吐出小虎的名字来，"诵诗太疏忽了，我也劝过他。为这件事情姚太太你也苦够了。不过我想诵诗以后会明白的。你也该宽心一点。"

她轻轻地叹了一口气，停了一下，才低声说："我也不明白为什么赵家要这样恨我？为什么为了我的缘故就把好好的小虎教成这个样子？我愿意好好地做赵家的女儿，做小虎的母亲，他们却不给我一个机会，他们把我当做仇人。外面人不明白的，一定会说我做后娘的不对。"

我的喉咙仿佛被什么东西堵塞住了，我望着她那紧锁的双眉，讲不出话来。她的眼光停留在二门外照壁上，似乎没有注意到我在看她。

"赵家为什么这样恨我？我想来想去，总想不出原因来，"她接着说，"或许因为我到姚家来诵诗对我很好，据说是比对小虎的妈妈还好，只有这件事情是他们不高兴的。不过这又不是我的错。我从没有在诵诗面前讲过别人一句坏话。我到姚家来也不过二十岁，我在娘家，是随便惯了的。我母亲担心我不会管家，不会管教孩子。我自己也很害怕。我一天提心吊胆，在这么大一个公馆里头学着做主妇，做妻子，做母亲。我自己什么也不懂，也没有人教我。我愿意把他前头太太的母亲当做自己的母亲，前头太太的儿子当做自己的儿子，可是我做不好。我不知道应该怎么办才好。诵诗也不给我帮忙。我现在渐渐胆小起来了。"她说着又埋下头去。

"姚太太，你倒不必灰心。连我这样的人也并不看轻自己，何况你呢？"我诚心地安慰她。

"我？黎先生，你在跟我开玩笑罢？"她抬起头含笑地对我说，"我哪儿比得上你？"

"不是这样看法。你也许不知道你昨晚上那几句话使我明白多少事情，要是我以后能够活得积极一点，有意义一点，那也是你的力量。你给别人添了温暖。为什么你自己不能够活得更积极些？……"

我觉得她的明亮的眼睛一直在望我，眼光非常柔和，而且我仿佛看见了泪珠，可是我没有把话说完，老姚就回来了。

"你们都在这儿！为什么不进花厅去坐？"他高兴地嚷道。

"我们谈着话在等你。"她回答了一句，态度很自然地笑了笑。"我们已经站了好久了，黎先生恐怕累了罢。"

"是的，你们也该休息了，明天见罢。"我接着说。

我们一块儿走上石阶。他们从大厅走进内院，我便走入憩园。

二十二

早晨七点半钟的光景，我走出姚家大门，李老汉站在门槛下用忧愁的眼光看我，招呼了一声"黎先生"。他好像要对我讲话，可是我匆匆地点一下头，就走到街心去了。

不久我到了大仙祠。门大开着。我想，一定是杨家小孩先来了。我急急走到后面去。

后面静静地没有人。我不但看不见病人的影子，并且连被褥、脸盆、热水瓶等等都没有了。干草凌乱地堆在地上。草上有一张纸条，是用一块瓦片压住的，纸条上写着：

　　　　忘记我，把我当成已死的人罢，你们永远找不到我。让我安安静静地过完这一辈子。

　　寒儿

　　　　　　　　　　　　　　　　　　　　　　　父字。

从这铅笔写的潦草的字迹，我看出一个人的心灵。我不知道这个人的"堕落"的故事，可是这短短的几句话使我明白一个慈爱父亲的愿望。我拿着纸条在思索。小孩的脚步声逼近了。我等着他。

"怎么，黎先生你一个人？"小孩惊愕地说，"我父亲呢？"

"我刚才来，你看这张字条罢。"我低声说，我把字条递给他，一面掉开头，不敢看他的脸。

"黎先生，黎先生，他到哪儿去了？我们到哪儿去找他？你说我们应该怎么办？"他两只手抓住我的左边膀子疯狂地摇撼着，绝望地叫道。

我用力咬嘴唇，压住我的激动，故意做出冷静的态度说："我看只有依他的话把他忘记。我们不会找到他了。"

"不能，不能！我们都过得好，不能够让他一个人去受罪！"他摇着头迸出哭声说。

"可是你到哪儿去找他？这样大的地方！"

他突然扑倒在干草上伤心地哭起来。

我的眼睛是干的。我仰起头，两手交叉地放在胸前，我想问天：我怎样才能够减轻这个孩子的痛苦？可是天青着脸，不给我一个回答。它也不会告诉我他的父亲的去处。我只知道一个事实：他的父亲拿走了被褥和别的东西，决不会去寻死。因此，我让这个孩子哭着，不说一句安慰的话，事实上我也没有可以安慰他的话了。

后来孩子的哭声停止了，他站起来，哀求地对我说："黎先生，你知道得多，你说他会不会出什么事情？请你老实告诉我。我不害怕，请你对我说真话。"

我想了一会儿，我还是躲避着他的眼光，我温和地回答他："不要紧，不会有什么事情。我们去问李老汉儿，说不定他知道得多一点。"

"是，是，我记起来了，昨晚上我走的时候，他还在这儿跟我父亲讲话。"孩子省悟般地说。

"那么我们一路到姚家去罢，你快把眼泪揩干。"我轻轻地在他的肩头拍了一下。

我们走过前堂的时候，供桌上还放着玻璃瓶，但是那枝干枯了的茶花却不见了。

二十三

李老汉站在大门口，脸朝着我们来的方向，仿佛在等候我们似的。

杨家小孩跑到他面前，焦急地抓住他的左膀问道："李老汉儿，你晓得我父亲到哪儿去了？"

"小少爷，我不晓得。"李老汉忧郁地摇着头答道。

"你一定晓得，他昨晚上跟你讲过好些话。你快告诉我，我要去找他。"小孩固执地恳求道。

"小少爷，我实在不晓得。"李老汉的声音颤抖得厉害。他埋下头，似乎不愿意让杨家小孩多看他一眼。

"那么我走过后，他还跟你讲些什么话？李老汉儿，他们都说你有良心，你不会骗我一个小娃儿。我要找到他，黎先生给我帮忙，我们先医好他的病。以后我会去求我母亲，求我哥哥，接他回家。这对他只有好处。你做什么不让我去找他？……"小孩声音不高，不过他很激动，只见他在眨眼睛。后来哭声把他的咽喉堵塞了，他说不出话来。他放开李老汉的膀子，伸手揩了揩眼睛。

我心里很难过，便走近一步，对李老汉低声说："李老汉儿，你就对他说了罢。"

李老汉抬起头来，伸起右手在他的光秃的头顶上摩了几下。我听见他长叹一声，接着他痛苦地答道："三老爷的确没有讲过他要到哪儿去。昨晚上他跟我讲了好些话。他说过他要搬开大仙祠，搬到一个小少爷找不到的地方去。我劝他不要拼命苦他自己。他说他什么都看穿了，就只舍不得小少爷。不过为了小少爷好，他应当躲起来，不要再跟小少爷见面。他要叫小少爷慢慢忘记他，像太太跟大少爷那样，当做他已经死了。我说：'三老爷，你不能这样做，你会伤小少爷的心。'他说：'长痛不如短痛。不然以后叫他伤心的时候太长了。'我也不大懂三老爷这个道理，我还以为是他老人家病了随便讲话。后来我就回来了。这全是真话。我哪儿敢骗小少爷？"他的眼圈红了，眼泪不住地滚下脸颊来。

小孩跑进门内，坐在太师椅上蒙住脸低声哭起来。李老汉转过身子，睁大眼睛，惊愕、悲痛、怜惜地望着他，不知道应该怎样做才好。

我走到小孩面前，轻轻地拉他的手，说："我们到里面去坐坐。不要哭了，哭是没有用的。"

他挣扎着，不肯把手拿下来。我又说了一遍。

"你把他给我找回来！你还我爹！"他赌气地哭着说，这次他拿下了手。我第一次听见这个早熟的孩子说出完全小孩气的话。

"好，我一定给你找回来，我一定把他还给你。"我也用哄小孩的话去安慰他。

他终于顺从地闭了嘴站起来。

二十四

在我的房间里，我让他坐在沙发上，我用了许多话安慰他。他不再哭了。他只是唯唯应着。有时他那对哭肿了的眼睛呆呆地望着我，有时他望着门。

"我到外头去走一会儿。"他忽然站起来说。

"好。"我只说了一个字，并没有跟着他出去。我觉得疲倦，坐在软软的沙发上，不想再动一下。

我还以为他会再进房来。可是过了半点多钟，却听不见他的声息。后来我走到门外去看，园子里也没有他的影子。他已经走了，应该走远了。

我没有从这个孩子的口中探听出他的父亲的故事，我感到寂寞，我觉得心里不痛快。可是我不想上街，我也不想睡觉。为了排遣寂寞，我把我的全副精神放在我的小说里面。

这一天我写得很多。我被自己编造的故事感动了。老车夫在茶馆门口挨了打，带着一身伤痕去找瞎眼女人。他跌倒在她的门前。

…………

"你怎么啦?"女人吃了一惊，她摸索着，关心地问道。她抓到他那只伸起来的手。

"我绊了跤。"车夫勉强笑着回答。

"啊哟，你绊倒哪儿? 痛不痛?"她弯下身去。

"没有伤，我一点儿也不痛!"车夫一面揩脸上的血迹，一面发出笑声。可是泪水已经顺着脸颊流下来了。

…………

这两个人仿佛就在我的眼前讲话。他们在生活，在受苦。他们又拿他们的痛苦来煎熬我的心。正在我快受不了的时候，老文忽然气咻咻地跑进房来报告："有预行了。"据他说这是本年里的第二次预行警报。我看表，知道已经是三点十分，我料想敌机不会飞到市空来，但是我也趁这个机会放下了笔。

我问老文，老爷、太太走了没有。他回答说，他们吃过午饭就陪姑太太出去买东西，现在大约在北门外"绳溪花园"吃茶，听竹琴。他又告诉我，虎少爷上午到学校去了还没有回来。我又问他公馆里的底下人是不是全要出城去躲警报。他说，放了"空袭"以后，公馆里上上下下的人都走，只有李老汉留下来看家。李老汉一定不肯跑警报，也没有人能够说服他。

我还同老文谈了一些闲话，别了许久的空袭警报声突然响起来了。

"黎先生，你快走罢。"老文慌张地说。

"你先走，我等一下就走。"我答道。我觉得累，不想在太阳下面跑许多路。

老文走了。园子渐渐地落入静寂里。这是一种使人瞌睡的静寂。我在沙发上迷迷糊糊地睡了一会儿。我睁开眼睛，还是听不见人声。

我站起来。我的疲倦消失了。我便走出下花厅，在门前站了一会儿，注意到园里的绿色更浓了。我又沿着石栏杆走出了园子。

我走到大门口。李老汉安静地坐在太师椅上。街上只有寥寥几个穿制服的人。

"黎先生，你不走吗？"李老汉恭敬地问道。

"我想等着放'紧急'再走。"我说着便在太师椅对面板凳上坐下来。

"放'紧急'再走，怕跑不到多远；还是早走的好。"他关心地劝我。

"走不远，也不要紧。到城墙边儿，总来得及。"我毫不在乎地说。

　　他不作声了。但是我继续往下说："李老汉儿，请你对我讲真话。你们三老爷究竟为什么要走？为什么不肯让我们送他进医院？他为什么不肯回家去？"我这次采用了单刀直入的办法。

　　他怔了一下。我两眼望着他，恳切地说下去："我愿意帮忙他，我也愿意帮忙你们小少爷。你为什么还不肯对我讲真话？"

　　"黎先生，我不是不讲真话。我今天上午讲的没有一句假话。"他的声音颤得厉害，他低下头，不看我。我知道他快要哭了。

　　"但是他为什么会弄到这样？为什么要苦苦地糟蹋他自己？"我逼着问道，我不给他一点思索的时间。

　　"唉，"他长长地叹了一口气，"黎先生，你不晓得，人走错了一步，一辈子就算完了。他要回头，真是不容易。我们三老爷就是这样。他的事情我一说你就明白。他花光了家产，自己觉得对不起一家人，后来失悔得不得了，又不好意思用儿子的钱，就藏起来，隐姓埋名，不肯让家里人晓得，却偏偏给小少爷找到了。小少爷常常送钱给他，送饮食给他，折花给他，小少爷在我们公馆里头折的花就是给三老爷送去的，三老爷顶喜欢公馆里头的茶花。"

　　我知道李老汉讲的不全是真话，他至少隐瞒了一些事情。但是我并不放松他，我接着又问一句：

　　"你们三太太跟大少爷怎么不管他呢？"

　　李老汉把头埋得更深一点。我以为他不会回答我了。我默默地坐在他的对面，我的眼光掉向着街心。几个提包袱、抱小孩的行人从门前走过。我听见一个男人的粗声说："快走！敌机来啦！"其实这时候还没有发紧急警报。

　　李老汉抬起头来，泪水还顺着他的脸颊滚，白胡须上面粘着的口水在发亮。

"这件事我也不大明白。大少爷自来就跟三老爷不大对。卖公馆那一年，大少爷毕业回省来刚进银行做事。三老爷在外头讨姨太太租小公馆已经有好几年，三太太拿他也没有办法。大少爷回来常常帮三太太跟三老爷吵。不晓得怎样三老爷就搬出来了。大少爷也不去找他，只有小少爷还记得他父亲，到处去找他，后来才在街上碰到。三老爷住在大仙祠。小少爷就一直跟到大仙祠，三老爷没有办法，才跟小少爷讲了真话……"

我不敢看李老汉脸上的表情。我只是注意地听他讲话。忽然警报解除了。他也闭了嘴。他这段话给我引起了新的疑问。我还想追问他，可是他站起来，默默地走到大门外去了。

"那个做丈夫、做父亲的人一定是被他的妻子和儿子赶出家里来的。"——这一个思想忽然在我的脑子里亮了一下。

李老汉已经泄露了够多的秘密了，我也应该让他安静一会儿。

二十五

十二天慢慢地过去了。日子的确过得很慢，并且很单调。我上半天写小说，下半天逛街。小说写得不顺利，写得慢，有时我还得撕毁整页稿纸来重写。那两个不幸的人的遭遇抓紧了我的心。我失掉了冷静，我更难驾驭我的笔了。

朋友姚国栋至少隔一天要来看我一次，同我上天下地乱谈一阵。他还是那么高兴，对什么都有把握，对什么都不在乎，不管他整天不歇口地发牢骚。同时他夸他的太太，夸他的儿子，夸他的家庭幸福。

姚太太一个星期没有到下花厅来了。她在害病。不过听朋友的口气，她好像是在"害喜"，所以朋友并不为太太的病发愁，他反而显得高兴似的。但是，没有她的面影，我的房间也失去了从前的亮光，有时我还感到更大的寂寞。

逛街的时候，我老是摆脱不掉这样一个思想：有一天我会碰到杨家小孩和他的父亲。我不单是希望知道那一家的秘密，我还想尽我的微力给他们帮一点忙。但是省城是这么大，街上行人是这么多，我到哪里去寻找那个父亲的影子？不说父亲，就是那个小孩，我这些日子里也没有见过一面。我知道从李老汉的口中我可以打听到小孩的地址。但是我每次经过大门，看见他那衰老、愁烦的面颜，我觉得我没有权利再拿杨家的事情去折磨他。

有一天我从外面回来，他用失神的眼光望我，我忽然觉得我了解他的意思，他好像在问："你找到他吗？"我摇摇头用失望的眼光回答："没有，连影子也没有。"第二天他又用同样的眼光询问，我也用同样的眼光回答。第三天又是一样的情形。这样继续了好些天。有一次我差一点生气了，我想对他说：你明明知道我不会找到他，为什么老是来问我？

但是星期六来了。离我看见小孩父亲挨打的日子刚好三个礼拜。

这天我起床后就觉得头昏，仿佛有一块重东西压在我的头上，我什么事都不能做，也不想做。一个人躺在床上，我又觉得寂寞。我只希望老姚来找我谈天，我可以安静地靠在沙发上听他吹牛。可是这一天我偏偏看不见老姚的影子。老文送午饭来的时候，他告诉我老爷出门赴什么人的宴会去了。我又问起太太的病，他说，太太的病好多了，听周大娘讲太太有了小宝宝。他又说，万家外老太太同舅太太一早就来了。我没有问到虎少爷，可是老文也告诉我：虎少爷昨天去赵家玩，晚上没有回来，太太叫老李拉车去接，赵家外老太太却把老李骂了一顿，说是她要留虎少爷住半个月，省得在家里受后娘的气。老李回来，没有敢把这些话报告太太，怕惹太太怄气。不用说，老文接着又发了一顿牢骚。关于赵家同虎少爷的事，他的见解跟我的相差不远。我也说了几句责备赵家的话，后来他收了碗碟走了。

我坐在沙发上迷迷糊糊地睡了一觉。我醒来的时候，我仿佛听见有人在园子里轻声咳嗽。我站起来，走到门前。

我疑心我的眼睛花了。怎么，杨家小孩会站在山茶树下！我揉了一下眼睛。他明明站在那里，穿一身灰色学生服，光着头，在看树身上的什么东西。

我走下石阶。小孩似乎没有看见我。我一直走到他的背后。他连动也不动一下。

"你在看什么?"我温和地问道。

他吃了一惊，连忙回过头来。他的脸瘦多了，也显得更长，鼻子更向左偏，牙齿更露。

"我看爹的字。"他轻轻答道。他又把眼光移到树身上去。在那里我看见三个拇指大的字：杨梦痴。刻痕很深，笔画却已歪斜了。我再细看，下面还有六个刻痕较浅的小字——庚戌四月初七。那一定是刻树的日期。离现在也有三十二年了。那时他父亲不过是一个十几岁的少年。

"你得到他的消息吗?"我低声问他。

"没有，"他摇摇头答道，"我到处找，都找不到他。"

"我也没有。"我又说。我的眼光停留在刻字上。我心里想着：这是一条长远的路啊。我觉得难过起来了。

停了片刻，他忽然转过脸来，哀求地对我说："黎先生，我们还有什么办法找到他吗? 他究竟躲在哪儿?"

我默默地摇摇头。

"黎先生，他是不是还活着？我是不是还可以再看见他？"他又问道。他拼命眨他的眼睛，眼圈已经变红了。

我望着他那张没有血色的瘦脸，同情使我的心发痛，我痛苦地劝他：

"你就忘了他罢。你还老是记住他有什么用？你看你自己现在瘦得多了。你不会找到他的。"

"我不能，我不能！我忘不了他。我一定要找到他。"他带着哭声说。

"你在哪儿去找他呢？地方这么大，人这么多，你又是个小孩子。"

"那么你给我帮忙，我们两个人一定找得到他。"

我怜悯地摇摇头："不说两个人，就是二十个人也找不到他。你还是听他的话，好好地读书罢。"

"黎先生，我想到他一个人在受罪，我哪儿还有心肠读书？我找不到他，不能够救他，就是读好书又有什么用？活下去又有什么意思？"

我抓住他一只膀子，带点责备的口气说："你不能说这种话。你年纪小，家里有母亲。况且人活着，并不是——"

"妈有哥哥孝顺她，爹只有一个人，他们都不管他在外头死活……"他噘着嘴打断了我的话，眼泪流到嘴边了，他也不揩一下。

"你们都是一家人，为什么你妈跟你哥哥对你爹不好呢？你应该好好劝他们，他们一定会听你的话。"

他摇摇头："我讲话也没有用。哥哥恨死了爹，妈也不喜欢爹。哥哥把爹赶出来了，就不准人再提起爹……"

我终于知道那个秘密了。这真相也是我早已料到的。可是现在从儿子的口中，听到那个父亲的不幸的遭遇，我仿佛受到一个意外的打击。我无法说明我这时的心情。我忽然想躲开他，不再看他那憔悴的面容；我忽然想拉着他的手疯狂地跑出去，到处寻找他的父亲；我忽然又想让他坐在我的房里，详细地叙说他的家庭的故事。

我自己不能够决定我应该怎么做。我同那个小孩在山茶树下站了这许久，我不觉得疲倦，也忘记了头昏。我似乎在等待什么。

果然一个声音，一个甜甜的女音在后面响起来了。它不让我有犹豫的时间。

"小弟弟，你不要难过，你把你爹的事情跟我们说了罢。黎先生同我都愿意给你帮忙。"

我们一齐回过头去。姚太太站在假山前面，病后的面颜显得憔悴，她正用柔和的眼光看小孩。

"你们的话我也听见几句，我不是故意来偷听的。"她凄凉地一笑，"我不晓得小弟弟会有这样的痛苦。"她走过去，拿起小孩的一只手，母亲似的用爱怜的声音说："我们到黎先生房里去坐坐。"

小孩含糊地答应一声，就顺从地跟着姚太太走了。他们两个走在前头，像姐弟似的。我跟在后面，一面走，一面望着她那穿浅蓝洋布旗袍的苗条的背影。

二十六

"小时候爹顶爱我。我记得从我三岁起，就是爹带我睡觉。妈喜欢哥哥。哥哥自小就不听爹的话。爹一天不在家，到晚上才回来，回来就要跟妈吵嘴，有时候吵得很凶，妈哭了，第二天早晨爹跟妈讲几句好话，妈又高兴了。过两天他们又吵起嘴来。我顶怕听他们吵嘴，哥哥有时还帮妈讲几句话。我躲在床上，就是在大热天，也用铺盖蒙着头，不敢作声，也睡不着觉。后来爹上床来，拉开我的铺盖，看见我还睁开眼睛，他问我是不是他们吵嘴吵得我不能睡觉，我说不出话，我只点点头。他望着我，他说他以后不再跟妈吵嘴了，我看见他流眼泪水，我也哭了，我不敢大声哭，只是轻轻地哭。他拿好多话劝我，我后来就睡着了。"

小孩这样地开始讲他的故事。他坐在靠床那张沙发上。姚太太坐了另一张沙发，我坐在床沿上。我们的眼睛都望着他，他的眼睛却望着玻璃窗。他自然不是在看窗外的景物，他的视线给淡青色窗帷遮住了。他一双红红的眼睛好像罩上了一层薄雾，泪水满了，却没有滴下来。我想，那么他是在回顾他的童年罢。

"他们以后还是常常吵嘴，爹还是整天不在家，妈有时候也打打麻将。输了钱更容易跟爹吵嘴。有一回我已经睡了，妈拉我起来，要我同哥哥两个给爹磕头。妈说：'你们两个还不快给你们爹磕头，求他给你们留下几个钱活命，免得将来做叫化子丢他的脸！快跪呀，快跪呀！'哥哥先跪下去，我也只得跟着他跪下。我看见爹红着脸，拼命抓头发，结结巴巴地跟妈说：'你这何必呢，你这何必呢！'这一天爹没有办法了，他急得满屋子打转。妈只是催我们：'快磕头呀，快磕头呀！'哥哥真的磕头，我吓得哭起来。爹接连顿脚抓头发，结结巴巴，说了好几个'你'字。妈指着他说：'你今天怎么不讲话了！你也会不好意思吗？他们都是你的儿子，你拿出你做父亲的架子，教训他们呀！你跟他们说，你花的是你自己挣的钱，不是他们爷爷留给他们的钱！'爹说：'你看寒儿都给你吓哭了。你还紧吵什么！给别人听见大家都丢脸！'妈更生气了。她说话声音更大，她说：'往天你吵得，怎么今天也害怕吵了！你做得，我就说不得！你怕哪个不晓得你在外头嫖啊，赌啊！哪个不笑我在家里守活寡……'爹连忙蒙住耳朵说：'你不要再说了，我给你下跪好不好？'妈抢着说：'我给你跪，我给你跪！'就扑通一声跪下来。爹站住没有动。妈哭起来，拉着爹的衣服哭哭啼啼地说：'你可怜我们母子三个罢。你这样还不如爽爽快快杀死我们好，免得我们受活罪。'爹一句话也不说，就甩开妈的手转身跑出去了。妈在后面喊他，他也不回转来。妈哭，哥哥哭，我也哭。妈望着我们说：'你们要好好读书，不然我们大家都要饿死了。'我讲不出一句话。我听见哥哥说：'妈，你放心，我长大了，一定要给你报仇！'这天晚上妈就让我一个人睡，妈还以为爹会回来，妈没有睡好，我也没有睡好。我睁起眼睛紧望清油灯，等着爹回来。鸡叫了好几回，我还看不见爹的影子。

"爹一连两晚上都没有回来，妈着急了，打发人出去找爹，又叫哥哥去找，到处都找不到。妈牌也不打了，整天坐在家里哭，埋怨她自己不该跟爹吵嘴。第三天早晨爹回来了，妈又有说有笑的，跟爹倒茶弄点心。爹也是有说有笑的。后来我看见妈交了一对金圈子给爹，爹很高兴。下午爹陪着妈，带着我跟哥哥出去看戏。

"这件事我记得清清楚楚。我做梦也做过几回。爹跟妈有二三十天没有吵嘴。我们也过得很高兴。爹每晚上回来得很早，并且天天给我带点心回来。有一晚上我在床上偷偷跟爹说：'爹，你以后不要再跟妈吵嘴罢，你看你们不吵嘴，大家都过好日子。'他对我赌咒说，他以后决不再吵嘴了。

"可是过了不多久，他又跟妈大吵一回，就像是为着金圈子的事情。吵的时候，妈总要哭一场，可是过两天妈跟爹又好起来了。差不多每过一两个月妈就要交给爹一样值钱的东西。爹拿到东西就要带着妈跟我们出去看戏上馆子。再过一两个月他们又为着那样东西吵起嘴来。年年都是这样。

"他们都说我懂事早。的确我那个时候什么都明白。我晓得钱比什么都有用，我晓得人跟人不能够讲真话，我晓得各人都只顾自己。有时候他们吵得凶了，惊动了旁人，大家来看笑话，却没有人同情我们。

"后来他们吵得更凶了。一回比一回凶。吵过后，妈总是哭，爹总是在外头睡觉。连我跟哥哥都看得出来他们越吵感情越坏。我们始终不明白，妈为什么吵过哭过以后，又高兴把东西拿给爹，让他带出去。不但东西，还有钱。妈常常对我们说，钱快给爹花光了。可是妈还是拿钱给爹用。妈还跟我们讲过，她拿给爹的是外婆留给她的钱，爹现在拿去做生意。爷爷留下的钱早就给爹花光了。

"爹拿到东西，拿到钱，在家里才有说有笑，也多跟妈讲几句话。拿不到钱他一天板起脸，什么话也不说。其实他白天就从来不在家，十天里头大约只有一两天看得见他的影子。

"有一天爹带我出去买东西，买好东西，他不送我回家，却把我带到一个独院儿里头去。那儿有个很漂亮的女人，我记得她有张瓜子脸，红粉擦得很多。她喊爹做'三老爷'，喊我做'小少爷'；爹喊她做'老五'，爹叫我喊她'阿姨'。我们在那儿坐了好久。她跟爹很亲热，他们谈了好多话，他们声音不大，我没有留心去听，并且我不大懂阿姨的话。她给我几本图画书看，又拿了好些糖、好些点心给我。我一个人坐在矮凳子上看书。我们吃过晚饭才回家。一路上爹还嘱咐我回家不要在妈面前讲'阿姨'的事。爹又问我，觉得'阿姨'怎样。我说'阿姨'好看。爹很高兴。我们回到家里，妈看见爹高兴，随便问了两三句话，就不管我了。倒是哥哥不相信我的话，他把我拉到花园里头逼着问我，究竟爹带我到过什么地方。我不肯说真话。他气起来骂了我几句也就算了。这天爹对我特别好，上了床，他还给我讲故事。他夸我是个好孩子，还说要好好教我读书。这时候我已经进小学了。

"第二年妈就晓得了'阿姨'的事情。妈有天早晨收拾爹的衣服，在口袋里头找到一张'阿姨'的照相同一封旁人写给爹的信。爹刚刚起来，妈就问爹，爹答得不对，妈才晓得从前交给爹的东西，并不是拿去押款做生意，全是给'阿姨'用了。两个人大吵起来。这一回吵得真凶，爹把方桌上摆好的点心跟碗筷全丢在地下。妈披头散发大哭大闹。我从来没有见过他们这种凶相。后来妈闹着要寻死，哥哥才去请了大伯伯、二伯伯来；大伯娘、二伯娘也来了。大伯娘、二伯娘劝住妈；大伯伯、二伯伯把爹骂了一顿，事情才没有闹大。爹还向妈赔过礼，答应以后取消小公馆。他这一天没有出门，到晚上妈的气才消了。

"这天晚上还是我跟爹一起睡。外面在下大雨。我睡不着，爹也睡不着。屋里电灯很亮，我们家已经装了电灯了，我看见爹眼里有眼泪水，我对他说：'爹，你不要再跟妈吵嘴罢。我害怕。你们总是吵来吵去，叫我跟哥哥怎么办？'我说着说着就哭了。我又说：'你从前赌过咒不再跟妈吵嘴。你是大人，你不应该骗我。'他拉住我的手，轻轻地说：'我对不起你，我不配做你父亲。我以后不再跟你妈吵嘴了。'我说：'我不信你的话！过两天你又会吵的，会吵得连我们都没有脸见人。'爹只是叹了一口气。

"我还以为他们以后再也不吵嘴了。可是过不到一个月，我又看见爹跟妈的脸色不对了。不过以后他们也就没有大吵过。碰到妈一开口，爹就跑出去了，有时几天不回来。他一回家，妈逼着问他，他随便说两三句话就走进书房去了。妈拿他也没有办法。

"大伯伯一死，公馆里头人人吵着要彻底分家，要卖公馆。妈也赞成。就是爹一个人反对，他说这是照爷爷亲笔画的图样修成的，并且爷爷在遗嘱上也说过不准卖公馆，要拿它来做祠堂。旁人都笑爹。他的话没有人肯听。二伯伯同四爸都说，爹不配说这种话。

　　"他们那天开会商量的情形，我还记得很清楚。那个时候日本人已经在上海打仗了。在堂屋里头，二伯伯同四爸跟爹大吵。二伯伯拍桌子大骂，四爸也指着爹大骂。爹红着脸结结巴巴地说话。我躲在门外看他们。爹说：'你们要卖就卖罢。我绝不签字。我对不起爹的事情做得太多了。我是个不肖子弟。我丢过爹的脸。我卖光了爹留给我的田。可是我不愿意卖这个公馆。'爹一定不肯签字。二伯伯同四爸两个也没有办法。可是我们这一房没有人签字，公馆就卖不成。妈出来劝爹，爹还是不肯答应。我看见四爸在妈耳朵边讲了几句话，妈出去把哥哥找来了。哥哥毕业回省来不到两个月，还没有考进邮政局做事。他走进来也不跟爹讲话，就走到桌子跟前，拿起笔把字签了。爹瞪了他一眼。他就大声说：'字是我签的，房子是我赞成卖的。三房的事情我可以作主。我不怕哪个反对！'二伯伯连忙把纸收起来。他高兴得不得了。还有四爸，还有大伯伯的大哥，他们都很高兴，一个一个走开了。爹气得只是翻白眼，过了好一会儿，他才自言自语说了一句：'他不是我的儿子。'堂屋里头只剩下他一个人，我走到他面前，拉住他一只手。我说：'爹，我是你的儿子。'他埋下头看了我好一阵。他说：'我晓得。唉，这是我自作自受……我们到花园里头去看看，他们就要卖掉公馆了。'

　　"爹牵着我的手走进花园，那个时候花园的样子跟现在完全一样。我还记得快到八月节了，桂花开得很好，一进门就闻到桂花香。我跟着爹在坝子里走了一阵。爹忽然对我说：'寒儿，你多看两眼，再过些日子，花园就不是我们的了。'我听见他这样说，我心里也很难过。我问过他：'爹，我们住得好好的，为什么二伯伯他们一定要卖掉公馆？为什么他们大家都反对你，不听你的话？'

爹埋下头，看了我一阵，才说：'都是为钱啊，都是为钱啊！'我又问爹：'那么我们以后就不能够再进来了？'爹回答说：'自然。所以我叫你多看两眼。'我又问他：'公馆卖不掉，我们就可以不搬家吗？'爹说：'你真是小孩子，哪儿有卖不掉的公馆？'他拉我到茶花那儿去。这一阵不是开花的时候，爹要我去看他刻在树上的字。就是我刚才看的那几个字。我们从前有两棵茶花，后来公馆卖给你们姚家，（他的眼光已经掉回来停留在姚太太的脸上了）一棵白的死了。现在只有一棵红茶花了。爹指着那几个字对我说：'它的年纪比你还大。'我问他：'比哥哥呢？'他说：'比你哥哥还大。'他叹了一口气，又说：'看今天那种神气，你哥哥比我派头还大。现在我管不住他，他倒要来管我了。'我也说：'哥哥今天对你不好，连我也气他。'他转过身拍拍我的头，看了我一阵，过后他摇摇头说：'我倒不气他。他有理，我实在不配做他父亲。'我大声说：'爹，他是你的儿子。他不该跟旁人一起欺负你！'爹说：'这是我的报应。我对不起你妈，对不起你们。'我连忙说：'那么你不要再到"阿姨"那儿去。你天天在家陪着妈，妈就会高兴的。我就去跟妈说！'他连忙蒙住我的嘴，说：'你不要去跟妈讲阿姨的事。现在已经来不及了。你看这几个字，我当初刻的时候，我比你现在大不了多少。我想不到今天我们两个会站在这儿看它。过两天这个公馆、这个花园就要换主人，连我刻的几个字也保不住。寒儿，记住爹的话，你不要学我，你不要学你这个不争气的父亲。'我说：'爹，我不恨你。'他不讲话，只是望着我。他流下眼泪水来。他叹一口气，把一只手按着我的肩头，他说：'只要你将来长大了不恨我不骂我，我死了也高兴。'他说得我哭起来。他等我哭够了，便拿他的手帕给我揩干眼睛。他说：'不要哭了。你闻闻看，桂花多香，就要过中秋了。我刚接亲的时候，跟你妈常常在花园里头看月亮。那个时候还没有花台，只有一个池塘，后来你哥哥出世的时候，你爷爷说家里小孩多了，怕跌到池塘里去，才把池塘填了。那个时候我跟你妈感情很好，哪儿晓得会有今天这个结果？'他又把我引到金鱼缸那儿去。缸子里水很脏，有浮萍，有虾子，有虫。爹拿手按住缸子，我也扶着缸子。爹说：'我小时候爱在这个缸子里喂金鱼，每天放了学，就跑到这儿来，不到他们来喊我吃饭，我就不肯走。那个时候缸里水真干净，连缸底的泥沙也看得清清楚楚。我弄到了两尾"朝天眼"，你爷爷也喜欢它们。他常常到这儿来。有好几回他跟我一起站在缸子前头，就跟我们今天一样。那几回是我跟我父亲，今天是我跟我儿子。现在想起来我仿佛做了一场大梦。'我们又走回到桂花树底下。爹仰起头看桂花。雀子在树上打架，掉了好些花下来。爹躬着腰捡花。我也蹲下去捡，爹捡了一手心的花。过后爹去打开上花厅的门，我们在里头坐了一阵，又在下花厅坐了一阵。爹说：'过几天这都是别人的了。'我问爹，这个花园是不是爷爷修的。爹说是。他又说：'我想起来，你爷爷临死前不多久，有一天我在花园里头碰到他，他跟我讲了好些话，他忽然说："我看我也活不到好久了。我死了，不晓得这个花园、这些东西，还保得住多久？我就不放心你们。我到现在才明白，不留德行，留财产给子孙，是靠不住的。这许多年我真糊涂！"你爷爷的确说过这样的话。我今天才懂得他的意思。可是已经迟了。'……"

姚太太用手帕蒙住眼睛轻轻地哭起来。我在这个小孩叙述的时候常常掉过眼光去看她，好久我就注意到她的眼里泛起了晶莹的泪光。等到她哭出声来，小孩便住了嘴，惊惶地看她，亲切地唤了一声："姚太太。"我同情地望着她，心里很激动，却讲不出一句话来。下花厅里静了几分钟。小孩的眼泪一滴一滴地在脸上滚着。姚太太的哭声已经停止了。这两个人的遭遇混在一块儿来打击我的心。人间会有这么多的苦恼！超过我的笔下所能写出来的千百倍！我能够做些什么？我不甘心就这样静静地望着他们。我恨起自己来。这沉默使我痛苦。我要大声讲话。

小孩忽然站起来。他用手擦去脸上的泪痕。难道他要走开吗？难道他不肯吐露他的故事的最重要的部分吗？他刚刚走动一步，姚太太抬起脸说话了："小弟弟，你不要走，请你讲下去。"

"我讲，我讲！"小孩踌躇一下，突然爆发似的说，他又在沙发上坐下了。

"刚才我心头真有点难过，"她不好意思地说，一面用手帕轻轻地揩她的眼睛，"你爷爷那两句话真有意思。可是我奇怪你这小小年纪，怎么会记得清楚那许多事情？过了好些年你也应该忘记了。"

"爹的事情只要我晓得，我就不会忘记。我夜晚睡不着觉，就会想起那些事，我还会背熟那些话。"

"你晚上常常睡不着吗？"我问他。

"我想起爹的事就会睡不着。越睡不着就越想。越想我越觉得我们对不住爹……"

"你怎么说你对不住你父亲？明明是他不对。谁也看得出来是他毁了你们一家人的幸福。"我忍不住插嘴说。

"不过我们后来对他也太凶了，"小孩答道，"他已经后悔了，我们也应该宽待他。"

"是，小弟弟说得对。宽恕第一。何况是对待自家人。"姚太太感动地附和道。

"不过宽恕也应当有限度，而且对待某一些顽固的人，宽恕就等于纵容了。"我接口说，我暗指着赵家的事情。

她看了我一眼，也不说什么，却掉转头对小孩说："小弟弟，你往下讲罢。"她又加上一句："你讲下去心头不太难过罢，你不要勉强啊。"

"不，不，"小孩用力摇着头说，"我说完了，心头倒痛快些。爹的事我从没有对旁人讲过。家里头人总当我是个小孩子。他们难得跟我讲句正经话。其实论年纪我也不小了。我不再是光吃饭不懂事的小孩子了。"

"那么请你讲下去，让我们多知道一点你爹的事情。等我先给你倒杯茶来。"她说着就站起来。

"我自己来倒。"小孩连忙说，他也站起来。可是姚太太已经把茶倒好了。小孩感激地接过茶杯，捧着喝了几大口。

我默默地站起来，走到门口，又走到写字台前。我把藤椅挪到离小孩四五步远的光景，我就坐在他的对面。我用同情的眼光看这个早熟的孩子。在他这个年纪，对痛苦和不幸不应该有这样好的记性，也不该有这样好的悟性。就是叫我来讲，我也不能把他的父亲半生的故事说得更清楚。不幸的遭遇已经在这个孩子的精神上留下那么大的影响了。

二十七

小孩继续讲他的父亲的故事：

"公馆一个多月还没有卖掉。'下面'仗打得厉害，日本飞机到处轰炸，我们这里虽然安全，但是谣言很多。二伯伯他们着急起来，怕卖不掉房子。二伯伯第一个搬出去，表示决心要卖掉公馆。接着四爸也搬走了，大哥也搬走了。妈跟哥哥也另外租了房子要搬出去，爹不答应。爹跟他们吵了一回嘴。后来我们还是搬走了。爹说要留下来守公馆，他一个人没有搬。

"搬出来以后，我每天下了课，就到老公馆去看爹。我去过十多回，只看见爹一面。我想爹一定常常到'阿姨'那儿去。妈问起来，我总说我每回都碰到爹，妈也不起疑心。

"后来公馆卖给你们姚家，各房都分到钱，大家高高兴兴。我们这一房分到的钱，哥哥收起来了。爹气得不得了。他不肯搬回家，他说要搬到东门外庙里去住个把月。妈劝他回家住，他也不肯答应，后来哥哥跟他吵起来，他更不肯回家。其实我们新搬的家里头一直给他留得有一间书房。我们新家是一个独院儿，房子干干净净，跟老公馆一样整齐、舒服。我也劝过爹回家来住，说是家里总比外头好。可是爹一定不肯回家。哥哥说他并不是住在庙里头养身体，他一定是跟姨太太一起住在小公馆里头享福。哥哥还说那个姨太太原来是一个下江妓女。

"过了两个月，爹还没有搬回来。他到家里来过四五回，都是坐了半点多钟就走了。最后一回，碰到哥哥，哥哥跟他吵起来。哥哥问他究竟什么时候搬回家，他说不出。哥哥骂了他一顿，他也不多讲话，就溜走了。等我跑出去追他，已经追不到了。以后他就不回来了。过了一个多月，元宵节那天，我听见哥哥说，爹就要搬回来了。妈问他怎么晓得。他才对我们说，爹那个妓女逃走了，爹的值钱东西给她偷得干干净净，爹在外头没有钱，一定会回家来。我听见哥哥这样讲，心里不高兴。我觉得哥哥不应该对爹不尊敬。他究竟是我们的爹，他也没有亏待我们。

"我不相信哥哥的话。可是听他说起来，他明明知道爹住在哪儿，并且他也在街上见过那个下江'阿姨'。我在别处打听不到爹的消息，我只好拉着哥哥问，哥哥不肯说。我问多了，他就发脾气。不过我们吃晚饭的时候，哥哥时常讲起爹，我也听到一点儿。我晓得爹在到处找'阿姨'，都没有结果。可是我不晓得爹住的地方，我没有法子去找他。

　　"后来有一天爹回来了。我记得那天是阴历二月底。他就像害过一场大病一样，背驼得多，脸黄得多，眼睛落进去，一嘴短胡子，走路没有气力，说话唉声叹气。他回家的时候，我刚刚从学堂里回来，哥哥还没有回家。他站在堂屋里头，不敢进妈的房间。我去喊妈，妈走到房门口，就站在那儿，说了一句：'我晓得你要回来的。'爹埋着头，身子一摇一摆，就像要跌下去一样。妈动也不动一下。我跑过去，拉住爹的手，把他拖到椅子上坐下。我问他：'爹，你饿不饿？'他摇头说：'不饿。'我看见妈转身走了。等一下罗嫂就端了脸水来，后来又倒茶拿点心。爹不讲话，埋着头把茶跟点心都吃光了。我才看见他脸上有了一点血色。我心里很难过，我刚喊一声'爹'，眼泪水就出来了。我说：'爹，你就在家里住下罢，你不要再出去找"阿姨"了。你看，你瘦成了这样！'他拉住我的手，说不出一句话，只顾流眼泪水。

　　"后来妈出来了。她喊我问爹累不累，要不要到屋里去躺一会儿。爹起初不肯，后来我看见爹实在很累，就把他拉进屋去了。过一会儿我再到妈屋里去，我看见爹睡在床上，妈坐在床面前藤椅上。他们好像讲过话了，妈垂着头在流眼泪水。我连忙溜出去。我想这一回他们大概和好了。

　　"我们等着哥哥回来吃饭。这天他回来晏一点。我高高兴兴把爹回家的消息告诉他。哪晓得他听了就板起脸说：'我早就说他会回来的。他不回来在哪儿吃饭？'我有点生气，就回答一句：'这是他的家，他为什么不回来？'哥哥也不再讲话了。吃饭的时候，哥哥看见爹，做出要理不理的样子。爹想跟哥哥讲话，哥哥总是板起脸不做声。妈倒还跟爹讲过几句话。哥哥吃完一碗饭，喊罗嫂添饭，刚巧罗嫂不在，他忽然发起脾气来，拍着桌子骂了两句，就黑起一张脸走开了。

"我们都给他吓了一跳。妈说：'不晓得他今天碰到什么事情，怎么无缘无故地大发脾气。'爹埋着头在吃饭，听见妈的话，抬起头来说：'恐怕是因为我回来的缘故罢。'妈就埋下头不再讲话了。爹吃了一碗饭，放下碗。妈问他：'你怎么只吃一碗饭？不再添一点儿？'爹小声说：'我饱了。'他站起来。妈也不吃了，我也不吃了。这天晚上爹很少讲话。他睡得早。他还是跟我睡在那张大床上。我睡得不好，做怪梦，半夜醒转来，听见爹在哭。我轻轻喊他，才晓得他是在梦里哭醒的。我问他做了什么梦，他不肯说。

"爹就在我们新家住下来。头四天他整天不出街，也不多说话，看见哥哥他总是埋着头不做声。哥哥也不跟他讲话。到第五天他吃过早饭就出去了，到吃晚饭时候才回来。妈问他整天到哪儿去了。他只说是去看朋友。第六天又是这样。第七天他回来，我们正在吃晚饭，妈问他在外头有什么事情，为什么这样晏才回家来。他还是简简单单说在外头看朋友。哥哥这天又发脾气，骂起来：'总是扯谎！什么看朋友！哪个不晓得你是去找你那个老五！从前请你回家，你总是推三推四，又说是到城外庙里头养病！你全是扯谎！全是为了你那个老五！我以为你真的不要家了，你真的不要看见我们了。哪晓得天有眼睛，你那个宝贝丢了你跟人家跑了。你的东西都给她偷光了。现在剩下你一个光人跑回家来。这是你不要的家！这是几个你素来讨厌的人！可是人家丢了你，现在还是我们来收留你，让你舒舒服服住在家里。你还不肯安分，还要到外头去跑。我问你，你存的什么心！是不是还想在妈这儿骗点儿钱，另外去讨个小老婆，租个小公馆？我劝你不要胡思乱想。我决不容你再欺负妈！……'

"爹坐在墙边一把椅子上，双手蒙住脸。妈忍不住了，一边流眼泪水，一边插嘴说：'和，'我哥哥小名叫和，'你不要再说了。

让爹先吃点饭罢。'哥哥却回答说:'妈,你让我说完。这些年来我有好多话闷在心头,不说完就不痛快。你也太老实了。你就不怕他再像从前那样欺负你!'妈哭着说:'和,他是你的爹啊!'我忍不住跑到爹面前拉他的手,接连喊了几声'爹'。他把手放下来。脸色很难看。

"我听见哥哥说:'爹?做爹的应该有爹的样子。他什么时候把我当成他儿子看待过?'爹站起来,甩开我的手,慢慢儿走到门口去。妈大声在后面喊:'梦痴,你到哪儿去?你不吃饭?'爹回过头来说:'我觉得我还是走开好,我住在这儿对你们并没有一点儿好处。'妈又问:'那么你到哪儿去?'爹说:'我也不晓得。不过省城宽得很,我总可以找个地方住。'妈哭着跑到他身边去,求他:'你就不要走罢。从前的事都不提了。'哥哥仍旧坐在饭桌上,他打岔说:'妈,你不要多说话。难道你还不晓得他的脾气!他要走,就让他走罢!'妈哭着说:'不能,他光身一个人,你喊他走到哪儿去?'妈又转过来对爹说:'梦痴,这个家也是你的家,你好好地来支持它罢。在外头哪儿有在家里好!'哥哥气冲冲地回到他屋里去了。我实在忍不住,我跑过去拉住爹的手,我一边哭,一边说:'爹,你要走,你带我走罢。'

"爹就这样住下来。他每天总要出一趟街。不过总是在哥哥不在家的时候。有时也向妈、向我要一点儿零用钱。我的钱还是向哥哥要的。他叫我不要跟哥哥讲。哥哥以为爹每天在家看书,对他也客气一点,不再跟他吵嘴了。他跟我住一间屋。他常常关在屋里不是看书就是睡觉。等我放学回来,他也陪我温习功课。妈对他也还好。这一个月爹脸色稍微好看一点,精神也好了些。有一天妈对我们说,爹大概会从此改好了。

"有个星期天,我跟哥哥都在家,吃过午饭,妈要我们陪爹去看影戏，哥哥答应了。我们刚走出门，就看见有人拿封信来问杨三老爷是不是住在这儿。爹接过信来看。我听见他跟送信人说：'晓得了。'他就把信揣起来。我们进了影戏院，我专心看影戏，影戏快完的时候，我发觉爹不在了，我还以为他去小便，也不注意。等到影戏完了，他还没有回来。我们到处找他，都找不到。我说：'爹说不定先回家去了。'哥哥冷笑一声，说：'你这个傻子！他把我们家就当成监牢，出来了，哪儿会这么着急跑回去！'果然我们到了家，家里并没有爹的影子。妈问起爹到哪儿去了。哥哥就把爹收信的事说了。吃晚饭的时候，妈还给爹留了菜。爹这天晚上就没有回来。妈跟哥哥都不高兴。第二天上午他回来了。就只有妈一个人在家。他不等我放学回来，又走了。妈也没有告诉我他跟妈讲了些什么话。我后来才晓得他向妈要了一点钱。这天晚上他又没有回家。第二天他也没有回来。第三天他也没有回来。妈很着急，要哥哥去打听，哥哥不高兴，总说不要紧。到第五天爹来了一封信，说是有事情到了嘉定，就生起病来，想回家身上又没有钱，要妈给他汇路费去。妈得到信，马上就汇了一百块钱去。那天刚巧先生请假，我下午在家，妈喊我到邮政局去汇钱，我还在妈信上给爹写了几个字，要爹早些回来。晚上哥哥回家听说妈给爹汇了钱去，他不高兴，把妈抱怨了一顿，说了爹许多坏话，后来妈也跟着哥哥讲爹不对。

"钱汇去了，爹一直没有回信。他不回来。我们也没有得到他一点消息。妈跟哥哥提起他就生气。哥哥的气更大。妈有时还担心爹的病没有好，还说要写信给他。有一天妈要哥哥写信。哥哥不肯写，反而把妈抱怨一顿。妈以后也就不再提写信的话。我们一连三个多月没有得到爹的消息，后来我们都不讲他了。有一天正下大雨，我放暑假在家温习功课，爹忽然回来了。他一身都泡胀了，还是坐车子回来的，他连车钱也开不出来。人比从前更瘦，一件绸衫又脏又烂，身上有一股怪气味。他站在阶沿上，靠着柱头，不敢进堂屋来。

"妈喊人给了车钱，站在堂屋门口，板起脸对爹说：'你居然也肯回家来！我还以为你就死在外州县了。'爹埋着头，不敢看妈。妈又说：'也好，让你回来看看，我们没有你，也过得很好，也没有给你们杨家祖先丢过脸。'

"爹把头埋得更低，他头发上的水只是往下滴，雨也飘到脸上来，他都不管。我看不过才去跟妈说，爹一身都是水，是不是让他进屋来洗个脸换一件衣服。妈听见我这样说，她脸色才变过来。她连忙喊人给爹打水洗澡，又找出衣服给爹换，又招呼爹进堂屋去。爹什么都不说，就跟哑巴一样。他洗了澡。换过衣服，又吃过点心。他听妈的话在我床上睡了半天。

"哥哥回来，听说爹回家，马上摆出不高兴的样子。我听见妈在嘱咐他，要他看见爹的时候，对爹客气点。哥哥含含糊糊地答应着。吃晚饭时候，他看见爹，皱起眉头喊了一声，马上就把脸掉开了。爹好像有话要跟他讲，也没有办法讲出来。爹吃了一碗饭，罗嫂又给爹添了半碗来，爹伸手去接碗，他的手抖得很厉害，没有接好碗，连碗连饭一起掉在地上，打烂了。爹怕得很，连忙弯起腰去捡。妈在旁边说：'不要捡它了。让罗嫂再给你添碗饭罢。'爹战战兢兢地说：'不必，不必，这也是一样。'不晓得究竟为了什么缘故，哥哥忽然拍桌子在一边大骂起来。他骂到'你不想吃就给我走开，我没有多少东西给你糟蹋'，爹就不声不响地走了。哥哥指着妈说：'妈，这都是你姑息的结果。我们家又不是旅馆，哪儿能由他高兴来就来，高兴去就去！'妈说：'横竖他已经回来了，让他养息几天罢！'哥哥气得更厉害，只是摇着头说：'不行，不行，他把我们害到这样，我不能让他过一天舒服日子！我一定要找个事情给他做。'第三天早晨他就喊爹跟他一起出去，爹一句话也不讲，就埋着头跟他走了。妈还在后面说，爹跟哥哥一路走，看起来，爹就像是哥哥的底下人。我听到这句话，真想哭一场。

"下午哥哥先回来，后来爹也回来了。爹看见哥哥就埋下头。吃饭的时候哥哥问他话，他只是回答：'嗯，嗯。'他放下碗就躲到屋里去了。妈问哥哥爹做的什么事。哥哥总说是办事员。我回屋去问爹，爹不肯说。

"过了四五天，下午四点钟光景，爹忽然气咻咻地跑回家来。只有我一个人在家，妈出去买东西去了。我问爹怎么今天回来得这样早。爹一边喘气，一边说：'我不干了！这种气我实在受不了。明说是办事员，其实不过是个听差。吃苦我并不怕。我就丢不下这个脸。'他满头是汗，只见汗珠往下滴，衣服也打湿了。我喊罗嫂给他打水洗脸。他刚刚洗好脸，坐在堂屋里吃茶。哥哥就回来了。我看见哥哥脸色不好看，晓得他要发脾气，我便拿别的话打岔他。他不理我，却跑到爹面前去。爹看见他就站起来，好像想躲开他的样子。他却拦住爹，板起脸问：'我给你介绍的事情，你为什么做了几天就不干了？'爹埋着头小声回答：'我干不下来。有别的事情我还是可以干。'哥哥冷笑说：'干不下来？那么你要干什么事情？是不是要当银行经理？你有本事你自己找事去，我不能让你在家吃闲饭。'爹说：'我并不是想吃闲饭，不过叫我去当听差，我实在丢不下杨家的脸。薪水又只有那一点儿。'哥哥冷笑说：'你还怕丢杨家的脸？杨家的脸早给你丢光了！哪个不晓得你大名鼎鼎的杨三爷！你算算你花了多少钱！你自己名下的钱，爷爷留给我们的钱，还有妈的钱都给你花光了！'他说到这儿妈回来了，他还是骂下去：'你倒值得，你阔过，耍过，嫖过，赌过！你花钱跟倒水一样。你哪儿会管到我们在家里受罪，我们给人家看不起！'爹带着可怜的样子小声说：'你何必再提那些事情。过去的事已经过去了，我就是后悔也来不及了。'哥哥接着说：'后悔？你要是晓得后悔，也不会厚起脸皮回家了。从前请你回家，你不肯回来。现在我们用不着你了。你给我走！我没有你这样的父亲，我不承认你这样的父亲！'爹脸色大变，浑身抖得厉害，眼睛睁得大大的，要讲话又讲不出来。妈在旁边连忙喊住哥哥不要再往下说。我也说：'哥哥，他是我们的爹啊！'哥哥回过头看我，他流着眼泪水说：'他不配做我的爹，他从我生下来就没有好好管过我，我是妈一个人养大的。他没有尽过爹的责任。这不是他的家。我不是他的儿子。'他又转过脸朝着妈：'妈，你说他哪点配做我的爹？'妈没有讲话，只是望着爹，妈也哭了。爹只是动他的头，躲开妈的眼光。哥哥从口袋里摸出一封信交给妈，说：'妈，你看这封信。好多话我真不好意思讲出来。'妈看了信，对着爹只说了个'你'字，就把信递给爹，说：'你看，这是你公司一个同事写来的。'爹战战兢兢地看完信，一脸通红，嘴里结结巴巴地说：'这不是真的，我敢赌咒！有一大半不是真的。他们冤枉我。'妈说：'那么至少有一小半是真的了。我也听够你的谎话了，我不敢再相信你。你走罢。'妈对着爹挥了一下手，就转身进屋去了。妈像是累得很，走得很慢，一面用手帕子揩眼睛。爹在后面着急地喊妈，还说：'我没有做过那些事，至少有一半是他们诬赖我的。'妈并不听他。哥哥揩了眼泪水，说：'你不必强辩了。他是我的好朋友，无缘无故不会造谣害你。我现在没有工夫跟你多说。你自己早点打定主意罢。'爹还分辩说：'这是冤枉。你那个朋友跟我有仇，他舞弊，有把柄落在我手里头，他拿钱贿赂我，我不要，他恨透了我……'哥哥不等他说完，就说：'我不要听你这些谎话。你不要钱，哪个鬼相信！你要是晓得爱脸，我们也不会受那许多年的罪了。'哥哥说了，也走进妈屋里去了。堂屋里只有爹跟我两个人。我跑到爹面前，拉起他的手说：'爹，你不要怄他的气，他过一阵就会失悔的。我们到屋里歇一会儿罢。'爹喊了我一声'寒儿'，眼泪水就流出来了。过了半天他才说：'我失悔也来不及了。你记住，不要学我啊。'

"吃晚饭的时候，天下起雨来。爹在饭桌上说了一句话，哥哥又跟爹吵起来。爹说了两三句话。哥哥忽然使劲把饭碗朝地下一摔，气冲冲地走进屋去。我们都放下碗不敢讲一句话。爹忽然站起来说：'我走就是了。'哥哥听见这句话，又从房里跳出来，指着爹说：'那你马上就给我走！我看到你就生气！'爹一声不响就跑出堂屋，跑下天井，淋着雨朝外头走了。妈站起来喊爹。哥哥拦住她说：'不要喊他，他等一会儿就会回来的。'我不管他们，一个人冒着雨赶出去。我满头满身都湿透了。在大门口我看见爹弯着背在街上走，离我不过十几步远。我一边跑，一边大声喊。我的声音给雨声遮盖了。我满嘴都是雨水。我就要追上他了，忽然脚一滑，我'一扑扒'绊倒在街上。我一脸一身都是泥水。头又昏，全身又痛。我爬起来，又跑。跑到街口，雨小了一点，我离开爹只有三四步了，我大声喊他，他回过头，看见是我，反而使劲朝前面跑。我也拼命追。他一下子就绊倒了，半天爬不起来。我连忙跑过去搀他。他脸给石头割破了，流出血来。他慢慢儿站起，一边喘气，一边问我：'你跑来做什么？'我说：'爹，你跟我回家去。'他摇摇头叹口气说：'我没有家。我什么都没有。我就只有我一个人。'我说：'爹，你不能这样说。我是你的儿子，哥哥也是你的儿子。没有你，哪儿还有我们！'爹说：'我没有脸做你们的父亲。你放我走罢。不管死活都是我自己情愿。你回去对哥哥说，要他放心，我决不会再给你们丢脸。'我拉住他膀子说：'我不放你走，我要你跟我回去。'我使劲拖他膀子,他跟着退了两步。他再求我放他走。我不肯。他就把我使劲一推,我仰天跌下去,这一下把我绊昏了。我半天爬不起来。雨大得不得了。我衣服都泡胀了。我慢慢儿站起来,站在十字路口,我看不见爹的影子,四处都是雨,全是灰白的颜色。我觉得头重脚轻,浑身痛得要命。我一点儿气力都没有了。我咬紧牙齿走了几步,我自己也弄不清楚,我觉得我好像又绊了一跤,有人把我拉起来。我听见哥哥在喊我。我放心了,他半抱半搀地把我弄回家去。我记得那时候天还没有黑尽。

"我回到家里,他们给我打水洗澡换衣服,又给我煮姜糖水。妈照料我睡觉。她跟哥哥都没有问起爹,我也没有力气讲话。这天晚上我发烧很厉害。一晚就做怪梦。第二天上午请了医生来看病。我越吃药,病越厉害。后来换了医生,才晓得药吃错了。我病了两个多月,才好起来。罗嫂告诉我,我病得厉害的时候,妈守在我床面前,我常常大声喊:'爹,你跟我回家去!'妈在旁边揩眼泪水。妈当天就要哥哥出去找爹回来。哥哥真的出去了。他并没有找回爹。不过后来我的病好一点,妈跟哥哥在吃饭的时候又在讲爹的坏话。这也是罗嫂告诉我的。

"我的病好起来了。妈跟哥哥待我都很好!就是不让我讲爹的事。我从他们那儿得不到一点爹的消息。也许他们真的不晓得。他们好像把爹忘记得干干净净了。我在街上走路,也看不到爹的影子。我去找李老汉儿,找别人打听,也得不到一点结果。二伯伯,四爸,大哥他们,在公馆卖掉以后就没有到我们家里来过。他们从来不问爹的事。

"在第二年中秋节那天,我们家里没有客人,这一年来妈很少去亲戚家打牌应酬,也少有客人来。跟我们家常常来往的就只有舅母同表姐。那天我们母子三个在家过节。妈跟哥哥都很高兴。只有我想起爹一个人在外头不晓得怎样过日子，心里有点儿难过。吃过午饭不久，我们听见有人在门口问杨家，罗嫂去带了一个人进来。这个人穿一身干净的黄制服，剪着光头。他说是来给杨三老爷送信。哥哥问他是什么人写的信。他说是王家二姨太太写的。哥哥把信拆开了，又问送信人折子在哪儿。送信人听说哥哥是杨三老爷的儿子，便摸出一个红面子的银行存折，递给哥哥说：'这是三万元的存折，请杨三老爷写个收据。'我看见哥哥把存折拿在手里翻了两下，他一边使劲地咬他的嘴唇，后来就把折子递还给送信人，说：'我父亲出门去了，一两个月里头不会回来。这笔款子数目太大，我们不敢收。请你拿回去，替我们跟你们二姨太太讲一声。'送信人再三请哥哥收下，哥哥一定不肯收。他只好收起存折走了。他临走时还问起杨三老爷到哪儿去了，哥哥说，'他到贵阳、桂林一带去了。'哥哥扯了一个大谎！妈等送信人走了，才从房里出来，问哥哥什么人给爹送钱来。哥哥说：'你说还有哪个，还不就是他那个宝贝老五！她现在嫁给阔人做小老婆，她提起从前的事情，说是出于不得已，万分对不起爹，请爹原谅她。她又说现在她的境遇好一点，存了三万块钱送给爹，算是赔偿爹那回的损失……'妈听到这儿就忍不住打岔说：'哪个希罕她那几个钱！你退得好！退得好！'我一直站在旁边，没有插嘴的资格。不过我却想起那个下江'阿姨'红红的瓜子脸，我觉得她还是个好人。她到现在还没有忘记爹。我又想，倘使她知道爹在哪儿，那是多么好，她一定不会让爹流落在外头。

"以后我一直没有得到爹的消息。到去年九月有个星期六下午妈带我出去看影戏，没有哥哥在。我们看完影戏出来，妈站在门口，我去喊车子。等我把车子喊来，我看见妈脸色很难看，好像她见了鬼一样。我问她是不是身体不舒服。她说不是。她问我看见什么人没有。我说没有看见。妈也不说什么。我们坐上车子，我觉得妈时常回过头看后面。我不晓得妈在看什么。回到家里，我问妈是不是碰到了什么熟人。哥哥还没有回来，家里只有我们两个。妈变了脸色，小声跟我说：'我好像看见你爹。'我高兴地问她：'你真的看见爹吗？'她说：'一定是他，相貌很像，就是瘦一点，衣服穿得不好。他从影戏院门口，跟着我们车子跑了好几条街。'我说：'那么你做什么不喊他一声，要他回家呢？'妈叹了一口气，后来就流下眼泪水来了。我不敢再讲话。过了好一阵，妈才小声说了一句：'我想起来又有点儿恨他。'我正要说话，哥哥回来了。

"我这天晚上睡不着觉。我在床上总是想着我明天就会找到爹，着急得不得了。第二天我一早就起来。我不等在家里吃早饭就跑出去了。我去找李老汉儿，告诉他，妈看见了爹，问他有没有办法帮我找到爹。他劝我不要着急，慢慢儿找。我不听他的话。我缺了几堂课，跑了三天，连爹的影子也看不见。

"又过了二十多天，我们正在吃晚饭，邮差送来一封信，是写给妈的。妈接到信，说了一句：'你爹写来的。'脸色就变了。哥哥连忙伸过手去说：'给我看！'妈把手一缩，说：'等我先看了再给你。'就拆开信看了。我问妈：'爹信里讲些什么话？'妈说：'他说他身体不大好，想回家来住。'哥哥马上又伸出手去把信拿走了。他看完信，不说什么就把信拿在油灯上烧掉。妈要去抢信，已经来不及了。妈着急地问哥哥：'你为什么要烧它！上面还有回信地址！'哥哥立刻发了脾气，大声说：'妈，你是不是还想写信请他回来住？好，他回来，我立刻就搬走！家里的事横顺有他来管，以后也就用不到我了。'妈皱了一下眉头，只说：'我不过随便问一句，你何必生气。'我气不过就在旁边接一句话：'其实也应该回爹一封信。'哥哥瞪了我一眼，说：'好，你去回罢。'可是地址给他烧掉了，我写好回信又寄到哪儿去呢？

"又过了两三个星期，有一天，天黑不久，妈喊我出去买点东西，我回来，看见大门口有一团黑影子，我便大声问是哪个。影子回答：'是我。'我再问：'你是哪个？'影子慢慢儿走到我面前，一边小声说：'寒儿，你连我的声音也听不出来了。'我看见爹那张瘦脸，高兴地说：'爹，我找了你好久了，总找不到你。'爹摩摩我的头说：'你也长高了。妈跟哥哥他们好吗？'我说：'都好。妈接到你的信了。'爹说：'那么为什么没有回信？'我说：'哥哥把信烧了，我们不晓得你的地址。'爹说：'妈晓得罢？'我说：'信烧了，妈也不晓得了。妈自来爱听哥哥的话。'爹叹了一口气说：'我早就料到的。那么没有一点指望了。我还是走罢。'我连忙拉住他的一只手。我吓了一跳。他的手冰冷，浑身在发抖。我喊起来：'爹，你的手怎么这样冷！你生病吗？'他摇摇头说：'没有。'我连忙捏他的袖子，已经是阴历九月，他还只穿一件绸子的单衫。我说：'你衣服穿得这样少，你不冷吗？'他说：'我不冷！'我想好了一个主意，我要他在门口等我一下，我连忙跑进去，跟妈说起爹的情形，妈拿出一件哥哥的长衫和一件绒线衫，又拿出五百块钱，要我交给爹，还要我告诉爹，以后不要再到这儿来，妈说妈决不会回心转意的，请爹不要妄想。妈又说即使妈回心转意，哥哥也决不会放松他。我出去，爹还在门口等我。我把钱和衣服交给他。要他立刻穿上。不过我没有把妈的话告诉他。他讲了几句话，就说要走了，我不敢留他，不过我要他把他的住处告诉我，让我好去找他。我说，不管哥哥对他怎么样，我总是他的儿子。他把他住处告诉我了，就是这个大仙祠。

"第二天早晨我就到大仙祠去，果然在那儿找到了爹。爹说他在那儿住得不久，搬来不过一个多月。别的话他就不肯讲了。以后我时常到爹那儿去，有时候我也给爹拿点东西去。我自然不肯让哥哥晓得。妈好像晓得一点儿，她也并不管我。我在妈面前只说我见到了爹，我并不告诉她爹在什么地方。不过我对李老汉儿倒把什么事情都说了。他离爹的住处近，有时候也可以照应爹。

"从那个时候起我就时常到你们公馆里头来。（小孩侧过脸朝着姚太太笑了笑，带了点不好意思的样子。他脸上的眼泪还没有干掉。）爹爱花，爹总是忘不掉我们花园，他时常跟我讲起。我想花园本来是我们的，虽说是卖掉了，我进去看看，拿点花总不要紧。我把我这个意思跟李老汉儿说了，他让我进去。我头一回进来，没有碰到人，我在花台上折了两枝菊花拿给爹，爹高兴得不得了。以后我来过好多回。每回都要跟你们的底下人吵嘴。有两回还碰到姚先生，挨过他一顿骂，有一回还挨了那个赵青云几下打。老实说，我真不愿意再到你们这儿来。不过我想起爹看到花欢喜的样子，我觉得我什么苦都受得了。我不怕你们的底下人打我骂我。我又不是做贼。我也可以跟他们对打对骂。只有一回我碰到你姚太太，你并没有赶我，你待我像妈妈、像姐姐一样，你还折了一枝腊梅给我。我在外头就没有碰到一个人和颜悦色地跟我讲过话，就只有你们两个人。我那些伯伯、叔叔，堂哥哥、堂弟弟都看不起我们这一房人，不愿意跟我们来往，好像我们看见他们，就会向他们借钱一样。爹跟我讲过，就在前不久的时候，有一天爹在街上埋头走路，给一部私包车撞倒了，脸上擦掉了皮，流着血。那是四爸的车子，车夫认出是爹，连忙放下车子去搀爹。爹刚刚站起来，四爸看到爹的脸，认出是他哥哥，他不但不招呼爹，反而骂车夫不该停车，车夫只好拉起车子走了。四爸顺口吐了一口痰，正吐在爹身上。这是爹后来告诉我的。

"爹还告诉我一件事情。有天下午爹在商业场后门口碰见'阿姨'从私包车下来。她看见爹，认出来他是谁，便朝着爹走去，要跟爹讲话。爹起初有点呆了，后来听见她喊声'三老爷'，爹才明白过来，连忙逃走了。以后爹也就没有再看见她。爹说看见'阿姨'比看见四爸早两天。我也把'阿姨'送钱的事跟他讲了。他叹了两口气，说，倒是'阿姨'这种人有良心……"

小孩讲了这许多话，忽然闭上嘴，精力竭尽似的倒在沙发靠背上，两只手蒙住了眼睛。我们，我同姚太太，这许久都屏住气听他讲话，我们的眼光一直停留在他的脸上。现在我们仿佛松了一口气。我觉得呼吸畅快多了。我看见姚太太也深深地嘘了一口气。虽然她用手帕在揩眼睛，可是我看出来她的脸上紧张的表情已经消失了。

"小弟弟，我想不到你吃了这么多的苦。也亏得你，换个人不会像你这样。"她温柔地说。小孩不作声，也不取下手来。过了片刻，她又说："你爹呢，他现在是不是还在大仙祠？请他过来坐坐也好。"小孩的轻微的哭声从他一双手下面透了出来。我对着姚太太摇摇头，小声说："他父亲不愿意拖累他，又逃走了。"

"可以找到吗？"她低声问。

"我看一时不会找到，说不定他已经离开省城。他既然存心躲开，就很难找到他。"我答道。

小孩忽然取下蒙脸的手，站起来，说："我回去了。"

姚太太马上接嘴说："你不要走。你再要一会儿，吃点茶，吃点点心。"

"谢谢你，我肚子很饱，吃不下。我真的要回去了。"小孩说。

"我看你很累。你一个人说了这许多话，也应该休息一会儿。"姚太太关心地说。

小孩回答道："我一点儿也不累，话说完了，我心里头也痛快多了。这几年来我在心里头背^①来背去，都是背这些话。我只跟李老汉儿讲过一点儿。今天全讲了。……我真的要走了。妈在家里等我。"

"那么你以后时常来要罢，你可以把我们这儿当做你自己的家，"姚太太恳切地说。

"我要来的，我要来的！这儿是我们的老家啊！"小孩说完，就从大开着的玻璃门走出去了。

二十八

"你要来啊，你要来啊！"姚太太还赶到花厅门口，恳切地招呼小孩道。

"我看他不会来了。"我没有听见小孩的回答，却在旁边接了一句。

"为什么呢？"她转过脸来，用疑惑的眼光望着我。

"这个地方有他那么多痛苦的回忆，要是我，我不会再来的。"我答道，我觉得心里有点不好受。

"不过这儿也应该有他许多快乐的回忆罢，"她想了一会儿，才自语似的说，"我倒真想把花园还给他。"她在书桌前的藤椅上坐下来。

我吃了一惊，她居然有这样的念头！我便问道："还给他？他也不会要的。而且诵诗肯吗？"

她摇摇头："诵诗不会答应的。其实他并不爱花。我倒喜欢这个花园。"过后她又加一句："我觉得这个孩子很不错。"

_____

① 背：即"背诵"的意思。

"他吃了那么多苦，也懂得那么多。本来像他这样年纪倒应该过得更好一点。"我说。

"不过现在过得好的人也实在不多。好多人都在受苦。黎先生，你觉得这种苦有没有代价？这种苦还要继续多久？"她的两只大眼睛望着我，恳切地等候我的回答。

"谁知道呢！"我顺口答了一句。但是我触到她的愁烦的眼光，我马上又警觉起来。我不能答复她的问题，我知道她需要的并不是空话。但是为了安慰她，我只好说："当然有代价，从来没有白白受的苦。结果不久就会来的。至少再过一两年我们就会看到胜利。"

她的脸上浮现了一丝笑意。她微微点一下头，又把眼睛抬起来，她不再看我，但是她痴痴地在望着什么呢？她是在望未来的远景罢。她微微露出牙齿，温和地说："我也这样想。不过胜利只是一件事情。我们不能把什么都推给它。可是像我这样一个女子又能够做什么呢？我还不是只有等待。我对什么事都只有等待。我对什么事都是空有一番心肠。黎先生，你一定会看不起我。"她把眼光埋下来望我。

"为什么呢？姚太太，我凭什么看不起你？"我惊讶地问道。

"我整天关在这个公馆里，什么事都不做，也没有好好地给诵诗管过家，连小虎的教育也没法管。要管也管不好。我简直是个废人。诵诗却只是宠我。他很相信我，可是他想不到我有这些苦衷。我又不好多对他讲。……"

"姚太太，你不应该苛责自己。要说你是个废人，我不也是废人么？我对一切事不也是空有一番心肠？"我同情地说，她的话使我心里难过，我想安慰她，一时却找不到适当的话。

"黎先生，你不比我，你写了那么多书，怎么能说是废人！"她提高声音抗议道，同时她友谊地对我笑了笑。

"那些书又有什么用？还不是些空话！"

"这不能说是空话。我记得有位小说家说过，你们是医治人类心灵的医生。至少我服过你们的药。我觉得你们把人们的心拉拢了，让人们互相了解。你们就像是在寒天送炭、在痛苦中送安慰的人。"她的眼睛感动地亮起来，她仿佛又看见什么远景了。

一股暖流进到我的心中，我全身因为快乐而颤动起来。我愿意相信她的话，不过我仍然分辩说："我们不过是在白纸上写黑字，浪费我们的青春，浪费一些人的时间，惹起另一些人的憎厌。我们靠一支笔还养不活自己。像我，现在就只好在你们家做食客。"我自嘲地微笑了。

她马上换了责备的调子对我说："黎先生，你在我面前不该讲这种话。你怎么能说是食客呢？你跟诵诗是老朋友，并且我们能够在家里招待你这样的客人，也是我们的荣幸。"

"姚太太，你说我客气，那么请你也不要说'荣幸'两个字。"我插嘴说。

"我在说我心里想说的话。"她含笑答道。但是她的笑容又渐渐地淡下去了。"我并不是在夸奖你。好些年来我就把你们写的书当做我的先生，我的朋友。我母亲是个好心肠的旧派老太太，我哥哥是个旧式的学者，在学堂里头我也没有遇到一位好先生，那些年轻同学在我结婚以后也不跟我来往了。在姚家，我空时候多，他出去的时候，我一个人无聊就只有看书。我看了不少的小说，译的，著的，别人的，你的，我都看过。这些书给我打开了一个世界。我从前的天地就只有这么一点点大：两个家，一个学堂，十几条街。我现在才知道我四周有一个这么广大的人间。我现在才接触到人们的心。我现在才懂得什么叫不幸和痛苦。我也知道活着是怎么一回事了。有时候我高兴得流起眼泪来，有时候我难过得只会发傻笑。不论哭和笑，过后我总觉得心里畅快多了。同情，爱，互助，这些不再是空话。我的心跟别人的心挨在一起，别人笑，我也快乐，别人哭，我心里也难过。我在这个人间看见那么多的痛苦和不幸，可是我又看见更多的爱。我仿佛在书里面听到了感激的、满足的笑声。我的心常常暖和得像在春天一样。活着究竟是一件美丽的事，我记得你也说过这样的话。"

"我是说：活着为自己的理想工作是一件美丽的事。"我插嘴更正道。

她点一下头，接下去说："这是差不多的意思。要活得痛快点，活得有意义点，谁能没有理想呢！很早我听过一次福音堂讲道，一个英国女医生讲中国话，她引了一句《圣经》里的话：牺牲是最大的幸福。我从前不懂这句话的意思，现在我才明白了。帮助人，把自己的东西拿给人家，让哭的发笑，饿的饱足，冷的温暖。那些笑声和喜色不就是最好的酬劳！我有时候想，就是出去做一个护士也好得多，我还可以帮助那些不幸的病人：搀这个一把，给那个拿点东西，拿药来减轻第三个人的痛苦，用安慰的话驱散第四个人的寂寞。"

"可是你也不该专想旁人就忘了自己啊！"我感动地第二次插嘴说。

"我哪儿是忘了我自己，这其实是在扩大我自己。这还是一部外国小说里面的说法。我会在旁人的笑里、哭里看见我自己。旁人的幸福里有我，旁人的日常生活里有我，旁人的思想里、记忆里也有我，要是能够做到这样，多么好！"她脸上的微笑是多么灿烂，我仿佛见到了秋夜的星空。我一边听她讲话，一边暗暗地想：这多么美！我又想：这笑容里有诵诗罢？随后又想：这笑容里也有我么？我感到一种昂扬的心情，我仿佛被她抬高了似的。我的心跳得厉害，我感激地望着她。但是那星空又突然黯淡了。她换了语调说下去："可是我什么也做不到。我好像一只在笼子里长大的鸟，要飞也飞不起来。现在更不敢想飞了。"她说到这一句，似乎无意地看了一下她的肚皮，她的脸马上红了。

我不知道应该用什么话安慰她，我想说的话太多了，也许她比我更明白。她方才那番话还在我的心里激荡。要说"扩大自己"，她已经在我的身上收到效果了。那么她需要的应该是一个证明和一些同情罢。

"黎先生，你的小说写完了罢？"她忽然问道，同时她掉转眼睛朝书桌上看了一下。

"还没有，这几天写得很慢。"我短短地答道。她解决了我的难题，我用不着讲别的话了。

她掉过头来同情地看了我一眼，关心地说："你太累了，慢慢儿写也是一样的。"

"其实也快完了，就差了一点儿。不过这些天拿起笔总写不下去。"

"是不是为了杨家孩子的事情？"她又问。

"大概是罢。"我答道，可是我隐藏了一个原因：小虎，或者更可以说就是她。

"写不下去就索性休息一个时候，何必这样苦你自己。"她安慰地说。接着她又掉头看了看书桌上那叠原稿，一边说："我可以先拜读原稿罢？"

"自然可以。你高兴现在就拿去也行。只要把最后一张留下就成了。"我恳切地说。

她站起来，微笑道："那么让我拿去看看罢。"

我走过去，把原稿拿给她。她接在手里，翻了一下，说："我明天就还来。"

"慢慢儿看，也不要紧，不必着急。"我客气地说。

她告辞走了。我立在矮矮的门槛上，望着这静寂的花园，我望了许久。

二十九

晚上，天下着雨。檐前雨点就好像滴在我的心上似的，那单调的声音快使我发狂了。我对着这空阔的花厅，不知道应该把我的心安放到哪里去。我把屏风拉开来，隔断了那一大片空间。房间显得小了。我安静地坐在靠床那张沙发上。电灯光给这间屋子淡淡地抹上一层紫色（那是屏风的颜色）。我眼前只有忧郁和凄凉，可是远远地仿佛有一个声音在唤我，那是快乐的、充满生命的声音；我隐隐约约地看见那张照亮一切的笑脸。"牺牲是最大的幸福。"我好像又听见了这句话，还是那熟悉的声音。我等待着，我渴望着。然而那个声音静了，那张笑脸隐了。留给我的还是单调的雨声和阴郁的景象。

一阵烦躁来把我抓住了。我不能忍耐这安静。我觉得心里翻腾得厉害。我的头也发着隐微的刺痛，软软的沙发现在也变成很不舒适的了。我站起来，收了屏风。我在这个大屋子里来回走了好一会儿。我打算走倦了就上床去睡觉。

但是我开始觉得有什么东西从我心底渐渐地升上来。我的头烧得厉害。我全身仿佛要爆炸了。我跟跄地走到书桌前面，在藤椅上坐下来，我摊开那一张没有给姚太太带走的小说原稿，就在前一天搁笔的地方继续写下去。我越写越快。我疯狂地写着。我满头淌着汗，不停地一直往下写。好像有人用鞭子在后面打我似的，我不能放下我的笔。最后那个给人打伤腿不能再拉车的老车夫犯了盗窃行为被捉到衙门里去了，瞎眼女人由一个邻居小孩陪伴着去看他，答应等着他从牢里出来团聚。

　　　　…………

　　"六个月，六个月快得很，一眨眼儿就过去了！"老车夫高兴地想着，他还没有忘记那个女人回过头拿她的瞎眼来望他的情景。他想笑，可是他的眼泪淌了下来。

　　　　…………

我写到两点钟，雨还没有住，可是我的小说完成了。

我丢下笔，我的眼睛痛得厉害，我不能再睁开它们。我一摇一晃地走到床前，我没有脱衣服，就倒在床上睡着了。我甚至没有想到关电灯。

早晨，我被老姚唤醒了。

"老黎，你怎么还不起来？六点多了！"他笑着说。

我睁开眼睛，觉得屋子亮得很。我的眼睛还是不大舒服，我又闭上它们。

"起来，起来！今天星期，我们去逛武侯祠。昭华也去。她快打扮好了。"他走到床前来催我。

我又把眼睛睁开，说："还早呢！什么时候去？"一面还在揉眼睛。

"现在就去！你快起来！"他答道。"怎么！你眼睛肿了，一定是昨晚上又睡晏了。怪不得你连电灯都没有关。刚才我还跟昭华谈起你，我们都觉得你这样不顾惜身体，不成。你脸色也不大好看。晚上应该早点睡。的确你应该结婚了。"他笑起来。

　　"我的小说已经写完，以后我不会再熬夜了。你们也可以放心，不必为结婚的事情替我着急了。"我笑答道。

　　"快四十了，不着急也得着急了。"朋友开玩笑地说。但是他立刻换了语调问我："你的小说写完了？"

　　"是，写完了。"我站起来。

　　"我倒要看你写些什么！我忘记告诉你，昭华昨晚上看你那本小说居然看哭了。她等着看以后的。她没有想到你完得这么快。你把原稿给我，我给她带进去。那个车夫跟那个瞎眼女人结果怎样？是不是都翘辫子了？我看你的小说收尾都是这样。这一点我就不赞成。第一，小人小事；第二，悲剧。这两样都不合我的口味。不过我倒佩服你的本领。我自己有个大毛病，就是眼高手低。我没有这方面的才能，老是吹牛，也进步不了。"

　　"不要挖苦我了。我那种文章你怎么看得上眼？我倒想不到会惹你太太流眼泪。后面这一点原稿请你带去，让她慢慢儿看完还给我好了。"我走到写字台前，把桌上一叠原稿交给他。

　　"好，我给她拿去。"他看见老文打脸水进来，又加一句："我先进去，等你洗好脸吃过早点我再来。"

　　过了半点钟光景他同他的太太到园子里来。我正在花台前面空地上散步。她的脸色比昨天好看些，也许是今天擦了粉的缘故。病容完全消失了。脸上笼罩着好像比阳光还明亮的微笑。她穿了一件浅绿色地（浅得跟白色相近了）印深绿色小花的旗袍，上面罩了一件灯笼袖的灰绒线衫。

　　"黎先生，真对不起，诵诗今天把你吵醒起来了。我们不晓得你昨晚上赶着写完了你的小说。你一定睡得很少。"她含笑说。

　　"不，我睡够了，诵诗不来喊我，我也要起来的。"我还说着客气话。

"老黎，你这明明是客气话。我喊你好几声，才把你喊醒，你睡得真甜。"老姚在旁边笑着说。

我没法分辩，我知道我露了一点窘相。我看见她微微一笑，对她的丈夫说："我们走罢。黎先生不晓得还要不要耽搁。"

"我好了，那么就走罢。"我连忙回答。

二门外有三部车子在等我们。我照例坐上在外面雇来的街车，我的车夫没有他们的车夫跑得快，还只跑了六七条街，我的车子就落在后面了。我看见他们的私包车在另一条街的转角隐去。后来我的车子又追上了他们。姚太太的在太阳下发光的浓发又在我前面现出来。老姚正回过头大声跟她讲话。我听不清楚他在说什么，不过我能够看到他的满意的笑容。

快要出城的时候，我的车子又落后到半条街以上了。我这辆慢车刚跑到十字路口，就被一群穿粗布短衫的苦力拦住了路。他们两个人一组挑着大石块，从城外进来，陆续经过我面前。人数大约有三十多个。还有四五个穿制服背枪拿鞭子的人押着他们。他们全剃光头，只在顶上留了一撮头发，衣服脏得不堪，脚下连草鞋也没有穿一双。我坐在车上，并没有注意这个行列，我觉得那些人全是一样的年纪，一种的脸庞，眼睛陷入，两颊凹进，脸色灰白，头埋着，背驼着，额上冒着汗。他们默默地走了过去。无意间我的眼光挨到其中的一张脸，就停在那上面了。我惊叫了一声。我的叫声虽然不高，却使得那张脸朝着我这面转过来。那个人正抬着扁担的前一头，现在站住了，略略抬起头来看我。还是那张清秀的长脸，不过更瘦，更脏，更带病容。在他看我的那一瞬间，他的眼睛还露出一点光彩，但是马上就阴暗了。他动了动嘴唇，又好像想跟我说什么话，却又讲不出来，只把右手稍微举了一下。那只干枯的手上指缝间长满了疥疮，有的已经溃烂了。他用右手去搔那只搭在扁担上的左手。他这一搔，我浑身都好像给他搔痒了。

"走！你想做啥子！"一个粗声音在旁边叱骂道。接着一下鞭子打在他的脸上，他"哎呀"叫了一声，脸上立刻现出一条斜斜的红印，从耳根起一直到嘴边，血快淌出来了。他连忙用手遮住他的伤痕。眼泪从他那双半死似的眼睛里迸出来，他也不去揩它们，就埋下头慢慢地走了。

"杨——"我到这时才吐出一个字来，痛苦像一块石头塞住我的喉管，我挣扎了好久，忽然叫出了一声"杨先生"。

他已经走过去了，又回过头来匆匆地看我一眼。他还是什么也不说地走了。我想下车去拉他回来。但这只是我一时的想法，我什么事也没有做，就让我的车夫把车子拉过街口了。

三十

我的车子到了武侯祠，老姚夫妇站在大门口等我。

"怎么你现在才到！我们等了你好久了。"老姚笑问道。

"我碰到了一个熟人！"我简单地回答他。他并没有往下问是谁。我正踌躇着是不是要把刚才看见杨梦痴的事告诉他的太太，却听见她对老姚说："我们等一会儿跟老李招呼一声，他给黎先生喊车子，要挑一部跑得快的。"剃光头的杨梦痴的面颜在我的眼前晃了一下。我心里暗想，倒亏得这个慢车夫，我才有机会碰见杨梦痴。

我现在知道那个父亲的下落了！可是我能够把这个消息告诉他的孩子么？我能够救他出来么？救他出来以后又把他安置在什么地方？他有没有重新做人的可能？——我们走进庙宇的时候，我一路上想的就是这些问题。两旁的景物在我的眼前匆匆地过去，没有在我的脑子里留下一个印象。我们转进了一条幽静的长廊，它一面临荷花池，一面靠壁。我们在栏杆旁边一张茶桌前坐下来。

阳光还没有照下池子，可是池里已经撑满了绿色的荷伞。清新的晨气弥漫了整个走廊。廊上几张茶桌，就只有我们三个客人。四周静得很。墙外高树上响着小鸟的悦耳的鸣声。堂倌拿着抹布懒洋洋地走过来。我们向他要了茶，他把茶桌抹一下又慢慢地走开了。过了几分钟，他端上了茶碗。一种安适的感觉渐渐地渗透了我全身。我躺在竹椅上打起瞌睡来。

"你看，老黎在打瞌睡了。"我听见老姚带笑说。我懒得睁开眼睛，我觉得他好像在远地方讲话一样。

"让他睡一会儿罢，不要喊醒他，"姚太太低声答道，"他一定很累了，昨晚上写了那么多的字。"

"其实他很可以在白天写。晚上写多了对身体不大好。我劝过他，他却不听我的话。"老姚又说。

"大概晚上静一点，好用思想。我听说外国人写小说，多半在晚上，他们还常常熬夜，"姚太太接着说，她的声音低到我差一点听不清楚了，"不过这篇小说写完，他应该好好地休息了。"她忽然又问一句："他不会很快就走罢？"

我的睡意被他们的谈话赶走了，可是我还不得不装出睡着的样子，不敢动一下。

"他走？他要到哪儿去？你听见他提过走的话吗？"老姚惊讶地问道。

"没有。不过我想他把小说写好了，说不定就会走的。我们应该留他多住几个月，他在外头，生活不一定舒服，他太不注意自己了。老文、周嫂他们都说，他脾气好，他住在我们花园里头，从来不要他们拿什么东西。给他送什么去，他就用什么。"姚太太说。

"在外面跑惯的人就是这种脾气。我就喜欢这种脾气!"老姚笑着说。

"你也跑过不少地方,怎么你没有这种脾气呢?"姚太太轻轻地笑道。

"我要特别一点。这是我们家传。连小虎也像我!"老姚自负地答道。

姚太太停了一下,才接下去说:"小虎固然像你,不过他这两年变得多了。再让赵家把他纵容下去,我看以后就难管教了。我是后娘,赵家又不高兴我,我不好多管,你倒应该好好管教他。"

"你的意思我也了解。不过他是赵家的外孙,赵家宠他,我也不便干涉。横竖小虎年纪还小,脾气容易改,过两年就不要紧了。"老姚说。

"其实他年纪也不算小了。……别的都可以不说。赵家不让他好好上学,就只教他赌钱看戏,这实在不好。况且就要大考了。你看今晚上要不要再打发人去接他回来?"姚太太说。

"我看打发人去也没有用,还是我自己走一趟罢。不过小虎外婆的脾气你也晓得,跟她讲道理是讲不通的,只有跟她求情还有办法。"老姚说。

"我也知道你我处境都难,不过你只有小虎这个儿子,我们也应该顾到他的前途。"姚太太说。

"你这句话不对,现在不能说我只有小虎一个儿子,我还有……"他得意地笑了。

"呸!"她轻轻地啐了他一口,"你小声点。黎先生在这儿。我说正经话,你倒跟人家开玩笑。"

"我不说了。再说下去,就像我们特意跑到这儿来吵架了。要是给老黎听见,他写起小人小事来,把我们都写进去,那就糟了。"老姚故意开玩笑道。

"你可不是'小人'啊。你放心，他不会写你这种'贵人'的。"姚太太带笑地说。

我不能再忍耐下去。我咳声嗽，慢慢地睁开眼睛来。

"黎先生，睡得好罢？是不是我们把你吵醒了？"她亲切地问我。

我连忙分辩说不是。

"我们正在讲你，你就醒了。幸好我们还没有讲你的坏话。"老姚接着说。

"这个我相信。你们决不是为了讲我的坏话才来逛武侯祠的。"我说着，连自己也笑了。

"老黎，你要不要到大殿上去抽个签，看看你的前程怎样？"老姚对我笑道。

"我用不着抽。你倒应该陪你太太去抽支签才对。"我开玩笑地回答。

"好，我们去抽支看看。"老姚对他的太太说。他站起来，走到太太的竹椅背后去。

"这个没有意思，我不去！"他的太太摇摇头，不好意思地说。

"这不过是逢场作戏，你何必把它认真！去罢，去罢。"他接连地催她站起来。

"好，我在这儿守桌子，你们去罢。既然诵诗有兴致，姚太太就陪他走一趟罢。"我凑趣地帮忙老姚说话。

姚太太微笑着，慢慢地站起来，掉过脸对她的丈夫说："我这完全是陪你啊。"她又向我说："那么请你在这儿等一会儿，你可以好好地睡觉了。"她笑了笑，拿着手提包，挽着丈夫的膀子走了。

这时我后面隔两张桌子的茶桌上已经有了两个客人，这是年轻的学生，各人拿了一本书在读。阳光慢慢地爬下池子。几只麻雀在对面屋檐上叽叽喳喳地讲话。一种平静、安适的空气笼罩着这个地方。我正要闭上眼睛，忽然，对面走廊上几个游人引起了我的注意。我的疲倦马上消失了。我注意地望着他们，我最先看到杨家小孩（他穿了一身黄色学生服），其次是他的哥哥，后来才看见他的母亲同一位年轻小姐。她们走在后面，那位小姐正在跟杨三太太讲话，她们两个都把脸向着池子，忽然杨三太太笑了，小姐也笑了。走在前面的两个青年都停住脚步，掉转身子跟那位小姐讲话。他们也笑了。

他们的笑声隐隐地送到我的耳里来。我疑心我是在做梦。我刚才不是还看见那个丈夫和父亲？我不是亲眼看见那一下鞭打？现在我又听见了这欢乐的笑声！他们什么也不知道。他们跟那个抬石头的人相隔这么近，却好像生活在两个世界里面。我不知道他们是不是还保存着一点点旧日的记忆。可是过去的爱和恨在我的眼里还凝成一根链子，把他们跟那个人套在一起。我一个陌生人忘不掉他们那种关系。我也知道我没有资格来裁判他们，然而他们的笑声引起了我的反感。他们正向着我这面走来，他们愈走近，我心里愈不高兴。我看见小孩的哥哥陪着那位小姐从小门转到外面去了。小孩同他母亲便转到我这条走廊上来。小孩走在前面，他远远地认出了我，含笑地跟我打招呼，他还走到茶桌前来，客气地唤了我一声："黎先生。"

"你跟你母亲一块儿来逛武侯祠。"我笑着说，我看见他那善良、亲切的笑容，我的不愉快渐渐地消失了。

"是，还有我哥哥，跟我表姐。"他带笑回答，便掉转身到他的母亲身边去，对她低声讲了几句话。她朝我这面看了一眼，便让他挽着她的膀子走到我面前，他介绍说："这是我妈。"

我连忙站起来招呼她。她对我微笑地点了点头，说了一声"请坐"。我仍然立着。她又说："我寒儿说，黎先生时常给他帮忙，又指教他，真是感谢得很。"

"杨太太，你太客气了，我哪儿说得上帮忙？更说不上指教。令郎的确是个好子弟，我倒喜欢他。"我谦虚地说。小孩在旁边望着我笑。

"黎先生哪儿晓得，他其实是最不听话的孩子。"她客气地答道，又侧过头去对她的儿子说："听见没有？黎先生在夸奖你，以后不要再淘气了。"过后她又对我说："黎先生，请坐罢，我们不打扰你了。"她带笑地又跟我点一下头，便同儿子一路走了。

"黎先生，再见啊。"小孩还回过头来招呼我。

我坐下来。我的眼里还留着那个母亲的面影。这是一张端正而没有特点的椭圆形脸，并不美，但是嘴角却常常露出一种使人愉快的笑意。脸上淡淡地擦了一点粉，头发相当多，在后面挽了一个髻。她的身上穿了一件咖啡色短袖旗袍。从面貌上看，她不过三十几岁的光景（事实上她应当过了四十！），而且她是一个和善可亲的女人。

那是可能的吗，杨家小孩的故事？就是这个女人，她让她的儿子赶走了父亲吗？——我疑惑地想着，我转过头去看他们。母子两个刚在学生后面那张茶桌上坐下来，母亲亲切地对儿子笑着。她决不像是一个冷酷的女人！

"老黎，好得很，上上签！"老姚的声音使我马上转过头去。他满面光彩地陪着太太回来了，离我的茶桌还有几步路，正向着我走来。

"在哪儿？给我看看。"我说。

"她不好意思，给她撕掉了。"老姚得意地笑着说。

"没有什么意思。"她红着脸微微笑道。

我也不便再问。这时小孩的哥哥陪着小姐进来了，我便对姚太太说："杨家小孩的哥哥来了，那个是他的表妹。"

姚太太抬起头，随着我的眼光看去。老姚也回过头去看那两个人。

小姐穿了一件粉红旗袍，两根辫子垂在脑后，圆圆的一张脸不算漂亮，但是也不难看，年纪不过十八九，眼睛和嘴唇上还带着天真的表情。她并不躲避我们三个人的眼光，笑容满面地动着轻快的步子走过我们的身旁。

"两弟兄真像！哥哥就是白净点，衣服整齐点。也不像是厉害的人，怎么会对他父亲那样凶！简直想不到！"姚太太低声对我说。

"人不可以貌相。其实他父亲也太不争气了，难怪他——"老姚插嘴说。从这句话我便知道姚太太已经把小孩的故事告诉她的丈夫了。

"表妹也不错，一看就知道是个实心的好人。弟弟在哪儿呢?"姚太太接着说。

"就在那张桌子上，他母亲也在那儿。"我答道，把头向后面动了一下。

"对啦，我看到了，"她微微点头说，"他母亲相貌很和善。"她喝了两口茶，把茶碗放回到桌上。她又把眼光送到那张茶桌上去。过了好几分钟，她又回过头来说："他们一家人很亲热，很和气，看样子都是可亲近的人。怎么会发生那些事情? 是不是另外还有原因?"

"我给你说，外表是不可靠的。看人千万不要看外表。其实就是拿外表来说，那个小孩哪里比得上小虎!"老姚说。

姚太太不作声。我也沉默着。我差一点儿要骂起小虎来了，我费了大力才咽下已经到了嘴边的话。我咬紧嘴唇，也把脸掉向那张茶桌。

我的感情已经有了改变，现在变得更多了。我想：我有什么权利憎厌那几个人的笑声和幸福呢？他们为什么不应该笑呢？难道我是一个宣言"复仇在我"的审判官，还得把他们这仅有的一点点幸福也完全夺去吗？

断续的笑声从他们的桌上传过来。还是同样的愉快的笑声，可是它们现在并不刺痛我的心了。为什么我不该跟着别人快乐呢？为什么我不该让别人快乐呢？难道我忘了这一个事实：欢乐的笑声已经渐渐地变成可珍贵的东西了？

没有人猜到我的心情。我跟老姚夫妇谈的是另一些话。其实我们谈话并不多，因为老姚喜欢谈他的小虎，可是我听见他夸奖小虎就要生气。

十一点光景，我们动身到庙里饭馆去吃午饭。小孩也到外面去。他走过我们的茶桌。我们刚站起来，他忽然过来先跟姚太太打个招呼，随后拉着我的膀子，向外走了两步，他带着严肃的表情小声问我："你有没有打听到我爹的消息？"

我踌躇了一下。话几乎要跳出我的口来了，我又把它们咽下去。但是我很快地就决定了用什么话来回答他。我摇摇头，很坦然地说："没有。"我说得很干脆，我不觉得自己是在说谎。

小孩同我们一路出去。老姚夫妇在前面走，我和小孩跟在后面。小孩闭紧嘴，不讲话。我知道他还在想他的父亲的事。他把我送到饭馆门口。他跟我告别的时候，忽然伸过头来，像报告重要消息似的小声说："黎先生，我忘记告诉你一件喜事：我表姐其实是我未来的嫂嫂。他们上个星期订婚的。"

他的脸上露出一丝笑意。他不等我说话就转身跑开了。

我站在门口望着他的背影。这个孩子不像是一个有着惨痛身世的人。他的脚步还是那么轻快。这件"喜事"显然使他快乐。

我这样想着，他的表姐的圆圆脸就在我的眼前晃了一下。这是一张没有深印着人生经验的年轻的脸，和一对天真地眨着的亮眼睛。我应该替这个小孩高兴。真的，他不该高兴吗？

"老黎，你站在门口干吗？"老姚在里面大声叫我。

我惊醒地转过身去。我在饭桌旁坐下来以后，便把小孩告诉我的"喜事"转告他们。

"那位小姐倒还不错。看起来他们一家人倒和和气气的。好些家庭还不及他们。我觉得也亏得那个做哥哥的，全靠他一个人支持这个家。"姚太太说着，脸上也露出了喜色。

三十一

这天回到家里，我终于把遇见杨老三的事情对老姚夫妇讲了。

他们在表示了怜悯、发出了叹息以后，一致主张设法救那个人出来。老姚自负地说他有办法，他知道那个地方，他有熟人在那里做事。他的太太第一个鼓舞他，我也在旁边敦促。他一时高兴，就叫人立刻预备车子，他要出去找人想办法。他说他对这件事情很有把握。

老姚走后，他的太太还跟我谈了一阵话。她认为那个人出来以后，我们应该给他安排一个"安定的"生活。我主张先送他进医院。她说，等他从医院出来，她的丈夫总可以给他找一个适当的工作，将来他的坏习气改好了，我们再设法让他们一家人团聚。我们说着梦话，并不知道自己是在做梦。我们太相信老姚的"把握"了。

晚上我等着老姚来报告他活动的结果。可是等到十点钟我还没有听见老姚的脚步声。疲倦开始向我袭击。蚊子也飞到我的周围来了。在这一年里，我第一次注意到蚊子的讨厌。我又看见一只苍蝇在电灯下飞舞。我失掉了抵抗的勇气。我躲到帐子里去了。

这一晚我得到一个无梦的睡眠。早晨我醒得很迟，没有人来打扰我。我起来了许久，老文才来给我打脸水。

从老文的嘴里，我知道朋友昨晚回家迟，并且为着小虎的事情跟他的太太吵了架，今天一早就坐车出去了。

"这不怪太太。虎少爷在赵家白天赌钱，晚上看戏，不去上学读书，又不要家里人去接。太太自然看不惯，老爷倒一点不在乎。太太打发人去接，接了两天都接不回来。老爷说自己去接，他倒陪赵外老太太带虎少爷去看戏，看完戏，还是一个人回来。太太多问了几句，老爷反而发起脾气来，把太太气哭了。"老文带着不平的语调说，他张开没有门牙的嘴，苦恼地望着我。

"你们太太呢？"我关心地问他。

"多半还没有起来。不过今早老爷出门的时候，并不像还在生气的样子，现在多半没有事情了。我们还是听见周大娘讲的。"

我吃过早点以后不久，周嫂来收检碗碟，还给我带来我那小说的全部原稿。她说："太太还黎先生的，太太说给黎先生道谢。"

姚太太把原稿给我装订起来了，她还替我加上白洋纸的封面和封底。倒是我应该感谢她。我把这个意思对周嫂说了，要周嫂转达。我又向周嫂问起吵架的事。周嫂的回答跟老文的报告差不多，不过更详细一点：他们吵得并不厉害，不久就和解了。老爷一讲好话，太太就止哭让步。今早晨老爷出门，还是为着别的事情。

周嫂跟老文一样，不知道杨家的事。我从她的口里打听不到老姚昨天奔走的成绩。不过我猜想，周嫂说的别的事情大概就是杨梦痴的事罢。看情形姚太太今天不会到花园里来了。我只有忍耐地等着老姚回来。

直到下午三点钟光景，老姚才到下花厅来看我。

"唉，不成，不成！没有办法！"他一进来，就对我摇头，脸上带了一种厌倦的表情（我从没有见过他有这一类的表情！）。他走到沙发前，疲乏地跌坐下去。

"你一定打听到他的下落了。那么以后慢慢想法也是一样。"我说。

"就是没有打听到他的下落！地方倒找到了，可是问不到姓杨的人。那里根本就没有姓杨的人！要是找到人，我一定有办法。"

我望着他的脸，我奇怪他平日那种洒脱的笑容失落在什么地方去了。我感到失望，就说："也许是他们故意推脱。"

"不会的，不会的，"他摇头说，"我那个朋友陪我一起去，他们不会说假话来敷衍我。"他停了一下，抬起手在鬓边搔了搔，沉吟地说："说不定他用的不是真姓名。"

"这倒是可能的，"我点头说，一道光在我的脑子里闪了一下，"不错，一定是这样。他出了事害怕给家里人丢脸，才故意改了姓名。那么说不定就是认出他来，他也会不承认自己是杨梦痴。"

"这就难办了。"老姚说。他掏出烟盒来，点了一支纸烟抽着，一面倒在沙发靠背上。我看见他一口一口地吐着烟圈，我想起他跟他的太太吵架的事。我打算给他劝告，却又不知道应该怎样开始才好。过了好几分钟，他稍微弯起身子，又说："我还有个办法。你把杨老三的相貌给我仔细地描写一番。我过两天想法亲自去看一看。只要找到他本人，不管他承认不承认，保出来再说。或者我再找你去看一看，你一定会认出他。"

这是一个好办法！我放心地吐了一口气。我好像在崎岖的山道上瞥见了一条大路。我凭着记忆把杨梦痴的面貌详细地描绘了一番，他听得很仔细，好像要把我的每句话都记在心里似的。

谈完杨梦痴的事，我们都感到一点疲倦。我们静静地坐了一会儿。老姚忽然站起来，在屋里走了一阵。他愁烦地望着我，说："老黎，我昨天跟昭华吵过架。"他又掉转身踱起来。

"为什么呢？我还是第一次听见说你们夫妇吵架。"我故意做出惊愕的样子，其实我已经知道了那个原因。

他把手放在鬓上搔了搔，走到我的面前站住了。他皱了皱眉毛，说："就是为了小虎的事情。昨天我去赵家接他，没有接回来，他外婆留他多耍几天。昭华觉得我太纵容小虎，她抱怨我，我们就吵起来了。后来还是我让了步，才没有事。其实是她误会了我的意思。并不是我不接小虎回家。我实在拗不过他外婆。有钱人的脾气真古怪。她又只有这么一个外孙。你看我有什么办法！"

他求助似的向我摊开两只手。我不讲一句话。我不满意他那种态度。

他走回到他原先坐的沙发前面坐下来。他接着说："我昨晚上整晚都没有睡好觉。我越想心里越不好过。这是我们头一次吵架。我们结婚三年多，从来没有吵过架。现在开了头，以后就难说了。昨天也是我不好，我先吵起来。"他又取出一根纸烟，点着抽了几口。

我不能再忍耐了。我说："这的确是你不好。你根本就不该让赵家毁掉小虎，小虎是你的儿子。——"

"你不能说赵家毁他。赵家比我更爱小虎。"他不以为然地插嘴说。他把纸烟掷在地板上，用脚踏灭了火。

我生起气来。这一次轮着我站在他面前讲话了。我挥着手大声说："你还说不是毁掉他？你想想看小虎在赵家受的是什么教育！

赌钱，看戏，摆阔，逃学……总之，没有一件好事！你以为赵家现在有钱，那么他们就永远有钱，永远看着别人连饭都吃不饱，他们自己一事不做，年年买田，他们儿子、孙子、外孙、曾孙、重孙都永远有钱，都永远赌钱，看戏，吃饭，睡觉吗？你以为我们人就吃的是钱，睡的是钱，把钱当做父母，一辈子抱住钱啃吗？"我觉得自己脸都挣红了。

"不要说了，不要说了，"老姚连忙摇着手说，"你也误会了我的意思。我从来没有想到钱上面。"

我的气还没有消，我固执地说："我并没有误会你的意思。上回我劝你，你明明白白跟我说过，你又不是没有钱，用不着害怕小虎爱赌钱不读书。其实讲起赌钱，一个王国也可以输掉，何况你一院公馆，千把亩田！我们是老朋友，我应当再提醒你，杨家从前也是这里一家大富，现在杨老三怎样了？"

"不要说了，不要说了。"他连连挥手说。他不跟我发脾气，也不替他自己辩护。他只是颓丧地躺在沙发上。

我并不同情他，我继续用话逼他。我说："你也应当想到你太太，你这样，叫她做后娘的怎么办？你当初就应当想到赵家的脾气，就不该续弦；既然续了弦就不该光想到赵家。我怕你为着赵家，毁了你自己的幸福还不够，你还会毁掉你太太的幸福。"我只顾自己说得痛快，不去想他的痛苦。后来我看见他用左手蒙住两只眼睛，我才闭了嘴。

以后我们都没有讲话。他取下手来，抽完一支烟才告辞走了。

这天我刚刚吃过晚饭，老姚忽然来约我去看影戏。我知道他是陪太太去的。我想，在他们夫妇吵过架以后，我应该让他们多有时间单独在一起，不要夹在中间妨碍他们，我便找个托辞推掉了。我顺口问他去看什么片子，他答说是《吾儿不肖》。我感到惊喜。我看过这部影片，已经很陈旧了，不过对他们倒是新鲜的。并且它一定会给老姚一个教训，也许比我的劝告更有效。

我送他们夫妇上车。姚太太安静、愉快地对我微笑，笑容跟平日一样。老姚的脸上也有喜色，先前的疲倦已经消散了。

我希望他们以后永远过着和睦的日子。

三十二

第二天老姚在午饭时间以前来看我。他用了热烈的语调对我恭维昨晚的影片。他受了感动，无疑地他也得到了教训。他甚至对我说他以后要好好地注意小虎的教育了。

我满意地微笑。我相信他会照他所说的做去。

"小虎昨天回来了罢?"我顺口问了一句。

"没有。昨天我跟昭华回来太晚，来不及派人去接他。今天我一定要接他回来。"老姚说着，很有把握地笑了笑。

老姚并没有吹牛。下一天早晨老文来打脸水，便告诉我，虎少爷昨晚回家，现在上学去了。后来他又说，虎少爷今天不肯起床，还是老爷拉他起来的，老爷差一点儿发脾气，虎少爷只好不声不响地坐上车子让老李拉他去上学。

这个消息使我感到痛快，我觉得心里轻松了许多。我洗好脸照常到园子里散步。吃过早点后不久我便开始工作。

我在整理我的小说。我预计在三个多星期里面写成的作品，想不到却花了我这么多天的工夫。我差一点对那位前辈作家失了信。他已经寄过两封信来催稿了。我决定在这个星期内寄出去。

整理的工作相当顺利。下半天老姚同他的太太到园里来，我已经看好五分之一的原稿了。

他们就要去万家，车子已经准备好了，他们顺便到我这里来坐一会儿，或许还有一个用意：让我看见他们已经和好了。下午天气突然热起来。丈夫穿着白夏布长衫，太太穿着天蓝色英国麻布的旗袍。两个人的脸上都带着幸福的表情。

"黎先生，谢谢你啊，"姚太太看见我面前摊开的稿纸，带笑地说，"我觉得你这个结局改得好。"

"这倒要感谢你，姚太太，是你把他们救活了的。"我高兴地回答她。

"其实你这部小说，应该叫做《憩园》才对。你是在我们的憩园里写成的。"老姚在旁边插嘴说。

"是啊。黎先生可以用这个书名做个纪念。本来书里头有个茶馆，那个瞎眼女人从前就在那儿唱书。车夫每天在茶馆门口等客，有时看见瞎眼女人进来，有时看见她出去，偶尔也拉过她的车。他们就是在那儿认得的。后来瞎眼女人声音坏了，才不在那家茶馆唱书。那家茶馆里头也有花园，黎先生叫它做明园。要改，就把明园改做憩园好了。"姚太太接着说，这番话是对她的丈夫说的，不过她也有要我听的意思。我听见她这么熟悉地谈起我的小说，我非常高兴，我愿意依照她的意思办这件小事。

"不错，不错，叫那个茶馆做憩园就成了，横竖不会有人到我们这儿来吃茶。老黎，你觉得怎样？"老姚兴高采烈地问我道。

我答应了他们。我还说："你既然不在乎，我还怕什么？"我拿起笔马上在封面上题了"憩园"两个字。

他们走的时候，我陪他们出去。栏杆外绿瓷凳上新添的两盆栀子花正在开花，一阵浓郁的甜香扑到我的鼻端来。我们在栏前站了片刻。

"黎先生，后天请你不要出去，就在我们家里过端午啊。"姚太太侧过脸来说。

我笑着答应了。

"啊，我忘记告诉你，"老姚忽然大声对我说，他拍了一下我的肩头，"昨天我碰到我那个朋友，我跟他讲好了，过了节就去办杨老三的事。他不但答应陪我去，他还要先去找负责人疏通一下。我看事情有七八成的把握。"

"好极了。等事情办妥，杨梦痴身体养好，工作找定，我们再通知他家里人，至少他小儿子很高兴；不过我还担心他那些坏习气是不是一时改得好。"我带笑说。

"不要紧，杨老三出来以后，什么事都包在我身上。"老姚说着，还得意地做了一个手势。

"黎先生，花厅里头蚊子多罢？我前天就吩咐过老文买蚊香，他给你点了蚊香没有？"姚太太插嘴问道。

"不多，不多，不点蚊香也成，况且又有纱窗。"我客气地说。

"不成，单是纱窗不够，花厅里非点蚊香不可！一定是老文忘记了，等会儿再吩咐他一声。"老姚说。

我们走出园门，看见车子停在二门外，老文正站在天井里同车夫们讲话。姚太太在上车以前还跟老文讲起买蚊香的事，我听见老文对她承认他忘记了那件事情。老文的布满皱纹的老脸上现出抱歉的微笑。可是并没有人责备他。

我回到园内，心里很平静，我又把上半天改过的原稿从头再看一遍，我依照老姚夫妇的意思，把那个茶馆的招牌改做了憩园。

我一直工作到天黑，并不觉得疲倦。老文送蚊香来了。我不喜欢蚊香的气味，但也只好让他点燃一根，插在屋角。我关上门。纱窗挡住了蚊子的飞航。房里相当静，相当舒适。我扭燃电灯又继续工作，一直做到深夜三点钟，我把全稿看完了。

　　睡下来以后，我一直做怪梦。我梦见自己做了一个车夫，拉着姚太太到电影院去。到了电影院我放下车，车上坐的人却变做杨家小孩了！电影院也变成了监牢。我跟着小孩走进里面去，正碰见一个禁子押了杨梦痴出来。禁子看见我们就说："人交给你们了，以后我就不管了。"他说完话，就不见了。连监牢也没有了。只有我们三个人站在一个大天井里面。杨梦痴戴着脚镣，我们要给他打开，却没有办法。忽然警报响了，敌机马上就来了，只听见轰隆轰隆的炸弹声，我一着急，就醒了。第二次我梦见自己给人关在牢里，杨梦痴和我同一个房间。我不知道我是为了什么事情进来的。他说他也不知道他的罪名。他又说他的大儿正在设法救他。这天他的大儿果然来看他。他高兴得不得了。可是他去会了大儿回来，却对我说他的大儿告诉他，他的罪已经定了：死刑，没有挽救的办法。他又说，横竖是一死，不如自杀痛快。他说着就把头朝壁上一碰。他一下就碰开了头，整个头全碎了，又是血，又是脑浆……我吓得大声叫起来。我醒来的时候，满头是汗，心冬冬地跳。窗外响起了第一批鸟声。天开始发白了。

　　后来我又沉沉地睡去。到九点多钟我才起来。

　　我对我这部小说缺乏自信心。到可以封寄它的时候，我却踌躇起来，不敢拿它去浪费前辈作家的时间。这天我又把它仔细地看了一遍，还是拿它搁起来。到端午节后一天我又拿出原稿来看一遍，改一次，一共花了两天工夫，最后我下了决心把它封好，自己拿到邮局去寄发了。

　　我从邮局回来，正碰到老姚的车子在二门外停下。他匆匆忙忙地跳下车，一把抓住我的膀子说："你回来得正好，我有消息告诉你。"

　　"什么消息?"我惊讶地问道。

"我打听到杨老三的下落了。"他短短地答了一句。

"他在什么地方？可以交保出来吗？"我惊喜地问他，我忘了注意他的脸色。

"他已经出来了。"

"已经出来了？那么现在在哪儿？"

"我们到你房里谈罢。"老姚皱着眉头说。我一边走一边想：难道他逃出来了？

我们进了下花厅。老姚在他常坐的那张沙发上坐下来。我牢牢地望着他的嘴唇，等着它们张开。

"他死了。"老姚说出这三个字，又把嘴闭上了。

"真的？我不信！他不会死得这么快！"我痛苦地说，这个打击来得太快了，"你怎么知道死的是他？"

"他的确死了，我问得很清楚。你不是告诉我他的相貌吗？他们都记得他，相貌跟你讲的一模一样，他改姓孟，名字叫迟。不是他是谁！我又打听他的罪名，说是窃盗未遂，又说他是惯窃，又说他跟某项失窃案有关。关了才一个多月。……"

"他怎么死的？"我插嘴问道。

"他生病死的。据说他有一天跟同伴一块儿抬了石头回来，第二天死也不肯出去，他们打他，他当天就装病。他们真的就把他送到病人房里去。他本来没有大病，就在那儿传染了霍乱，也没有人理他，他不到三天就死了。尸首给席子一裹，拿出去也不知道丢在哪儿去了。……"

"那么他们把他埋在哪儿？我们去找到他的尸首买块地改葬一下，给他立个碑也好。我那篇小说寄出去了，也可以拿到一点钱。我可以出一半。"

老姚断念地摇摇头说："恐怕只有他的鬼知道他自己埋在哪

儿！我本来也有这个意思。可是问不到他尸首的下落。害霍乱死的人哪个还敢沾他！不消说丢了就算完事。据说他们总是把死人丢在东门外一个乱坟坝里，常常给野狗吃得只剩几根骨头。我们就是找到地方，也分不出哪根骨头是哪个人的。"

我打了一个冷噤。我连忙咬紧牙齿。一阵突然袭来的情感慢慢地过去了。

"唉，这就是我们憩园旧主人的下场，真想不到，我们那棵茶花树身上还刻得有他的名字！"老姚同情地长叹了一声。

死了，那个孩子的故事就这样地完结了。这一切都是可能的吗？我不是在做梦？这跟我那个晚上的怪梦有什么分别！我忽然记起他留给小儿子的那封短信。"把我看成已死的人罢……让我安安静静地过完这一辈子。"他就这样地过完这一辈子么？我不能说我同情他。可是我想起大仙祠的情形，我的眼泪就淌出来了。

"我去告诉昭华。"老姚站起来，自语似的说，声音有点嘶哑；他又短短地叹一口气，就走出去了。

我坐着动也不动一下，痴痴地望着他的背影。一种不可抗拒的疲倦从头上压下来。我屈服地闭上了眼睛。

三十三

我昏昏沉沉地过了一个多星期。我每天下午发烧，头昏，胃口不好，四肢软弱。我不承认我害病。我有时还出去看电影。不过我现在用不着伏在桌上写字了。天晴的日子我一天在园子里散步两次。我多喝开水，多睡觉。

老姚每天来看我一次，谈些闲话。他不知道我生病，只说我写文章太辛苦了，这两天精神不大好。他劝我多休息。他自己倒显得精力饱满。他好像把那些不痛快的事情完全忘记了似的，脸上整天摆着他那种对什么都不在乎的笑容，他还常常让我听见他的爽朗的笑声。他的太太也常来，总是坐一些时候，就同丈夫一道回去。到底是她细心，她看出了我在生病，她劝我吃药；她还吩咐厨房给我预备稀饭。她的平静的微笑表示出内心的愉快。我在旁边观察他们夫妇的关系，我觉得他们还是互相爱着，跟我初来时看见的一样。小虎也到我的房里来过两次，我好久没有被他正眼看过了。他现在对我也比较有礼貌些。我向他问话的时候，他也客气地回答几句。从老姚的口中我知道赵外老太太带着孙儿、孙女到外县一个亲戚家里作客去了，大约还要过两个星期才回省来。小虎没有人陪着玩，也只好安安分分地上学读书，回家温课，并且也肯听父亲的话了。

那么这一家人现在应该过得够幸福了。我替他们高兴，并且暗暗祝福他们。有一天我向老文谈起小虎，我说小虎现在改变多了。老文冷笑道："他才不会改好！黎先生，你不要信他。过几天赵外老太太一回来，他立刻又会变个样子。老爷、太太都是厚道的人，才受他的骗。我们都晓得他的把戏。"我不相信老文这番话，我认为他对小虎的成见太深了。

我这种患病的状态突然停止了。我不再发热，也能够吃饭。他们夫妇来约我出去玩，我看见他们兴致好，一连陪他们出去玩了三天。第三天我们回来较早，他们的车子先到家。我的车夫本来跑得不快，在一个街口转弯的时候，又跟迎面一部来车相撞，这两位同业放下车吵了一通，几乎要动起武来，却又忍住，互相恶毒地骂了几句，各人拉起车子走了。我回到姚家，在大门内意外地碰到杨家小孩。他正坐在板凳上跟李老汉谈话。

"黎先生，你才回来！我等你好久了！"小孩看见我，高兴地跳起来，"姚太太他们回来好一阵了。"

"你好久没有来了，近来好吗?"我带笑望着他，亲切地说。

"我来过两回，都没有碰到你。我近来忙一点。"小孩亲热地答道。

"我们进去坐罢，今天月亮很好。"我说。

他跟着我进里面去了。他拉着我的手，用快乐的调子对我说："黎先生，我哥哥明天结婚了。"

我问他："你高兴吗?"我极力压住我的另一种感情，我害怕我说出在这个时候不应该讲的话。

他点点头说："我高兴。"他接着又解释道："他们都高兴，我也高兴。我喜欢我表姐，她做了嫂嫂，对我一定更好。"

这时我们已经进了花园的门廊。石栏杆外树荫中闪着月光，假山上涂着白影，阴暗和明亮混杂在一块儿。

"你晚上还没有来过。"我略略俯下头对小孩说。

"是。"他应了一声。

我们沿着石栏杆转到下花厅门前。栀子花香一股一股地送进我的鼻里来。

"我不进去，我在下面站一会儿就走。"小孩说。

"你急着回去，是不是帮忙准备你哥哥的婚礼?"我笑着问他。

"我明天一早就要起来，客人多，我们家里人少怕忙不过来。"小孩答道。

我们走下台阶，在桂花树下面站住了。月光和树影在小孩的身上绘成一幅图画。他仰起头，眼光穿过两棵桂花树中间的空隙，望着顶上一段无云的蓝空。

"我想参加你哥哥的婚礼，你们欢迎不欢迎?"我半开玩笑地问道。

"欢迎，欢迎!"小孩快乐地说，"黎先生，你一定来啊!"我还没有答话，他又往下说："明天一定热闹，就只少了一个人。要是爹在，我们人就齐了。"他换了语调，声音低，就像在跟自己说话一样。他忽然侧过头，朝我的脸上看，提高声音问道："黎先生，你还没有得到我爹的消息吗？"

我愣了一下，毅然答道："没有！"我马上又加一句："他好像不在省城里了。"

"我也这样想。我这么久都没有找到他。李老汉儿也没有他的消息。他要是还在这儿，一定会有人看见他，我们大家到处找，一定会找到他的！他一定到别处做事去了，说不定他有天还会回来。"

"他会回来。"我机械地应道。我并不为着自己的谎话感到羞愧。我为什么连他这个永远不能实现的希望也要打破呢？

"那么我会陪他到这儿来，看看他自己亲手刻的字。"小孩做梦似的说，就走到山茶树下，伸手在树身上抚摩了一会儿。他的头正被大块黑影盖着，我看不见他的脸上的表情。他不讲话。园里只有小虫唤友的叫声，显得相当寂寞。一阵风吹起来，月影在地上缓缓地摇动，又停住了。两三只蚊子连连地叮我的脸颊。我的心让这沉默淡淡地涂上了一层悲哀。突然间那个又瘦又脏的长脸在我的脑际浮现了，于是我看见那双亮了一下的眼睛，微动的嘴唇和长满疥疮的右手。我并没有忘记这最后的一瞥！他要跟我讲的是什么话？为什么我不给他一个机会？为什么不让他在垂死的时候得到一点安慰？但是现在太迟了！

"黎先生，我再朝那边儿走走，好不好？"小孩忽然用带哭的声音问我。

"好。"我惊醒过来了。四周都闪着月光，只有我们站的地方罩着浓影。我费力地在阴暗中看了这个小孩一眼。我触到他的眼光，我掉开头说了一句："我陪你走。"我的心微微地痛起来了。

我们默默地走过假山中间的曲折的小径。他走得很慢，快走到上花厅纸窗下面的时候，他忽然站住，用手按住旁边假山的一个角说："我在这儿绊过跤，额楼①就碰在这上头，现在还有个疤。"

"我倒看不出来。"我随口答了一句。

"就在这儿，给头发遮住了，要不说是看不见的。"他伸起右手去摸伤疤，我随着他的手看了一眼，却没有看到。

我们沿着墙，从玉兰树，走到金鱼缸旁边，他把手在缸沿上按了一下，自语似的说："我还记得这个缸子，它年纪比我还大。"过了两三分钟，他朝着花台走去。后来我们又回到桂花树下面了。

"到里面去坐坐罢。"我站得疲乏了，提议道。

"不，我要回去了，"小孩摇摇头说，"黎先生，谢谢你啊！"

"好，我知道你家里人在等你，我也不留你了。你以后有空常常来玩罢。"

"我要来。"孩子亲切地答道。他迟疑了一下，又接下去说："不过听说哥哥有调到外县当主任的消息，我希望这不是真的。不然我们全家都要搬走了，那么将来爹回来，也找不到我们了。"从这年轻的声音里漏出来一点点焦虑，这使我感动到半天讲不出一句话。但是在这中间小孩告辞走了。临走他还没有忘记邀请我，他说："黎先生，你明天一定要来啊。李老汉儿晓得我们的地方。"

我只好唯唯地应着。

我走进我的房间，扭开电灯，看见书桌上放了一封挂号信。我拆开信看了，是那位前辈作家写来的，里面还附了一张四千元的汇票，这是我那本小说的一部分稿费。他在信上还说："快来罢，好些朋友都在这里，我们等着你来，大家在一块儿可以做点事

---

① 额楼：前额。

情。……"他举出几个人的名字，其中有两个的确是我的老朋友，我三年多没有看见他们了。

这一夜我失眠，我躺在床上翻来覆去地想了许久。我想到走的事情。的确我应该走了。我的小说完成了，杨梦痴的故事完结了，老姚夫妇间的"误会"消除了。我的老朋友在另一个地方等着我去。我还要留在憩园里干什么呢？我不能在这儿做一个长期的食客！

第二天老姚夫妇来看我，我便对他们说出我要走的话。我在他们的脸上看到惊讶与失望的表情。自然，他们两个人轮流地挽留我，他们说得很诚恳。可是我坚决地谢绝了。我有我的一些理由。他们有他们的理由。最后我们找到一折中办法：我答应明年再来，他们答应在半个月以后放我走。我当时就把买车票的事托给老姚。

这天周嫂来给我送饭，老文替李老汉看门。据说李老汉请假看亲戚去了。我知道他一定是去参加杨家的婚礼，去给他的旧主人再办一天事。不过他回来以后，我也没有对他提过这样的话。

三十四

十天平静地过去了。星期三的早晨老文告诉我一个消息：赵外老太太已经从外州县回省，昨天下午打发人来接了虎少爷去，并且说得明白，这回要留虎少爷多住几天，请姚老爷不要时常派车去接他回家。我听着，厌恶地皱起了眉头。我想：为什么又来扰乱别人家庭的和平呢？

下午老姚来通知我，他已经替我订了星期六的车票（他还交给我买票的介绍信），并且讲好星期五下半天他们夫妇在外面馆子里给我饯行。从他的谈话中我知道他的太太今天不大舒服，又知道他等一会儿要到赵家去。我问他小虎这回是不是要在赵家久住。他先说，外婆刚回省，接小虎去陪她，多住几天也不要紧，反正学堂已经放暑假，不必温习功课；后来他说，后天就要接小虎回来给我送行。最后他又说："这两天天气热起来了，车上很不舒服，你不如到了秋凉再走罢。"

我自然不会听从他的话。他走了。我想到赵外老太太的古怪脾气，我有点为姚太太，为这一家人的幸福担心。可是老姚本人好像并没有注意到这件事。

这一天的确很热。我没有上街。我搬了一把藤躺椅到窗下石栏杆旁边，我坐在躺椅上，捧着一卷书，让那催眠歌似的蝉噪单调地在我的耳边飘过，这样消磨了我的整个下午。从晚上九点钟起落着大雨，天气又转凉了。

雨哗啦哗啦地落了很久。我半夜醒来还听见雷声和水声。我担心屋瓦会给雨打破，又担心园里花木会给雨打倒。可是我第二天睁开眼睛，看见的却是满屋的阳光。

下午四点钟光景，老姚正在园里跟我闲谈。他把我常坐的那张藤椅搬出来，放到台阶下花盆旁边，他坐在那里悠闲地听着蝉声，喝着新泡的龙井。忽然赵青云带着紧张的脸色跑了进来，声音颤抖地说："老爷，赵外老太太打发人来请老爷就过去，虎少爷给水冲起走了。"

"什么！"老姚正在喝茶，发出一声惊叫，就把手里杯子一丢，跳了起来。茶杯打碎了，水溅到我的脚上。

"虎少爷跟赵家几位少爷一路出城去浮水①。他们昨天下午也去过。今天水涨了，虎少爷不当心，出了事情。水流得急，不晓得人

---

① 浮水：游泳。

冲到哪儿去了。"赵青云激动地说。

老姚脸通红，额上不住地冒汗，眼珠也不转动了，他伸起手搔着头发。停了片刻，他声音沙哑地说："我立刻去。我不进去了。你去跟太太说我有事情出去了。你们不要让太太知道虎少爷的事情，等我回来再说。"

赵青云连连答应着"是"。他先出去了。

我站起来轻轻地拍一下老姚的肩头，安慰他说："你不要着急，事情或者不至于——"

"我知道，我自己也应该负责。我走了。你要是见到昭华，不要告诉他小虎的事情。"老姚皱紧眉头打岔说，只有片刻的工夫，他的脸色就变成灰白了。他茫然看我一眼，也不再说什么，就走了出去。

我跟着他走出园门。我看见他坐上包车。我也没有再跟他讲话。我有一种奇怪的感觉。我反复地咀嚼着他那句话："我自己也应该负责。"这是他的真心话。他的确是有责任的。但是我的平静的心境给这件意外事情扰乱了，这一天就没有恢复过来。

老文送晚饭来的时候，我在他的脸上看到一种幸灾乐祸的表情。他眨着他那对小眼睛说："黎先生，天老爷看得明白，做得公道，真是报应分明啊。"我茫然望着他这张似笑非笑的皱脸。他解释般地接下去说："赵家天天想害我们太太，结果倒害了他自家外孙。这又怪得哪个？要是老爷肯听太太的话，也不会有这回事情。太太受了几年罪，现在也该出头了。"

他这番话要是迟几天对我讲，我也许会听得很高兴。可是现在听到，却引起了我的反感。我不想反驳他，我只是淡淡地提醒他一句："不过你们老爷就只有这一个少爷啊！"

老文埋下头，不作声了。我端着碗吃饭，可是我的眼光还时常射过去看他的脸。我看见他慢慢地抬起头来，掉转身子朝着窗外，偷偷地揩眼睛。他走到门口，在那里站了一会儿。他再走过来收碗的时候，他一边抹桌子，一边战战兢兢地说："只求天保佑虎少爷没有事情就好了。"凭他的声音，我知道这句话是从他心里吐出来的。

"也许不会有事情。"我也应了一句。我故意用这句话来安慰他。其实我同他一样地知道事情已经完结了。唯一的希望是能够找回小虎的尸首来。

三十五

我们这个希望并没有实现。

第二天一早我拿着老姚的介绍信去汽车站买票。起初是没有到时间，以后是找不到地方，再后是找不到人。一直到十一点半钟我才把手续办好，拿到车票。可是人已经累得不堪了。

我记起来，在这附近有一个可以歇脚的地方。那是一家兼卖饭菜的茶馆，房子筑在小河旁边，有着茅草盖的屋顶，树枝扎的栏杆，庭前种了些花草，靠河长了几棵垂柳。进门处灌木丛生，由一条小径通入里面。在大门外看，这里倒像是一座废园。这个茶馆我去过一次，座位清洁，客人不多，我倒喜欢这种地方。

我在河畔柳荫下围栏前一张小茶桌旁边坐下来。我吃了两碗面，正靠在竹椅背上打瞌睡，忽然给一阵嘈杂的人声惊醒了。我不知道发生了什么事情。我只看见一些客人兴奋地朝外面跑去。也有几个人就站在围栏前向对岸张望。对岸横着一条弯弯曲曲的黄土路，路的另一边是一块稻田，稻田外面又是一条白亮亮的河。我面前这条小河便是它的支流。看热闹的乡下人和小孩们正拉成一根线从黄土路到它那里去。

"什么事？他们在看什么？"过了好一会儿，我看见一个堂倌走过来，便指着那些站在围栏前张望的人问他道。

"淹死人。"堂倌毫不在意地答道，好像这是很平常的事。他朝我用手指指的那个方向看了一眼，轻蔑地动一下嘴添上一句："在这儿怎么看得见？"

又淹死人！怎么我到处都看见灾祸！难道必须不断地提醒我，我是生活在苦难中间？

一个胖女人用手帕蒙住脸呜呜地哭着走过去了。她后面跟着一个老妈子同一个车夫模样的男人。他们是从河那边来的。

"这是他的妈，刚才哭得好伤心，"堂倌指着那个女人说，"她是寡妇，两房人就只有这一个儿子。"

"什么时候淹死的？"我问。

"昨天下半天，离这儿有好几里路！年纪不过十八九岁，说是给人打赌，人家说，你敢浮过对面去？他说声敢，不管三七二十一就浮过去。昨天水太大，他不当心，浮到半路上，水打了两个漩儿，他就完了。尸首冲到这儿来，给桥柱子挡住了，今早晨才看见，他妈晓得，刚才赶来哭一场，现在多半去给他预备后事。"堂倌像在叙说一个古代的故事似的，没有同情，也没有怜悯。

我不再向他问话，疲倦地把头放在竹椅的靠枕上，阖上了眼睛。我并没有睡意，我只是静静地想着小虎的事。

大概过了半点钟罢，一切都早已回到平静的状态里面了。我站起来付了钱，走出大门去。我走了不到一百步，在路上，我看见了堂倌讲的那座桥。桥头还站着五六个人。好奇心鼓动我走到那里去。

桥静静地架在两岸上，桥身并不宽。在我站的这一头左边有一棵低垂的柳树，树叶快挨到水面了，靠近这棵柳树，在桥底下，仰卧地浮着一个完全赤裸的年轻人。他的左手向上伸着，给一条带子拴在桥柱上，右手松弛地垂在腰间。一张端正的长脸带着黑灰色，眼睛和嘴唇都紧紧闭着。他好像躺在那里沉睡，绝不像是一具死尸。

"简直跟活人一样！"我惊奇地自语道。

"起先更好看，一张脸红东东的！"旁边一个乡下人接嘴说，"等到他母亲来一哭，脸色立刻就变了。"

"真有这样的事？"我不相信地再说一句。

"我亲眼看见的，未必还有假！"他说着，瞪了我一眼。

我埋下头，默默地注视这张安静的睡脸。渐渐地我看得眼花了。我好像看见小虎睡在那里。我吃了一惊，差一点要叫起来，连忙揉了揉眼睛，桥下还是那一张陌生的睡脸。这就是死！这么快，这么简单，这么真实！

三十六

我回到姚家，看见老文同李老汉在大门口讲话。我问他们有没有虎少爷的消息。他们回答说没有。又说老爷一早带了赵青云出去，一直没有回来。老文还告诉我，太太要他跟我说，今天改在家里给我饯行。

"其实可以不必了。虎少爷出了事情，你们老爷又不在家，太太又有病，何必还客气。"我觉得不过意就对老文说了。

"太太还讲过，这是老爷吩咐的，老爷还说要赶回来吃饭。"老文恭顺地说。

"老爷赶得回来吗？"我顺口问道。

"老爷吩咐过晚饭开晏点儿，等他回来吃，"老文说到这里，立刻补上一句，"陪黎先生吃饭。"

老姚果然在七点钟以前赶回家。他同他的太太一起到下花厅来。他穿着白夏布的汗衫、长裤，太太穿一件白夏布滚蓝边的旗袍。饭桌摆好在花厅的中央。酒壶和菜碗已经放在桌上。他们让我在上方坐下，他们坐在两边。老姚给我斟了酒，也斟满他自己的杯子。

菜是几样精致可口的菜，酒是上好的黄酒。可是我们三个人都没有胃口。我们不大说话，也不大动筷子。我同老姚还常常举起酒杯，但我也只是小口地呷着，好像酒味也变苦了。饭桌上有一种沉郁的气氛。我们（不管是我或者是他们）不论说一句话，动一下筷子，咳一声嗽，都显得很勉强似的。他们夫妇的脸上都有一种忧愁的表情。尤其是姚太太，她想把这阴影掩藏，却反而使它更加显露了。她双眉紧锁，脸色苍白，眼光低垂。她的丈夫黑起一张脸，皱起一大堆眉毛，眼圈带着灰黑色，眼光常常茫然地定在一处，他好像在看什么，又像不在看什么。我看不到自己的脸，不过我想，我的脸色一定也不好看罢。

"黎先生，请随便吃点儿菜，你怎么不动筷子啊?"姚太太望着我带笑地说。我觉得她的笑里有苦涩味。她笑得跟平日不同了。

"我在吃，我在吃。"我连声应着，立刻动了两下筷子，但是过后我的手又不动了。

"其实你这回应当住到秋凉后才走的。你走了，我们这儿更清静了。偏偏又遇到小虎的事。"她慢慢地说，提到小虎，她马上埋下头去。

我一直没有向老姚问起小虎的下落，并不是我不想知道，只是因为我害怕触动他的伤痛。现在听见他的太太提到小虎的名字，我瞥了他一眼，他正埋着头在喝酒，我忍不住问他的太太道："小虎怎么了？人找到没有？"

她略略抬起脸看我一眼，把头摇了摇。"没有。诵诗到那儿去看过，水流得那么急，不晓得冲到哪儿去了。现在沿着河找人到处打捞。他昨天一晚上都没有睡觉……"她哽咽地说，泪水在她的眼里发亮了，她又低下头去。

"是不是给别人搭救起来了？"我为着安慰他们，才说出这句我自己也知道是毫无意义的话。

姚太太不作声了。老姚忽然转过脸来看我，举起杯子，声音沙哑地说："老黎，喝酒罢。"他一口就喝光了大半玻璃杯的酒。姚太太关心地默默望着他。他马上又把杯子斟满了。

"老姚，今天我们少喝点。我自然不会喝酒。可是你酒量也有限，况且是空肚子喝酒……"我说。

"不要紧，我不会醉。你要走了，我们不知道什么时候才能够再碰到一块儿喝酒，今天多喝几杯有什么关系！吃点菜罢。"他打断了我的话，最后拿起筷子对我示意。

"天气热，还是少喝点儿罢。"他的太太在旁边插嘴说。

"不，"他摇摇头说，"我今天心里头不好过，我要多喝点儿酒。"他又把脸向着我："老黎，你高兴喝多少就喝多少，我不劝你。我只想喝酒，不想讲话，昭华陪你谈谈罢。"他的一双眼睛是干燥的。可是他的面容比哭的样子还难看。

"不要紧，你不必管我，你用不着跟我客气，"我答道，"其实我在这儿住了这么久，已经不算是客人了。"

"也没有几个月，怎么说得上久呢？黎先生，你明年要来啊！"姚太太接着说。

我刚刚答应着，老姚忽然向我伸过右手来，叫了一声"老黎"。他整个脸都红了。我也把右手伸过去。他紧紧捏住它，恳切地望着我，用劲地说着两个字："明年。"

"明年。"我感动地答应着，我才注意到两只酒瓶已经空了。可是我自己还没有喝光一杯酒。

"这才够朋友！"他说，就把手收回去，端起酒杯喝光了。过后他向着他的太太勉强地笑了笑，说："昭华，再开一瓶酒罢。喊老文去拿来。"

"够了，你不能再喝了。"他的太太答道。她又转过脸去，看了老文一眼。老文站在门口等着他们的决定。

"不，我还没有喝够，我自己去拿。"他推开椅子站起来，他没有立稳，身子晃了两晃，他连忙按住桌面。

"怎么啦?"他的太太站起来，惊问道。我也站起来了。

"我喝醉了。"他苦笑地说，又坐了下来。

"那么你回屋去躺躺罢。"我劝道。我看他连眼睛也红了。他不回答我，忽然伸起双手去抓自己的头发，痛苦地、声音沙哑地嚷起来："我没有做过坏事，害过人！为什么现在连小虎的尸首也找不到？难道就让他永远泡在水里，这叫我做父亲的心里怎么过得去！"他蒙住脸呜呜地哭了。

"姚太太，你陪他进去罢，"我小声对他的太太说，"他醉了，过一会儿就会好的。他这两天也太累了。你自己也应当小心，你的病刚好。你们早点休息罢。"

"那么我们不陪你了，你明年——"她只说了这几个字，两只发亮的黑眼睛带了惜别的意思望着我。

"我明年一定来看你们。"我带点感伤地说。我看见她的脸上浮出了凄凉的微笑。她的眼光好像在说：我们等着你啊！她站到丈夫的身边，俯下头去看他，正要讲话。

老姚忽然止了哭，取下蒙脸的手，站起来，用他的大手拍我的肩头，大声说：

"我明天早晨一定送你到车站。我已经吩咐过，天一亮就给我们预备好车子。"

"你不必送我。我行李少，票子又买好了，一个人走也很方便。你这两天太累了。"

"我一定要送你，"他固执地说，"明天早晨我一定来送你。"他让太太挽着他的膀子摇摇晃晃地走出花厅去了。我叫老文跟着他们进去，我担心他会在半路上跌倒。

我一个人坐在这个空阔的厅子里吃了一碗饭，又喝光了那杯酒。老文来收碗的时候，他对我说太太已经答应，明天打发他跟我上车站去。我感谢他的好意。可是我不能够像平日那样地听他长谈，我的脑筋迟钝了。酒在我的身上发生效力了。

酒安定了我的神经。我睡得很好。我什么事都不想，实在我也不能够用思想了。

老文来叫醒我的时候，天刚发白，夜色还躲藏在屋角。他给我打脸水，又端了早点来。等我把行李收拾好，已经是五点多钟了。我决定不等老姚来，就动身去车站。我刚刚把这个意思告诉了老文，就听见窗外有人在小声讲话，接着脚步声也听见了。我知道来的是谁，就走出去迎她。

我跨出门槛就看见姚太太同周嫂两人走来。

"姚太太，怎么你起来了？"我问道，我的话里含得有惊喜，也有感激。我并且还想着：老姚也就要来了。

"我们还怕来不及。"她带着亲切的微笑说。她跟我走进厅子里去，一边还说："诵诗不能够送你了，他昨晚上吃醉了，吐了好几回，今早实在起不来，很对不起你。"

“姚太太，你怎么还这样客气！”我微笑道。接着我又问她：“诵诗不要紧罢?”

“他现在睡得很好，大概过了今天就会复原的。不过他受了那么大的打击，你知道他多爱小虎，又一连跑了两天，精神也难支持下去。倘使以后你有空，还要请你多写信劝劝他，劝他看开一点。”

“是的，我一定写信给你们。”

“那么谢谢你，你一定要写信啊！”她笑了笑，又转过脸去问老文：“车子预备好了罢?”

“回太太，早就好了。”老文答道。

“那么，黎先生，你该动身了罢?”

“我就走了。”我又望着她手里拿的一封信，这个我先前在门外看见她的时候就注意到了，我便问她：“姚太太，是不是要托我带什么信?”

“不是，这是我们的结婚照片，那天我找了出来，诵诗说还没有送过你照片，所以拿出来给你带去。”她把信封递给我。“你不要忘记我们这两个朋友啊，我们不论什么时候都欢迎你回来。”她又微微一笑。这一次我找回她那照亮一切的笑容了。

我感谢了她，可是并不取出照片来看，就连信封一起放在我的衣袋里。然后我握了一下她伸过来的手：“那么再见罢。我不会忘记你们的。请你替我跟诵诗讲一声。”

我们四个人一路出了园门，老文拿着我的行李，周嫂跟在姚太太后面。

“请回去罢。”我走下天井，掉转脸对姚太太说。

“等你上车子罢。今天也算是我代表他送你。”她说着一直把我送到二门口。我正要上车，忽然听见她带着轻微的叹息说：“我真羡慕你能够自由地往各处跑。”

我知道这只是她一时的思想。我短短地回答她一句："其实各人有各人的世界。"

车子拉着我和皮箱走了，老文跟在后面，他到外面去雇街车。车子向开着的大门转弯的时候，我回头去看，姚太太还立在二门口同周嫂讲话。我带了点留恋的感情朝着她一挥手，转眼间姚公馆的一切都在我的眼前消失了。那两个脸盆大的红字"憩园"仍然傲慢地从门楣上看下来。它们看着我来，现在又看着我去。

"黎先生！"一个熟习的声音在后面喊我，我回过头，正看见李老汉朝着我的车子跑来。我叫老李停住车。

李老汉跑得气咻咻的，一站住就伸手摸他的光头。

"黎先生，你明年一定要来啊！"他结结巴巴地说，一张脸也红了，白胡须在晨光中微微地摇颤。

"我明年来。"我感谢地答应道。车子又朝前滚动了。它走过大仙祠的门前，老文刚雇好车子坐上去。至于大仙祠，我应当在这里提一句：我有一个时期常常去的那个地方在四五天以前就开始拆毁了，说是要修建什么纪念馆。现在它还在拆毁中，所以我的车子经过的时候，只看见成堆的瓦砾。

1944年7月

（重庆文化生活出版社1944年10月出版）

短 篇 小 说

狗

我不知道自己的姓名，也不知道自己的年纪。我像一块小石子似的给扔到这个世界上来，于是我生存了。我不知道谁是我的父亲，谁是我的母亲。我只是一件遗失了的东西。我有黄的皮肤，黑的头发，黑的眼珠，矮的鼻子，短小的身材。我是千百万人中间的一个，而且是命定了要在那些人中间生活下去的。

每个人都有他的童年。我也有我的童年。我的童年却跟别人的童年不同。我不知道温暖，我不知道饱足，我也不知道什么叫做爱。我知道的只是寒冷和饥饿。

有一天，正确的日子已经记不清楚了，总之是有一天，一个瘦长的满脸皱纹的老年人站在我的面前，他严肃地说："在你这样的年纪应该进学校去读书。求学是人生的第一件大事。"

于是我去了。我忘记了自己的饥饿，忘记了自己的寒冷。我四处找寻，我发现了富丽堂皇的建筑物，我也发现了简单的房屋，据说这都是被称为学校一类的东西。我昂着头走了进去，因为我记住求学是人生的第一件大事。

"去！这里不是你可以进来的！"无论在漂亮的建筑物或者简单的房屋，无论在门口遇见的是凶恶的面孔或者和善的面孔，我总会听见这一句同样的话。这句话像皮鞭一样地打着我的全身。我觉得全身都在痛。我埋下头走了。从里面送出来孩子们的笑声，长久地在我的耳边荡漾。我第一次疑惑起来，我究竟是不是一个人。

我的疑惑一天一天地增加。我要不想这个问题，可是在我的耳边似乎时常有一个声音在问："你究竟算不算是一个人？"

破庙里有一座神像。神是无所不知、无所不能的，我这样想。神龛里没有帷幔，神的庄严的相貌完全露了出来。虽然身上的金已经脱落了，甚至一只手也断了，然而神究竟是神啊。我在破烂的供桌前祷告着："神啊，请指示给我，我究竟是不是一个人呢？"

神的口永远闭着，甚至在梦里他也不肯给我一点指示。可是我自己终于解决了这个问题。我说："像这样怎么能够算做一个人呢？这岂不太污辱了这个神圣的字吗？"于是我明白我并不是一个人。

我断定我的生活是很合理的，我乞讨残汤剩饭，犹如狗之向人讨骨头。我并不是一个人，不过是狗一类的东西。

有一天我又想：既然是东西当然可以出卖。我自己没有办法好好地活下去，不如把自己卖给别人，让别人来安排我的生活，我也可以给他作牛作马，只要他把我买到家去。我便下了决心要出卖自己。我插了一根草标在背上，我走过热闹的与不热闹的街市。我抬起头慢慢地走，为的是把自己展览给人们看，以便找到一个主顾。

我不要代价，只要人收留我，给我一点骨头啃，我就可以像狗一样地忠心伺候他。

可是我从太阳出来的时候起一直走到太阳落下山去，没有一个人过来向我问一句话。到处都是狞笑的歪脸。只有两三个孩子走到我身边玩弄我背上插的草标。

我又倦，又饿。然而我不得不回到破庙里去。在路旁，我拾起半块带尘土的馒头，虽然是又硬、又黑，但是我终于吞下去了。我很高兴，因为我的胃居然跟狗的胃差不多。

破庙里没有人声。我想，连作为东西，我也卖不出去了。我不但不是人，而且也是人间完全不需要的东西。我哭起来，因为人的眼泪固然很可宝贵，而一件不需要的东西根本就不值一文钱。

我跪在供桌前痛哭。我想哭个够，因为我现在还有眼泪，而且我只有眼泪。我不仅在破庙里哭，我甚至跑到有钱人的公馆门前去哭。

我躲在一家大公馆门前的墙角里，我冷，我饿。我哭了，因为我可以吞我的眼泪，听我的哭声，免得听见饥饿在我的肚子里叫。

一个穿漂亮西装的青年出来了，他并不看我一眼；一个穿漂亮长袍的中年人进去了，他也不看我一眼；许多的人走过了，没有一个人注意到我，好像我没有站在这里一样。

最后，一个身材高大的汉子从里面走了出来。他注意到我了。他走到我面前，骂道："去，滚开！这里不是你哭的地方！"

他的话跟雷声一样响亮，我的整个脑子都震昏了。他踢着我的身子，像踢着狗一样。我止了哭声，捧着头走开了。我不说一句话，因为我没有话可说了。

回到破庙里，我躺下来，因为我没有力气了。我躺在地上叫号，就像一只受伤的狗。神的庄严的眼睛看下来，这双眼睛抚着我的疼痛的全身。

我的眼泪没有了。我爬起来，我充满了感激地跪在供桌前祷告：

"虽然不是一个人，但是既然命定了应该活在世界上，那么就活下去吧。生下来就没有父母，没有亲人，像一件遗失了的东西，那么就请你大公无私的神作为我的父亲吧，因为我不是人，在人间是得不着谁的抚爱的。"

神的口永远闭着，他并没有说一句反对的话。

于是我有父亲了，那神，那断了一只手的大公无私的神啊。

二

我虽然跟平常一样每天出去向人们讨一点骨头，但是只要有了一点东西塞住我的饥饿以后，我便回来了，因为我也跟别的人一样，家里有一个父亲。虽然这个家就是破庙，父亲就是神，而且他的口永远闭着，不说一句安慰我的话，但是在这个世界上不肯离开我的就只有他。他是我的唯一的亲人。

虽然是在寒冷和饥饿中，日子也过得很快，我是一天一天地长大了。

一种奇怪的东西也渐渐地在我的身体内生长起来。

我自己明白我并不是人，而且常常拿这样的话提醒自己。但是人的欲望渐渐地在我的身体内生长起来了。

我渴望跟别的人一样：有好的饮食，大的房屋，漂亮的衣服和温暖的被窝。

"这是人的欲望了。你不是人，怎么能够得到那些东西呢?"我发见自己有了奇怪的思想以后，就这样地提醒自己道。

然而话是没有用的，人的欲望毕竟在狗一类的身体里生长起来了。虽然明知道这是危险的事，自己也没法阻止它。

于是大街上商店里的种种货物在我的眼前就变得非常引诱人了。有一天我在人行道上看见一双很好看的粉红色的腿。这双腿有时在人行道上走着，不，不是在走，是在微微地跳舞。它们常常遮住我的视线，好像是两只大的圆柱。有时候它们放在街中间黄包车上面，一只压着另一只，斜斜地靠在车座上。

我每次远远地望见那双腿就朝着它们走过去，可是等到我的眼光逼近那双腿的时候，一个念头便开始咬我的脑子："小心，你不是人呢！"于是我的勇气消失了。

有一天，我却看见那双腿的旁边躺着一条白毛小狗，它的脸紧偎着那双腿，而且它还沿着腿跳到上面去。我想："这不一定人才可以呢！小狗也可以的。"这样想着，我就向着那双可爱的腿跑过去，还没有跑到，不知从什么地方来了一只手抓住我往地上一推。

"你瞎了眼睛！"我只听见这句话，便觉得头昏脑涨，眼睛里有好多金星在跳。我睡倒在地上。

我爬起来，四面都是笑脸，腿已经看不见了。奇怪的笑声割痛我的耳朵，我蒙住两耳逃走了。

现在我才明白了。我得意地以为自己是一条狗，或者狗一类的东西。现在我才知道我连做一条狗也不配。

我带着沉重的心回到破庙里。我坐在供桌下面，默默地想着，想着。我仿佛看见了那条白毛小狗怎样亲热地偎着那双好看的腿；我仿佛又看见它怎样舒服地住在大公馆里，有好的饮食，有热的被窝，有亲切的爱抚。妒嫉像蛇一样咬着我的心。于是我趴在地上，我用双手双脚爬行。我摇着头，摆着屁股，汪汪地叫着。我试试看我做得像不像一条狗。

我汪汪地叫着，我觉得声音跟狗叫差不多。我想，我很可以做一条狗了。我满意，我快活。我不住地在地上爬。

然而我的两只脚终于要站直起来，两只手也不能够再在地上爬了。失望锁住了我的心。"连狗也没有福气做啊。"我又躺在地上绝望地哭起来。

我含着眼泪跪在供桌前祷告：

"神啊，作为我的父亲的神啊，请你使我变做狗吧，就跟那条白毛小狗一模一样。"

神的口永远闭着。

我每天在地上爬，我汪汪地叫，但是我还没有做狗的福气。

三

我有黄的皮肤，黑的头发，黑的眼珠，矮的鼻子，短小的身材。

然而世界上还有白的皮肤，黄的头发，蓝的眼珠，高的鼻子，高大的身材。

他们，一个、两个、三个在街上和人行道上大步走着，昂然地抬头四面张望，乱唱、乱叫、乱笑，好像大街上、人行道上就只有他们三个人。其余的人胆怯地走过他们身边，或者远远地躲开他们。

我有了新的发见了。所谓人原来也是分等级的。在我平常看见的那种人上面，居然还有一种更伟大的人。

戴着白色帽子，穿着蓝边的白色衣裤，领口敞开，露出长了毛的皮肤，两个、三个、四个。我常常在街上看见这种更伟大的人。

他们永远笑着、唱着、叫着，或是拿着酒瓶打人，或是摸女人的脸。有时候，我还看见他们坐在黄包车上，膝上还坐着那双可爱的粉红色的腿。他们嘴里说着我不懂的话。

人们恭敬地避开他们，我更不敢挨近他们身边，因为他们太伟大了。

我只是远远地望着他们，我暗中崇拜他们，祝福他们。我因为世界上有这样的伟大人物而庆幸，我甚至于因此忘记了自己的痛苦。

我暗中崇拜他们，祝福他们。我时时提醒自己：不要挨近他们身边，免得亵渎了他们。可是有一次我终于挨近他们了。

有一个傍晚，我又饿又倦，走不动了，便坐在路旁墙边，抚着我的涂着血和泥的赤脚。饥饿刺痛我的心。我的眼睛花了，看不清楚四周的一切，连那个伟大的人走过来我也没有看见，等到我最后看见了要起来避开，已经太迟了。

一只异常锋利的脚向我的左臂踢来，好像这只手臂被刀砍断了一样，我痛得倒在地上乱滚。

"狗！"我清清楚楚地听见这个字从伟大的人的口里吐出来。

我的手揉着伤痕，我的口里反复地念着这个"狗"字。

我终于回到了破庙里。我忍住痛，在地上爬着。我摇着头，我摆着屁股，我汪汪地叫。我觉得我是一条狗。

我心里很快活。我笑着，我流了眼泪地笑着。我明白我现在真是一条狗了。

我带着感激跪在供桌前祷告：

"神啊。作为我父亲的神啊！我不知道应该怎样感谢你。因为我现在是一条狗了，那伟大的人，那人上的人，居然叫我做'狗'

了。"

神的口永远闭着。

我不停地在地上爬，我汪汪地叫。因为我是一条狗。

<h2 style="text-align:center">四</h2>

我又在街上遇见那双粉红的腿了，它们慢慢地向我走来，旁边还有一条白毛小狗。

我几乎不能忍耐地等它们走过来。我的心里充满了快乐，因为我现在是一条狗了。

皮鞋的声音近了。白毛小狗汪汪地叫，突然向我扑过来。它扑到我身上，咬我的破衣服。我爬在地上，紧紧地抱住它跟它扭在一起，它咬我，我也咬它。

"你狗，滚开！"跟着这个清脆的声音，一只粉红色的腿朝我的头踢过来。我抱住小狗在地上滚。我的耳边响着各种的声音，许多只手在拖我，打我。可是我紧紧抱住那条白毛小狗死也不放。

<h2 style="text-align:center">五</h2>

等到我回复知觉的时候，我是在一个黑暗的洞里。没有人声，空气很沉重，我快透不过气来了。我不知道这是什么地方，但是我知道这决不是狗窝。我还想在地上爬，还想汪汪地叫。可是我的全身痛得厉害，而且身子给绳子缚住，连动也不能够动一下。

我又想，在那个破庙里，断了一只手的大公无私的神，作为我父亲的神，依旧冷清清地坐在神龛里面。他在那里等我。我要回去，我无论如何要回到破庙里去。

　　不管我全身痛得怎样厉害，我毕竟是一条狗。我要叫，我要咬！我要咬断绳子跑回我的破庙里去！

（原载1931年9月10日《小说月报》第22卷第9号）

罗伯斯庇尔的秘密

　　时间已经过了午夜。整个城市静静地睡去了。街灯的微光在窄小的圣翁洛列街上洒了一些暗淡的影子。两旁古老的房屋都关在黑暗里。只有狄卜勒木匠铺的楼上还燃着灯光，一个半身的人影时时在窗帷上摇晃。

　　一阵脚步声在石子路上单调地响起来，打破了夜的沉寂。一个中年的公民慢慢地走进这条街，用他那破声哼着革命歌。他抬起头来，隔着木匠铺的天井，看见对面楼上的人影，他就站住，暗暗地对那个瘦削的人头行一个礼，于是往前面走了，口里低声念着"廉洁的人"这个称呼。

　　脚步声在静夜里消失了。楼房里却接着发出咳嗽声来。人影又继续在窗帷上摇晃。全巴黎都认识这个瘦削的人头。这个人就是被称为"廉洁的人"马克西米连·罗伯斯庇尔。

　　罗伯斯庇尔比巴黎后睡比巴黎早起，这在他已经成为习惯了。他似乎并不需要睡眠，他需要的是思索和工作。这一晚跟平常一样他闭了房门，在书桌前坐下来，翻阅那些文件，在一些逮捕命令和处刑名单上面签字，答复一些信件，起草一些计划和演讲稿。

他是一个意志坚强的人。他想得到做得出。从受冻挨饿的阿拉斯的穷律师时代起，一直到做了统治共和国的山岳党的领袖，并没有经过几年的工夫。而且他差不多是走着一条直路，从来不曾有过妥协。他一步一步逼近权力，打败了许多同时代的人，终于把权力握在自己的手里，企图用它来建立他的理想的共和国。这几年来，他不曾犹豫过，他不曾胆怯过。他甚至不曾有过懊悔。他的自信力很强，他相信自己真正是严厉的，公正的，不腐败的，如一般人所称呼他那样。

但是最近一些日子里，他觉得自己渐渐地有些改变了。改变究竟是什么时候起的，他并不知道。他依旧把整个心放在工作上，然而他心上的黑影却一天一天地增大起来，就好像有一种病在袭击他一样。他常常因此感到烦躁。

整个巴黎都知道罗伯斯庇尔是一个严厉的正人君子，不宽恕，不妥协。他的相貌就说明了他的性格。他的瘦脸有一种病态的黄色，脸上永远带着严肃的表情，仿佛他一生就不曾笑过。他有一个扁平的前额，一对深陷的小眼睛，差不多被眼皮遮住了。一根直的小鼻子向上面翘，下面却是一张大嘴，嘴唇薄，下颔却是又短又尖。他跟人见面谈话的时候，锐利的眼光就在人的面部盘旋，而且他脸上的表情也好像集中在某一点上。人们常常有这样一个印象：他是一个意志力坚强到极点的人。

他过着简单、刻苦的生活。他把自己当做一把镰刀，用来刈除法国的恶草。为了这个，他就只梦想一件东西——权力，他甚至把权力加以人格化了。这几年来他从没有停止过斗争，他打倒了吉隆特党，杀了艾贝尔派，毁了丹东派，一个人登上了共和国的最高峰。他现在是全法国势力最大的人，他可以充分地运用他的权力来为共和国服务。

甚至几天前一个下午他还在国民大会里发表了一篇雄辩的演说，整个会场一致地发出"罗伯斯庇尔万岁"的喊声。他又一次得到了巨大的胜利。

然而事实上这个胜利并不能去掉他心上的黑影。恰恰相反，每一次在得到了胜利以后他反而觉得黑影比以前加浓了一些。他不知道这是什么缘故，也不曾把这件事情告诉任何人，甚至他的兄弟。在朋友和敌人的面前，他依旧是严厉无情的正人君子，他利用他面部的特点来表示他的意志力。他甚至想用这个来消灭黑影。他把自己关在书斋里面的时候，他只要望一下书桌上面的逮捕命令和处刑名单，黑影就在他的心上升了起来，渐渐地他的眼前起了黑点，心上的烦躁也突然发作起来。

以前他拿起那些名单和命令，看一遍，就签了名。他知道签一次名，就会把一些人送到断头台上。他以为这是必需的：敌人的血可以使法国的土地肥沃。甚至在今天他仍然相信：血还流得不够多，必须把那些有罪的人全送到断头台上去。

他已经在二千七百多个人的处刑单上签过名了，这二千七百多个人的生命并不曾引起他的怜悯。但是最近这几个晚上他却不能够顺利地工作下去了。一连几个夜晚，他都把一部分时间花费在沉思和闲踱上面。

他奇怪地想，为什么会有这样的改变呢？难道他的精力衰退了吗？不，他还年轻，不过三十六岁，他有充沛的精力，在许多事情上面他都显出来是一个年富力强的人。那么难道他对于权力失掉了信仰吗？不，他现在把权力紧紧地抱在怀里，就像抱着一个美丽的女人。他比在任何时候都更爱她，她给他带来满足和安慰，他绝不能够舍弃她。那么，是什么东西在作怪呢?

　　他烦躁地在房里踱着。他听见街上逐渐消失的脚步声，这些声音在他的心上不会产生什么影响。他依旧烦躁地移动他的脚步，那脚步是迟缓的、呆板的。他用手托住他的下颔，一对小眼睛不时往书桌上看。

　　"我应该努力工作。今晚又被我浪费了不少的时间!"他猛省地自语道。他走到书桌前坐下，拿起那管鹅毛笔蘸了墨水，准备在面前一张处刑名单上写下去。

　　他的眼光落在一个人的姓名上面:

　　"马利·莱洛——十八岁——卖花女子——住某街——不肯为共和国尽力。……"

　　"断头台!"他低声说，他的眼前出现了那两根杠杆和一把大刀。这是别人安排好了的，只等他签字。他像这样地把人打发到断头台上去，已经不知有若干次了。他认为这是很自然的事情。但是这个晚上这一行字忽然在他的眼前跳起来。

　　"苏菲·柏格生——寡妇——"

　　他放下笔，但是马上又拿起来。他用他那单调的、略带尖锐的声音自语道:"这是必需的! 这是必需的! 为了拯救法国!"他不再看下去，便按住纸，在上面签了字。他把这张名单揭起来放在一边。另一张名单又在他的眼前出现了。

　　"开恩罢。"他仿佛听见了一个男人的声音。他又呆了一下。这句话是马利的父亲今天对他说的。他从国民大会出来，那个老头儿拦住他，甚至跪下向他哀求。但是他把那个人赶走了。他，罗伯斯庇尔，是大公无私的，不肯受贿的。他为什么要开恩呢? 共和国需要牺牲品。他不能够做一个吝啬的人。

　　那个老头儿的带泪的瘦脸带着那张突出的嘴仿佛就印在名单上

面，一对血红的眼睛哀求地望着他。他恼怒地把笔一掷，责备自己道："我不该软弱！我不要开恩！那是必需的！整个巴黎，整个法国都这样要求着！"他站起来，走到窗前，拉开窗帷往外面看。下面静静地躺着那个阴暗的天井，越过天井就是静寂的巴黎的街道。远远的一些楼房里还有着星子似的灯光，几所高建筑物沉默地耸向黑暗的天空里。在这夜深，巴黎是静寂的。

他站在窗前，他睁大了眼睛往远处看。他的眼前起了雾，一幅图画渐渐地展开了。下面好像就是一个大广场，他仿佛站在阳台上对一大群公民讲话。无数的人头在动，血红的眼睛望着他，口张开在叫，手在挥动，他们在向他哀求什么。他答应要满足他们！

他渐渐地镇静下来。他拉拢窗帷，慢慢地走回到书桌前面。他坐下来，嘴上露出微笑，得意地说："我是不错的！我绝不会犯错误！"

他又拿起笔来，准备在另一张名单上面签字。

"露西·德木南——二十二岁——寡妇……"

这一行字突然打入他的眼睛，他的手微微地战抖起来。他轻轻叫了一声"露西"！鹅毛笔从他的手里落在书桌上。他呆呆地望着面前那张名单。

那个美丽的、天真的金发少女的面孔从他的心底浮上来。他很早就把她埋在心底了。露西，这是他个人生活里的一个美梦。他爱过她，他甚至想同她结婚，然而德木南把她抢走了。这件事情伤了他的心。但是德木南是他的好友，而且他还参加过他们的婚礼。他同这一对夫妇继续地亲密来往。他们的孩子出世的时候，他还做了孩子的教父。他爱那个孩子，他时常把孩子抱在膝上玩。这件事许多人都知道。现在却轮到他来签署露西的处刑单了。

他怀抱着权力，运用着权力，为了法国，他把德木南送上了断头台。他自己也承认德木南是革命的美丽的产儿。但是这个"惯坏了的孩子，被恶伴引坏了"，跟着丹东往后退了，最近还发出那样荒谬的叫嚣。他们想阻止革命。他们要妥协。他们反对恐怖制度。所以共和国必须去掉他们。露西为了援救丈夫曾经几次跑来看他，都被他拒绝了。于是她一个人跑到卢森堡监狱附近鼓动群众救她的丈夫。就为了这个罪名她也被逮捕了。这些事情他都知道。并且这是他最忠实的朋友圣鞠斯特的主意。对于露西的命运，他其实很关心。但是他为了要打倒丹东，他也得去掉德木南，更不得不把露西也牺牲了。

法庭上的情景他也知道。她不是一个政治家。她只是一个年轻的妻子。看起来她不过是一个小姑娘，又漂亮，又温柔，任何人看见都会怜惜她。她究竟做过什么事情呢？她不过想救她的爱人，她的丈夫。此外她并没有做别的事情。在法庭上她很勇敢、很天真地承认了这一切，她说这是她的神圣的义务。她的举动引起了人们的同情。

"够了！这太过分了！"在观审席上发出了这样的叫声。

这个声音仿佛刚刚在他的耳边飘过。他的手又一次微微地战抖了。他倒在椅子上，用手蒙住了脸，他的口里发出来轻微的痛苦的呻吟。

"够了！这太过分了！"他仿佛第一次听见这种不满意的呼声。自然这呼声是很微弱的。但这时候在他的耳里重响起来，就好像一个人，或者就像丹东，站在他的面前跟他争辩一样。

他放下手来。他的眼睛里冒出火。他愤恨地说："够了！这不行。这不过是开始呢！"他不能够忍受。他相信他所做过的一切还是太微弱，还是不够。他把权力抱在怀里，正应该用它来施展他的抱负，实现他的理想。他走的路不会错，他如今不过走在中途。他把他的心血浸润了法国的土地，他相信他会给人们带来幸福，但是竟然有人出来说："够了！这太过分了！"

他相信这是不够的。他应该鼓起勇气来。他应该加倍努力地工作，毫不迟疑地前进，战胜一切的困难。这个思想像一线光亮射进他的脑子里。他俯下头捏起了笔，准备在面前的那张名单上签字。

"露西——"这个名字放大了几倍地映入他的眼帘。他的手又微微地战抖了。

"又是你！"停了半晌他苦恼地说，但是说到"你"字，他的声音便软了。他的嘴唇上露出了微笑，他仿佛看见那个美丽的姑娘站在他的面前。但是她又突然消失了。

他的思想渐渐地模糊起来。那张名单已经从他的眼前消失了。慢慢地，慢慢地，那个少女的影子由淡而浓，于是变成了一个具体的女人，就是他的露西，他从前爱过的露西，那个时候她还没有嫁给德木南。

"露西。"他温柔地唤道。她向他伸出了两只手。

"罗伯斯庇尔。"她唤他，她对他微笑。她扑到他的怀里来。

"露西。"他温和地唤她，轻轻抚她的头发。她温柔地微微笑着。

"露西，我等你好久了！你为什么不早来？"

"罗伯斯庇尔，你救救我们罢！"她忽然发出了哀求的声音。

她为什么说这样的话？他惊奇地看她。她带着满脸的眼泪跪在他的面前。她穿的已经不是少女的装束。于是他明白了：这其间又经过了好些年代。他的个人生活里的美梦破灭了。

他失望地放开了手。他不答话，他甚至不看她一眼。他的内心的激斗是很可怕的。

"罗伯斯庇尔，你是他的最好、最老的朋友，你知道他的理想就是你的理想，也就是全法国人的理想，"她开始哀求说，"你应该救他，救我的丈夫。"

他用极大的努力镇压住内心的激斗，他做出冷淡的样子回答道："不能，不能！"他把头微微摇动。他知道德木南的理想绝不是他的理想，他是前进的，德木南已经后退了。德木南要求仁慈，要求宽容，要求缓和，要求让步。这一切对于法国都是有害的。他相信的是权力，是断头台，是严厉残酷的手段。为了法国他甚至应该把他的最老的朋友去掉！

"罗伯斯庇尔，你想想从前的日子罢。你从前待我那样好。你给我们证婚，你做我们孩子的教父，你是我们最信任的朋友。你不会拒绝我的要求，轻视我的眼泪。……你杀了他，就等于杀了我，你忍心把我们两个都杀死吗？"她的声音是那么柔和，那么凄惨，使他的心也变软了。他不敢看她。他害怕看见她的眼泪，害怕听见她的哭声。这使他回想起从前的事情，那些早已被他埋葬了的事情。她没有说一句假话：杀了德木南，就等于杀了她。这太残酷了。他想缓和下来。

但是另一个念头激动了他：他不应当缓和。德木南主张宽大，跟共和国的敌人混在一起，危害革命，他必须把这个人去掉。他是一个不腐败的公正的人。他不应该顾念到友情，也不应当动怜悯的感情。

"我不能！我不能够答应你！我的决心是不可动摇的。我绝不会犯错误！我是法国人民信任的人。凡是阻挠我的工作的都应当上断头台。"他挣扎地说，他好像在跟一个凶恶的仇敌战斗。这个仇敌不是艾贝尔，不是丹东，却是他自己心上的黑影。

"你不能够杀她！罗伯斯庇尔，法国不需要她的血。你不能够杀我的露西，罗伯斯庇尔，宽恕她罢。罗伯斯庇尔，你本来可以做我的女婿的。你也爱过她。而且你也爱他们的孩子，为了孩子的缘故，你也得救回这个无辜的牺牲者。"这一次说话的不是露西，却是露西的母亲，吕普拉西斯夫人。她站在他的面前带着一种交织着悲愤和哀求的表情对他说话。

他又愣了一下。但是他马上就明白又过去了一段时间了。如今不是露西来哀求他援救她的丈夫，却是吕普拉西斯夫人来为露西的生命缓颊了。这个变化倒使他的脑子糊涂起来。

"你不能够杀露西，我知道你不能够杀她！"那个女人进逼似的接着说。她望了望书桌，脸上的表情突然改变了。她憎恨地说："这张处刑单，你真要签字？你，你真忍心杀露西？你好狠！你这个嗜血的猛兽！"她把名单抓在手里，就要撕它。他马上伸出手去抢夺。他把她推倒在地上，夺回了名单。

这一来心上的黑影也被他驱散了。他的勇气突然增加了。他下了决心：那死刑是无可改变的了，杀掉一个露西他不应该胆战。他甚至应该准备牺牲其余的无数的露西。他拿起笔来，就站在桌子跟前，在名单上签了他的名字的第一个字母 M。

他放下了笔，他在签名的地方又看见了露西的面孔。

他痛苦地叹了一口气，他的心又缓和下来了。他带了点悔恨地想，他为什么不可以救她？难道她的存在真正会危害共和国吗？难道共和国在吞下了她的丈夫以后，还必须把她也吞下去吗？她不是一个危险的人物。他知道她，他了解她。他应该救她。

"我应该下最后的决心了。"他自语道，略为迟疑一下，便抓起名单，一把揉皱了，他捏在手里，然后轻松地坐在椅子上。面容渐渐地开展了，好像他做过了一件痛快的事情。

过了半晌，他的面容又突然阴暗了。"我怎么啦？我为什么要这样做？"他觉得好像有两种力量在拉他的身体。他在挣扎。那张名单突然变成一大张布告似的文件了。

"为了共和国的利益。"他仿佛看见了这几个字。对于他，共和国的利益就可以拯救一切。他的整个生命都是贡献给共和国的。他为了共和国应该做任何的事情。

"软弱！"他好像听见这一声骂语。他知道这是他心里的话。他不由得吃了一惊。

他从来不曾软弱过。他的胜利都是他的一贯坚决的态度带来的。他能够打倒了吉隆特党，去掉了艾贝尔派，消灭了丹东派，就全因为他不知道软弱，不知道退让，不知道个人的感情。

"你绝不会错。你难道忘记了巴黎人民的要求？他们要的是血，是头颅。你应该满足他们的要求。……你不看见别人是怎样灭亡的？……全是因为他们软弱，他们变得仁慈了。连丹东也因此上了断头台。"他自己不断地在警告他。他自己的声音在他的耳里自然是十分响亮，渐渐地驱走了他的迟疑。他的勇气和自信力又恢复了。他觉得自己能够抵抗任何的力量。他差不多骄傲地想起了"廉洁的人"，"不妥协的人"这些伟大的称呼，这证明他自己就是一个不可抗拒的力量。他是得到全巴黎人民拥护的。

他把手里的纸团拉开，摊在桌上，用手把它压平。他把纸上的字仔细地读了一遍。

"我没有缓和的权利。那是全巴黎的人民所要求的，这是共和国的利益所要求的。我不过是一个执行的人！"最后他下了这样的一个决心。他甚至恢复了他的平日的冷酷。

他不再迟疑了。他捏起鹅毛笔，在纸上签了字，然后得意地掷开笔，微微一笑，说："我胜利了。"

他的声音刚刚静下去，屋子里就起了一个喊声："打倒暴君。"声音很低，但是一声两声地继续着。

谁在叫？他很奇怪，他知道丹东派就称过他作"暴君"。但是如今谁敢公开地叫出来打倒他呢？他吃惊地往四面看。吕普拉西斯夫人刚刚从地上爬起来，口里还在叫。

他愤怒地站起来，命令地说："你闭嘴！"

那个女人也站起来，把脸向着他。她并不是吕普拉西斯夫人，却是露西。她的嘴里也叫着："打倒暴君！"

"你也这样叫？"他惊讶地问。但是他马上想到，露西在监狱里，她不会到这里来。

他再一细看，那个女人并不是露西，却是艾贝尔的妻子，被判决和露西同上断头台的。她也在叫："打倒暴君！"

许多女人的影子在他的眼前摇晃起来，许多声音都在叫："打倒暴君！"

他惊慌起来了。他不知道应该怎样做。这些声音包围着他。他想："我一定疯了！这完全是不可能的！"他极力挣扎。眼前是一片雾。他觉得一阵眼痛，几乎睁不开眼睛。

他跑到窗前，叫声已经消失了。他的脑子才清醒了一点。

他疲倦地在窗前立了好一会儿。他慢慢地拉开窗帷，把脸靠在玻璃上，静静地望着下面的天井。

天井里很暗。越过天井便是巴黎的街道。街上非常清静。但是在他的眼里渐渐地出现了一个奇怪的景象：无数枯瘦的脸，无数血红的眼睛，无数瘦小的手动着，不停地动着，都向着他。这许多人口里都嚷着，好像在向他要求什么。

他望着这个景象，心里非常感动，他觉得在那些人的身上他找到有力的支持了。他始终是执行他们的愿望的人。他的勇气又渐渐地恢复了。

"断头台是不会停止的。我要执行你们的愿望，用血来灌溉法国的土地。我知道你们要的是头颅！"

他以为这个回答一定使他们满意了。然而群众依旧在下面高声嚷着，毫无满意的表示。他们愈嚷愈厉害，好像他们没有听懂他的话一样。

这些声音他似乎并不十分熟悉。他费力去听。过了好一会儿他才听见了两个字："面包！"

"面包？"他疑惑地念着，好像不懂这是什么意思。

"面包！面包！"各处都响起了这样的叫声，在这些叫声中夹杂着"打倒暴君"的呼喊！

"面包"两个字在他的耳里是十分新奇的。他不能够了解。他们为什么要面包？共和国所需要的明明是权力，是头颅，绝不是面包。他从不曾想到共和国会需要面包。而且他哪里有面包来给他们呢？

"我们需要面包，你却拿人头来喂我们。"在人丛中响起了这样的喊声。

他又惶惑了。一种恐怖的感觉侵袭着他。但是他又挣红了脸，用了最后的努力愤怒地争辩道："我是不会错的！我绝不会犯错误！"

于是那些人影一刹那间全不见了，他依旧一个人孤寂地站在窗前。在他的耳边还似梦似真地响着"打倒暴君"的声音。

他突然拉拢了窗帷，疯狂地把双手蒙住自己的耳朵，身子俯在窗台上，口里呻吟着：

"我疯了！我疯了！"

过了一些日子，罗伯斯庇尔在国民大会里提出了新的法案，并且作了报告，这个法案未经讨论，就一致通过了。这个法案的第一条便是："法国人民承认最高主宰的存在和灵魂不死。"

1934年2月在北平

（原载1934年4月1日《文学》第2卷第4号）

马赛的夜

马赛的夜。

我到马赛这是第二次，三年以前我曾到过这里。

三年自然是很短的时间，可是在这很短的时间里我却看见了两个马赛。

宽广的马路，大的商店，穿着漂亮衣服的绅士和夫人，大的咖啡店，堂皇的大旅馆，美丽的公园，庄严的铜像。我到了一个近代化的大都市。

我在一个大旅馆吃晚饭。我和两个朋友占据了一张大桌子，有两个穿礼服的漂亮茶房伺候我们。我们问一句话，他们鞠躬一次。饭厅里有乐队奏乐。我们每个人点了七八十个法郎的菜，每个人给了十个法郎的小账。我们从容地走出来，穿礼服的茶房在后面鞠躬送客。

我们又到一家大咖啡店去，同样地花了一些时间和一些钱。我们在"多谢"声中走了出来。我们相顾谈笑说："我们游了马赛了。"心里想，这毕竟是一个大都市。

于是我们离开了马赛。三年以后我一个人回到这里来。我想马赛一定不会有什么变化。而且我把时间算得很好，我不必在马赛住一夜。我对自己说："我第一晚在火车上打盹，第二晚就会在海行中的轮船上睡觉。"

然而我一到马赛，就知道我的打算是怎样地错误了。第一，我一下火车就被一个新认识的朋友引到了一个奇怪的地方，这个地方使我觉得我不是在马赛，或者是在另一个马赛；第二，同那个新朋友到轮船公司去买票，才知道今天水手罢工，往东方去的船都不开了。至于罢工潮什么时候会解决，办事人回答说不知道。

这样我就不得不住下了，而且是住在另一个马赛。至于在海行中的轮船上睡觉，那倒成了梦想。

于是我又看见了马赛的夜。

我住的地方是小旅馆内五层楼上一个小房间。

我吃饭的地方也不再是那堂皇的大旅馆，却是一家新近关了门的中国饭店。吃饭的时候没有穿礼服的茶房在旁边伺候，也没有乐队奏乐。我们自己伺候自己。

这并不是像纽约唐人街一类的地方，这的确是法国的街道。中国人在这里经营的商店，除我所说的这个饭店外，还有一家饭店，要那一家才算是真正的饭店。至于我在那里吃饭的一家，已经关了门不做生意，我靠了那个新朋友的介绍，才可以在那里搭一份伙食。而且起先老板还不肯收我的饭钱。

我每天的时间是这样地分配的：从旅馆到饭店，从饭店到旅馆——从旅馆到饭店，从饭店到旅馆。在旅馆里，我做两件事：不是读一本左拉的小说，就是睡觉，不论在白天、晚上都是一样。在饭店里我也做两件事：不是吃饭，就是听别人说笑话。吃饭的时间很短，听说笑话的时间很长。

从旅馆到饭店虽然没有多少路，可是必须经过几条街。我很怕走这几条街，但我又不得不走。路滑是一个原因：不论天晴或者下雨，路总是滑的；地上还凌乱地堆了些果皮和抛弃的蔬菜。街道窄又是一个原因：有的街道大概可以容三四个人并排着走；有的却是两个人对面就容易碰头的巷子；也有的较宽些，但是常常有些小贩的货车阻塞了路。我常常看见胖大的妇人或者瘦弱的姑娘推着货车在那里高声叫卖，也有人提了篮子。她们卖的大半是蔬菜、水果和袜子一类的用品。有一两次，卖水果的肥妇向我兜生意，可是我跟她刚把价钱讲好，她忽然带笑带叫地跑开了。跑的不止她一个人，她们全跑开了。街道上起了一阵骚动，但是很快地就变得较为宽敞、较为清静了。我很奇怪，不知道这个变化的由来。但是不久我就明白了。迎面一个警察带着笑容慢慢地走过来。他的背影消失以后，那些女人和货车又开始聚拢来。有时候抬起头，我还会看见上面晒着的红绿颜色的衣服。

还有一个原因我也应该提一下，就是臭。这几条街的臭我找不到适当的话来形容。有些地方在店铺门口摆着发臭的死鱼，有些地方在角落里堆着发酵的垃圾，似乎从来就没有打扫干净。我每次走过，不是捏着鼻子，就是用手帕掩鼻，我害怕会把刚吃进肚里的饭吐出来。

晚上我常常同那个新朋友在这些街道上散步，他带笑地警告我："当心！看别人把你的帽子抢了去！"我知道他的意思。我笑着回答："不怕。"不过心里总有点胆怯，虽然我很想看看帽子怎样会被人抢走。

我们走过一条使我最担心的街道。我看见一些有玻璃窗门的房子和一些挂着珠串门帘的房子。门口至少有一个妇人，大半很肥胖，自然也有瘦的，年纪都在三十以外；她们同样地把脸涂得又红又白，嘴唇染着鲜血一样地红；她们同样地有着高高地凸起的胸部和媚人的眼睛。

"先生，来罢。"尖锐的、引诱的、带笑的声音从肥妇的口里向我的脸上飞来。同时我看见她们在向我招手。

"怎么样？去吗？"那个朋友嘲弄地低声问我。

我看了那些肥妇一眼，不觉打了一个冷噤，害怕起来，便拉着朋友的膀子急急地往前面走了，好像害怕她们从后面追上来抢走我的帽子一样。我走过那些挂着珠串门帘的房子，里面奏着奇怪的音乐，我仿佛看见三四个水手抱着肥妇在那里喝酒。但是我也无心去细看了。

"你方才说过不怕，现在怎样了？"我们走出这条街以后，那个朋友嘲笑地说。

我这个时候才放心了。

"看你这个样子，我不禁想起我一个姓王的朋友的故事。"他说着就出声大笑。

"什么故事？"我略带窘相地问他。

"王，你也许认识他。他的年纪比你大，可是身材比你还小。"朋友开始叙述故事，他一面说，一面在笑。但是我并没有笑的心思。"他是研究文学的。他常常说歌德有过二十几个爱人，他却只有五个，未免太少了。其实他所说的五个，是把给他打扫房间的下女，面包店里的姑娘，肉店里的女店员都算在里面，这些女人跟他除了见面时说一声'日安'外就不曾说过什么话。他说他应该找到更多的爱人，他说应该到妓院里去找。我们每次见面，他总要对我宣传他到妓院去谈恋爱的主张，他甚至赞美卖淫制度。然而他也只是说空话。我常常嘲笑他。有一天他得意地对我说,他要到妓院去了,我倒有点不相信,你猜他究竟去了没有?"朋友说到这里突然发出这句问话来。

"他当然没有去。"我不假思索地回答。

"他如果没有去,那倒不奇怪了。他的确去了,而且是我陪他去的。"朋友得意地说。"他没有进过法国妓院,他不知道那里面的情形。我们到了那里。我声明我只是陪伴他来的,我就坐在下面等他。于是六七个肥胖的裸体女人排成一行,站在我们面前,让王选择。王勉强选了一个,在下面付了钱,跟着她上楼。……不到十分钟,王下楼来了,脸色很不好看。他拉着我急急地走了出去。我惊奇地笑问他:'怎么这样快就走了?'他烦恼地答道:'不要提了,我回去慢慢对你说。'他垂着头,不再说一句话。"朋友说到这里,便住了口。

"你看这个,"他从衣袋里摸出一封信递给我说,"这是王今天寄来的,他还提到那件事情。"

这时我们走入大街,进了一个咖啡店。我在那里读了王的信。

信里有这样的一段话:

　　……近来常常感到苦闷,觉得寂寞,精神仍然无处寄托,所以和几个朋友在一起谈话时总爱谈到女人。大家都觉得缺少什么东西。可是缺少的东西,却也没法填补。我们也只得耐心忍受苦闷。壮志已经消磨尽了。我也曾想把精神寄托在爱情上,但是又找不到一个爱我的女人。……我也不再有到妓院去的思想了。用金钱买爱,那是多么可笑,多么渺茫啊!你不记得两年前我在马赛干的那件事吗?我当时还有一种幻想。谁知看见了那里的种种丑恶情形,我的幻想就马上破灭了。我和那个肥妇上了楼，进了她的房间，看见她洗净了身子。我没有一点热情，我只觉得冷。她走到我的身边。我开始厌恶她，或者还害怕她。她看见我这种笨拙的样子，便做出虚伪的媚笑引动我，但是并没有用。我的激情已经死了。结果她嘲笑地骂了我两句，让我走了。从那里出来，心上带走了无名的悲哀，我整整过了一个月的不快活的日子。自己也不知道是什么缘故。我在那里不但不曾得着预期的满足，反而得到了更大的空虚。那个肥妇的样子我至今还记得。……

"你看，这就是那个以歌德自命的人的遭遇了！"朋友嘲笑地说。

我又想发笑，又不想发笑。我把信笺折好放在信封里还给他。

我们走过一家影戏院。名字很堂皇，可是门面却很小、很旧。一个木笼似的卖票亭立在外面。

"这样的电影院你一定没有去过，不可不进去看看。"朋友并不等我表示意见就去买了票，我看见他从衣袋里掏出了两个法郎。

"这样便宜的票价！"我想。我们就进去了。

一个小房间里放了二三十排长木凳，每排三张，每张可容五六个人。黯淡的天花板上挂了几盏不很明亮的电灯。对面一张银幕。没有乐队，每一个人走过，就使不平坦的地板发出叫声。房间里充满了烟雾和笑语，木凳上已经坐了不少的人。

我们在最后面的一排坐下，因为这一排的三张木凳都空着，而且离银幕较远，不会伤眼睛。朋友抬起眼睛向四处望，好像在找他认识的人。

他的眼光忽然停留在左边的一角。他的脸上现出了笑容。他把右手举起来，在招呼什么人。我随他的眼光看去，我看见了两个我见过的人。他们是一男一女。男的是中国人，戴便帽，没有打领带，穿一件半新旧的西装；黄黄的脸色，高的颧骨，唇边有几根胡须。他不久以前还在一只英国轮船上作工。右手的大指头被机器完全切断了。他的手医好以后公司给了他五十镑的恤金，把他辞退了。他到马赛来，打算住些时候回中国。我在饭店里见过他几次，所以认识他。女的，我也在饭店里遇见过。她是一个安南人。我不知道她怎样会流落到马赛来，关于她的事，我知道的，就是她跟饭店的老板似乎有一种神秘的往来；还有她属于街头女人一类的事，我也知道一点，因为在饭店里的笑谈中间，找"安南婆"要多少钱的话也常常听见。我看见她同断指华工在一起，这并不是第一次。

她跟他亲密地谈着（她会说广东话），两个头靠在一起。她忽然转过头来望着我的朋友笑。我看见她的黑头发，小眼睛，红白的粉脸，宽厚的红唇，充实的胸膛。她轻佻地笑着，的确像一个街头女人。

电灯突然灭了。

我花一个法郎的代价连接看了三张长片子。眼睛太疲倦了。灯光一亮我同那个朋友最先走了出去，并不管我们认识的那一对男女。

夜接连着夜，依旧是马赛的夜。

还没有开船的消息。罢工潮逐渐扩大了。许多货物堆积在马赛，许多旅客停留在马赛。

马赛凭空添了这许多人和货物，可是市面上并没有什么变动。其实变动倒是有的，不过陌生的我不知道罢了。我只看见过一次罢工者的游行。

夜来了，夜接连着夜。依旧是马赛的夜。

那饭店，那街道，那旅馆，那朋友，那些影戏院跟我发生了密切的关系。左拉的小说读完了，又放回到箱子里去。我不再读书了。

每晚从饭店出来，我总是跟那个朋友一起去散步。我们不得不经过那条使我最担心的街道。那些半老的肥妇照例对我们做出媚笑，说着欢迎的话。但是我已经不害怕她们了。

我们每晚总要到一家新的电影院去。所有马赛的电影院我们差不多都光顾过了。头等电影院我们自然也去，而且用学生的名义在那里得到了半价的优待。常常我们在劳动者中间看了电影出来，第二天晚上又换了比较漂亮的衣服到头等电影院去，坐在绅士和夫人们的中间，受女侍的殷勤招待。换衣服的事是那朋友叫我做的。他有过那样的经验，他曾经在头等电影院里买票受到拒绝。

在小的电影院里，我们常常遇见那个断指的华工和"安南婆"，他们总是亲密地谈笑着。

我们跟华工渐渐地熟悉了，同时跟"安南婆"也渐渐地熟悉了。我们跟他们遇见的地方有时在电影院，有时在饭店，时间总是在夜里。

另一个晚上我们照例在那个最小的电影院里遇见了"安南婆"。她跟平日一样地和男子头靠着头在谈话，或者轻佻地笑。可是男子却不是平时跟她在一起的断指华工，而是一个陌生的法国青年。她看见了我们，依旧对我们轻佻地笑，但是很快地又把头掉回去跟那个青年亲密地讲话了。

"'安南婆'有了新主顾了。"朋友笑着对我说。我点点头。

隔了一个晚上我们又到那个电影院去。在前面左角的座位上我又看见了"安南婆"和她的法国青年。她看见了我们，望着我们轻佻地笑。我们依旧没有找到断指华工的影子。

灯光熄了。银幕上出现了人影。贫困，爱情，战争，死。……于是灯光亮了。

一个人走近我们的身边，正是我们几天不见面的断指华工。朋友旁边有一个空位，华工便坐了下来。他并不看我们，却把眼光定在前面左角的座位上。在那里坐着"安南婆"和她的法国青年。

"你为什么这两天又不同她在一起了？你看她找到了新主顾！"朋友拍着华工的肩膀说。

华工掉过了瘦脸来看我们。他的脸色憔悴，可是眼睛里射出来凶恶的光。

"不错，她找到新主顾了！她嫌我是一个残废人，我倒要使点手段给她看，要她知道我不是好惹的！"华工气愤地对我们说，声音并不高。

"这又有什么要紧？这也值不得生气！"朋友带笑地劝他道，"她们那般人是靠皮肉吃饭的。谁有钱就同谁玩，或者是你或者是他，都是一样。她又不是你的老婆，你犯不着生气。"

"你不晓得我待她那样好，她这个没有良心的，"华工咬牙切齿地说，"几个月以前法国军队在安南镇压了暴动，把那些失败的革命党逼到一个地方用机关枪全打死。这样的事三四年前也有过一次。她哥哥就死在那个时候，死在法国军人的枪弹下。现在她却陪法国人玩。这个法国人大概不久就会去当兵的，他会被送到安南去，将来也会去杀安南的革命党，就像别的法国军人从前杀死她哥哥那样……"他说不下去了，却捏紧拳头举起来，像要跟谁相打似的。可是这个拳头并没有力量，不但瘦，而且只有四根指头，大拇指没有了，只剩下一个可笑的光秃的痕迹。他又把拳头放下去，好像知道自己没有力量似的。我想他从前一定是一个强健的人，然而机器把力量给他取走了。

我并不完全同意华工的话，但是我禁不住要去看"安南婆"和她的法国青年的背影。他们是那样地亲密，使我不忍想象华工所说的种种事情。我几乎忘记了在这两个人中间的生意的关系，我几乎要把他们看作一对恋人。但是我又记起了一件事。那个青年的确很年轻，他不久就会到服兵役的年龄。他当然有机会被派到殖民地去，他也有机会去杀安南的革命党。华工方才所说的一切都是可能的。也许她还有一个哥哥，或者兄弟，也许这个法国青年将来就会杀死他，这也是很可能的。这样想着我就仿佛看见了未来的事情，觉得眼前这两个人在那里亲密地讲话也是假的。"华工的话完全对。"我暗暗地对自己说。但是我又一想，难道这时候我们就应该跑去把那两个人分开，对他们预言未来的事情吗？或者我们还有另外的避免未来事情的办法？

我起初觉得苦恼，后来又不禁哑然失笑了。我记起来他们只是两个生意人，一个是卖主，一个是顾客，关系并不复杂。我这时候才注意地看银幕，我不知道影片已经演到了什么地方。

电影演完，我们同华工先走出来。他本来想在门口等她，却被我们劝走了。我们同他进了一个咖啡店，坐了一些时候，听他讲了一些"安南婆"的故事。他的愤怒渐渐平息了，他时时望着他那只没有大拇指的手叹气。

我那朋友的话一定感动了他。朋友说："你自己不也是拿她来开心吗？你不是说过一些时候就要回国去吗？那时候她终于要找别人的。她又不是你的老婆。你有钱，你另外找一个罢，街上到处都是。你看那里不就有一个吗？"说到这里他忽然举起手，向外面指。在玻璃窗外，不远处，一个女人手里拿了一把阳伞，埋着头在广场上徘徊，一个男人在后面跟着她。

我们跟华工分手的时候，那个朋友劝他说："你把'安南婆'忘了罢，不要再为她苦恼。你只要再忍耐几天，她又会来找你的。"

"我不再要她了！"华工坚决地粗声说，就掉过头去了。我仿佛看见他的眼角嵌着泪珠。我不懂这个人的奇怪的心理。

隔了两个晚上我们又在另一家小影戏院里遇见了"安南婆"。这一次她走到我们跟前来，就坐在朋友的身边。她不再坐到前面去了，因为她是一个人来的。

"你一个人？"朋友用法国话问她。

她笑着点了点头，把身子靠近朋友。我不由得想："她来招揽生意了。"

"你的法国朋友呢？"朋友嘲笑地问。

"不知道。"她耸肩地回答。

"从前那个中国朋友呢？"

"他是一个呆子，"她直爽地回答，没有一点顾忌，"他太妒忌了，好像我就是他的老婆一样。其实我只是做生意的人，谁都管不着我。谁有钱就可以做我的主顾。他太乏味了。我有点讨厌他。……"

灯光突然熄了，使我没有时间问她关于她哥哥被杀的事，或者她究竟还有没有哥哥或者兄弟的事。我在看银幕上的人物和故事。金钱，爱情，斗争，谋杀……

从影戏院出来，我们陪着她走了一节路，到了一个十字路口，朋友忽然对她说："你应该往那边走了。"

"是，谢谢你，"她媚笑地对朋友说，"到我那里去玩玩吗？"

"不，谢谢你，我今晚还有事情。改天去看你罢。"朋友温和地答道，跟她握手告别了。

等那女人走远了时，朋友突然笑着对我说："她今晚找错主顾了。"

这是一个月夜，天空没有云。在碧海中间，只有一轮圆月和几颗发亮的星。时候是在初冬，但是并不特别冷。

四周只有寥寥的几个行人。我们慢慢地走着，我们仰起头看天空。我们走到了广场上。

忽然一个黑影在我的眼前一晃，一只软弱的手抓住了我的膀子。我吃惊地埋下头看，我旁边站着一个女人。她的哀求的眼光直射到我的脸上。她的脸涂得那样白，嘴唇涂得那样红，但仍然掩不住脸上的皱纹和老态。是一张端正的瘦脸，这样的脸我在街头的卖春妇里面简直没有看见过。她喃喃地说："先生，为了慈善，为了怜悯，为了救活人命……"她的手抓住我的左膀，她差不多要把身子靠在我的身上。她是一个怎样不熟练的卖春妇啊！

不仅是我呆了，而且连那个颇有本领的朋友也不知道应该怎样对付了。我茫然地站着，听她在喃喃地说："为了慈善，为了怜悯，为了救活人命……"

天呀！这个女人，论年纪可以做我的母亲，她却在这深夜，在广场上拉我到她家里去。为了慈善，为了怜悯，为了救活人命，我必须跟这个可以做我母亲的女人一起到她家里去。这种事情，读了十几年的书的我，一点也不懂。我以前只是在书本上过日子。我不懂得生活，不懂得世界。我也不懂得马赛的夜。

我不知道应该怎样解决我第一次遇到的这一个难题。然而出乎我意料之外地，她突然跑开了，好像有恶魔在后面追赶她一般。于是很快地她的瘦弱的背影就在街角消失了。

沉重的皮靴声在我们的后面响起来，接着我听见了男人的咳嗽声。我不知不觉地回头看，原来是一个警察走近了。

我们拔步走了。我起初很庆幸自己过了这个难关，但以后又为这个依旧未解决的新问题而苦恼了。我再一次回头去看那个妇人，却找不到她的影子。

"怎么会有这样多的卖春妇？难道这许多女人除了卖皮肉外就不能生活吗？"我苦恼地问那个朋友。

"我那个旅馆的下女告诉我，半年前她和六个女伴一起到这个城市来，如今那六个女子都做了娼妓。只有她一个人还在苦苦地劳动。她一天忙到晚，打扫那许多房间，洗地板，用硫磺熏臭虫，还要做别的事情，每个月只得到那样少的工钱。她来的时候还很漂亮，现在却变丑了。只有几个月的工夫！你是见过她的。"

不错，我曾经在朋友的旅馆里见过她。她是一个金头发的女子，年纪很轻，身材瘦小。现在的确不怎么好看，而且那双手粗糙得不像女人的手了。

"我想，她有一天也许会在街头拉男人的，"朋友继续说，"这并不是奇怪的事。你不知道在马赛，在巴黎和在别的大都市，连有些作工的女子也会只为了一个过夜的地方，一个温暖的床铺，就去陪陌生男子睡觉吗？我的朋友里面好些人有过这样的经验。也有人因此得了病。……那些街头女人大部分都有病，花柳病到处蔓延！……我说，在今天的法国社会里，除了那些贵族夫人和小姐以外，别的女子，有一天都会不得不在街头拉人。……花柳病一天一天地蔓延……这就是今天的西方文明了。"最后的两句话是用了更严肃的声音说出来的。

他的嘴又闭上了。我们谁都不想再说一句空话。我们依旧在这条清静的街上慢慢地走着。一些女人的影子又在我的眼前晃，常常有几句短短的话送进我的耳里。女人们在说："先生，到这里来"，或者"先生，请听我说"。可是方才那个使我苦恼的说"为了慈善，为了怜悯，为了救活人命"的声音却听不见了。

这是一个很好的月夜。马赛的夜。

（原载1932年6月10日《文学月报》第1卷第1号）

还魂草

一

敏，五年了，自从那封报告窗下的故事的长信以后，我没有给你写过一个字。每天黄昏，我沿着那条通过这个小镇[①]的公路散步的时候，我望着四周逐渐加深的夜色，我曾经想过许多友人的事情，可是我没有一次想到你。你看，现在轮到我把你忘记了。我不再像五年前那样成天坐在窗前空等你的信了。

然而今天在林那里拿到你托他转给我的短笺，你的潦草字迹像熟朋友似的招呼我，我不由自主地想起了那些时候的事。你的方脸带着亲切的微笑浮现在我的眼前，还是那么生动，那么逼真，就像你昨天才离开我似的。我跟林谈起你，谈起你那几件使我感动过的

---

① 小镇：指重庆郊外的沙坪坝。

事，我们谈得十分高兴，仿佛就和你坐在同一间屋子里一样。

傍晚，我离开了林，在汽车站等了半个多小时，才挤上最后一班车子，匆匆赶回小镇去。

车上堆满了人，我不但找不到一个座位，连踏脚的地方也还是费了大力争来的。在这个山城①里，天黑得很早，车开出去时，我的近视眼睛就看不清楚车上的面孔了。车里没有灯，乘客们用谈笑和推挤来驱逐黑暗。

车开出了热闹的街市，就开始颠簸起来。它像一只受伤的猛兽发狂地跳着，呻吟着，在黑暗中奔跑，并不管我们这一车客人的舒适和安全。

我给颠簸了将近一个钟头，仿佛骨头都抖得松开了，最后装满一脑子的给搅乱了的思想，回到家里。我带着疲倦的身子走上楼，进了那个凌乱地摆满书桌、书架、书柜、木床、木凳的房间，把手里拿的小包随便往桌上一放，就在床上倒下来。从对面楼房射过来的灯光在我这个房间里撒下了一些影子。

我躺着，我半睡半醒地躺了好一会儿，没有人来打扰我。虽然楼下正街上响着各种各样的声音，甚至一辆庞然大物似的大卡车隆隆地在我窗下走过，我仍然安静地躺在原地方，不曾移动一下。直到一个小女孩的清脆的声音从楼梯上送进房里来，我才动了动身子，发出含糊的应声。

"黎伯伯，你的信来了，快开灯！"孩子快乐地叫着，她站在房门口，手里挥动着一件白色的东西。

我站起来扭开了电灯。孩子马上向我跑过来，口里还嚷着："你的信，快拿去看！"略带黑色的宽脸上闪耀着一对漆黑发亮的大

---

① 山城：指重庆市。

眼珠，嘴带笑地张开，让上下两排雪白的牙齿全露在外面。她把信递给我以后，小小的手伸起来指着她的浓黑头发，得意中略含一点羞惭，说："你看，好不好？"发光的眼睛望着我的嘴，我知道她在等我的回答。

我手里捏着信，眼光却跟随那小小手指射到她的头上去，一只红缎子扎的大蝴蝶伏在她擦了油的乌亮头发上，映着电灯光发射出炫目的光彩。

"好看得很，"我带笑地称赞道，又问一句，"哪个给你戴上的？"

"妈妈。"她说着又笑了，昂着头笑得阖不住嘴。"妈妈给我在做新衣服，爹爹要给我买新鞋子。黎伯伯，你给我——"她抿着嘴笑，不再说下去。

我看见那一脸天真的表情，觉得这一天的疲倦都给她的笑吹走了，我高兴地问她："利莎，你说，黎伯伯给你做什么？"我还以为她在向我讨什么东西。

"黎伯伯，你给我讲故事，讲些好听的故事。"她拉着我的手，央求地说。

"现在就讲？我肚皮里没有那么多好听的故事，怎么办？"我说着把手放在她的柔软的发上轻轻地抚摩着。她这个意外的回答使我非常满意。

"那么你明天讲，妈妈说你会写文章，肚皮里头故事一定多得很。"

"妈妈骗你的。你找妈妈讲罢，她会讲。"我故意推辞说。

"妈妈也讲，你也讲，你的故事好听。你今天想一晚上，明天就好讲啰。你给我讲故事，我给你送信——"这时她妈妈在楼下唤"利莎"，她还往下说："你不在家，我把信给你检得好好的。"

我不能再拒绝她了。我望着她那一开一阖的小嘴，望着她那发光的黑眼瞳，望着她那天真的笑脸，望着她头上那只微微摇动的红蝴蝶，我觉得接触到一个孩子的纯洁的心灵了。

"我讲，我讲。"我感动地、愉快地答道。

她妈妈又在下面唤"利莎"。她高声应了一句"来啰"，便放开我的手转身走了。走了两步，她还回过头来嘱咐我："黎伯伯，不要忘记，明天要讲个像《还魂草》那样好听的故事啊！"

"哪里有那么多还魂草的故事？你还想听得哭起来吗？"我望着她那一跳一跳的背影带笑说，但是她已经跑出房门听不见了。过了一分钟的光景，她的铃子似的声音又在楼下响起来。

敏，你该记得还魂草的故事，这是我们大家敬爱的一个年长朋友根据民间传说改编的。我第一次听到它时，还是同你住在一起。那天在我们那个房间里，林带了他的五岁孩子来，孩子缠着年长朋友讲故事，年长朋友就讲了这样的一个。将自己的血培养一种草，长成了就用它去救活一个死去的友人。这生死不渝的深厚的友情不仅使林的孩子眼里绽出泪光，连我们也被感动得许久说不出话，只能默默地互相注视。年长朋友的颤动的声音停止了，他埋下头，不看任何人，他的光滑的秃顶和发红发亮的鼻尖，在透过玻璃窗斜射进来的午后阳光下微微摆动。这个情景我至今还不能忘记。

现在林的孩子早已进了初中，年长朋友还在一个南方乡村里过着他那苦行者的生活，只有你一个人像一阵风来去不留一点踪影。但是今天你的信也来了。跟着你的信，跟着利莎口中讲出的"还魂草"三个字，那个难忘的情景又在我的脑子里浮现出来。

我拆开利莎送来的信，这正是那个年长朋友寄来的，而且意外地我在信封里发现了你写给我的另一张短笺，笔迹和字句跟我下午拿到的那张极相似。显然是你担心一张纸不容易到我手边，才写了同样的信函托不同地方的友人给我转来。

我拿了你的短笺反复诵读。我愿意把每个字都印在我的心上。我感激你关切的情谊，我知道自己判断的错误。这几年来你并没有忘记我。在你那忙碌的生活中，你还时时在打听我的消息。可是我却像石人一样地沉默了。我应该为这件事情感到惭愧。

过去的错误无法挽回，不过我还能够不让这样的错误继续下去。所以我趁今晚上电灯还亮着，又没有别的事情绊住我，就坐下来给你写信。我预备写一封很长很长的信，我要详细地告诉你我最近的生活情形。

写到这里我迟疑起来了。关于我最近的生活，我应该从什么地方写起呢？又应该写些什么呢？

我抬起头茫然望着窗下的街景。斜对面一家百货商店的玻璃橱窗带着那些绚烂的红绿颜色最先闯进我的眼睛来。在那两个雪亮的橱窗里展览着各种各类的上海奢侈品。这些东西放在任何一个女人的身上都会给她增加美丽，如今却寂寞地躺在受过敌人炸弹蹂躏的街中，向这战时小镇的居民夸耀它们的豪华了。然而被挤在两个大橱窗中间的大开的门却并不是冷清清的，也有不少的人从那里进出。我还可以瞥见柜台里的店员将包好的物品递给顾客。紧靠着这个百货商店的是一家糖果铺。它即使不是这个小镇上生意最好的一家，也应该被列在最赚钱的商店中间。它的玻璃窗里并没有雪亮的电灯，每天早晨窗内木板上总是摆满了面包和点心，但是一到晚上就只剩下白色木板空望着行人。一天从早到晚总有许多客人拥挤在这个糖果店里，等着店员们的忙碌的手包扎东西。甚至在一个红球挂出以后，这家店铺也无法立刻送走纷至沓来的顾客，早作疏散的准备。

我再把眼光移到街中，接连一个星期的小雨以后遇着两个晴天，泥泞的道路已经变成干燥的了。大学生模样的男女青年一对一对地走过，仿佛都带着闲适的表情，他们中间不时发出愉快的笑声。在街中谈笑的还有一群一群的穿制服和棉大衣的中学生，所谓一群也不过是三四个到六七个，男的和男的走在一起，女的也爱和女同学结伴。中学生的脚步下得比较快，他们还喜欢向两旁店铺张望。带着儿女逛街的中年夫妇和饭后出来散步的大学教授、中学教员、银行职员以及公务人员也不时在人丛中出现。现在正是街上最热闹的时候。

我的眼光还在往前面移，它又跟着一部分人进了一家卖面兼卖甜食的铺子。这个小小铺子也是镇上生意兴旺的商店之一，一早一晚总有好些人站在门前，用迟疑的眼光朝里面望，不能决定是否要为一碗面、一碗藕粉或者一瓶豆浆等若干时候。这个铺子和那个百货商店隔得不远，中间不过四五家店铺，在它的紧隔壁是一个卖火锅豆花的小馆子，一幅白布幔子代替了玻璃窗，人头与火炉的影子"牛皮灯影"似的映在布幔上面。

敏，你看我这趟野马跑得多远，我的笔跟着我的眼光走了这一大段路。我竟然唠唠叨叨地向你描绘这个小镇的街景，这些跟你那忙碌的生活又有什么关系呢？你想知道的不就是我的近况么？

不过说到我的生活，朋友，你想不到，这些琐碎事情也是跟我的平凡生活分不开的，它们成了我日常生活中的一些小小点缀。譬如说那个百货商店，我为了买利华药皂和三星牙膏曾做过它的顾客；在有警报的日子，我在进防空洞以前或者从防空洞出来，也进过糖果店买面包、饼干。我常常吃那个面馆的红烧面当早餐。朋友们从城里来看我的时候，我和他们也曾在茶铺、面馆、豆花店里消磨过一些光阴。

说起茶铺，我应该告诉你，在这个小镇的正街上，有五家茶铺。我每天总要在那些地方度过一部分时间。我的确喜欢这里的茶铺，要是没有它们，我恐怕会闷死在我这个充满煤臭的楼房里。最大的一家，正如它的招牌所表明的，是一家"茶楼"。在一个宽大的楼厅里放了十几张红漆方桌和六七十根红漆板凳。从那些挂满墙壁的对联上，人看得出来这是本地××会①集会的场所。不过集会的日子不多。平时一个楼厅里常常只有寥寥十多个茶客，大半是大学生，一个人占据一张桌子，堆满了纸和书，一碗茶便可以消磨他三四个钟头，他们借这个地方来温习功课。此外有的人则是在这里会朋友商量事情。茶楼下面便是长途汽车站，站内虽有一条供乘客用的长凳，却也有少数人喜欢坐在楼上喝茶等车。但是这样的人并不多。除了星期天，早晨和午后茶楼上照例非常清静，黑脸堂倌闲得在柜台里打瞌睡。有时茶楼上就只有我一个顾客，我可以把全副精神放在一本书上面。或者那个光头微须的矮胖子慢慢地走上来要一碗沱茶，坐在角落里静静地喝了许久；或者三层楼上那个奶子高高、脸色黄黄的丫头走下楼梯讨一点开水，同堂倌讲几句笑话；或者那个大学生带着笔、墨、砚台、稿纸要一杯绿茶和一杯菊花坐在窗前写文章，他们都不会给我搅乱书本中的世界。可怕的倒是隆隆的汽车声，它使得墙壁、楼板、桌、凳都发生了震动。汽车在楼下经过的时候，我就仿佛立在颠簸的船中，船外扬起的不是浪波，却是尘雾。我如果不转眼地望着窗户，我可以清清楚楚地看见大股大股的尘土从窗外直扑进来。靠窗的几张桌面立刻铺上薄薄的一层土。

　　我知道一辆汽车从附近一个市镇开来经过这里往城内驶去了，或者是从城里开往那个市镇去的汽车。它们每天来来往往经过这里

---

　　① ××会：本地的流氓集团。

至少有二三十次。那种仿佛要震破人耳膜的春雷似的车声，常常从早晨七点钟响到夜间六七点。车轮那样忙碌地奔跑，没有一个时候停止过喘息。连扑进窗来的每粒沙尘也仿佛带着热气似的。你看，我们就是在灰尘中生活着的。

敏，你不要因为这个皱起眉头。其实在我住的那个房间里情形还要更坏。我的书桌就放在窗前，窗上玻璃被五个月前落在这条街上的炸弹全震破了，现在补上了几块，也留着几个空洞。即使没有大汽车经过，只要起一阵风，大股的尘土就会从这些空洞灌进房里来。要是在晴天有阳光，我还可以看见灰尘在空中飞舞。

我住在一个朋友开的书店的楼上。关于这个房间我可以告诉你许多事，许多你想不到的事。这里原是所谓"双开间"的铺面，楼下却被一家菜馆先租去了一间，书店左边也是一家同样性质的兼卖"小笼包饺"的酒菜馆，所以它不得不夹在两个酒菜馆的当中。在酒馆的屋檐下，就是在人行道上，每一家安放着一个圆形的大炭炉，从早晨到傍晚它们不断地喷出带煤臭的烟，还有炖在铁锅上的蒸笼缝里也不时冒出白色的热气。倘使笼盖一揭开，这附近就仿佛起了云雾，大股的热气同煤烟混在一起直往上升，被屋檐阻止了，折回来，就从窗户的空洞大量地灌进楼房里。这时人在房中也会看不清楚他四周的东西。他要是努力睁大眼睛想看穿烟雾，他的眼珠又会被热烟刺痛。这并不是我的夸大的描写，在每个早晨，情形的确是如此。早晨便是烟雾最猖獗的时期。

我现在给你随便描写一段我早晨的生活：

一阵隆隆的汽车声把我惊醒了，我睁开眼睛，只看见白色的烟雾一股一股地从玻璃窗的空洞里灌进来，好像决了堤的水，很快地就淹没了整个房间，留给我的只是白茫茫的一片。

楼板和墙壁全起了震动，同时好像有什么人在我耳边大声叫喊。我觉得整个头都在嗡嗡地响。过了片刻，汽车去远了，我的脑子才跟着楼板、墙壁等等慢慢地静下来。

我坐在床上，揉着眼皮，然后戴上眼镜，努力看那些被淹没在白雾中的房内陈设。起初我看见白雾在翻腾，在滚动。后来颜色渐渐地淡了，烟雾也逐渐散去。书桌、书架、书柜、木床、木凳开始清晰地浮现出来。房里就只有这些简单的家具。

我下了床，穿好衣服，走到窗前，那股熟悉的似乎会使人肺部烂掉的煤臭一下子就扑上脸来。我几乎要发恶心，连忙掉转身抓起脸帕和肥皂、牙刷等等匆匆地逃下楼去。

倘使在星期日，那么我睁开眼睛，常常会看见利莎站在我的床前，她一对黑黑的亮眼珠不住地在滚动，宽脸上现出天真的微笑，她捏着一根纸条搓成的细捻子，好像要用它来透我的鼻孔。

"利莎，你又在做什么？"

她扑嗤笑起来："黎伯伯，我轻轻喊你，总喊不醒。"

"你这个顽皮孩子，你哪里是喊我？你明明要透我的鼻子。"我故意做出责备的样子说。

"真的，我没有透；我要透，你早就打喷嚏了。"利莎声音清脆地分辩道，两排白牙齿在我的眼镜片上灿烂地发光。她又说："妈妈说黎伯伯晚上写文章睡得晏，喊我不要吵你。我今早晨来过几趟，黎伯伯，你都没有睡醒，我想起妈妈说的话，我不好意思吵你。"

我伸起手摸摸这个孩子的头。她说的是真话。有两回她用这样的纸捻子透得我接连打喷嚏，但这还是我来这里不久刚和她玩熟了时的事情。在这以后她就只拿着纸捻子在我的脸上晃，却没有下过一次手。

"黎伯伯，起来罢，时候不早了，今天天气好，你带我出去走走。"或者——

"黎伯伯，起来，下楼去吃点心。"或者——

"黎伯伯，洗了脸，给我讲个故事。"

如果我问她："你怎么不去上学？又逃学吗？"

她便会回答："今天星期天，你还不晓得？我从不逃学的。黎伯伯，你乱讲！"她还用一根小指头威胁地指着我的前额。

这个孩子有时活泼，有时文静，喜欢用思想，重感情，记性也很好，读书不算太用功，但也不会偷懒，逃学的事情的确不曾有过。我喜欢这个九岁的孩子。

昨天是星期日，早晨我又被她的喜悦的声音唤醒了。她拿着一张纸和一管蘸饱墨汁的小字笔央求我："请你给我写两个字。"

"什么字？"我奇怪地问道，就把笔和纸接过来。

"秦家凤，'家'字我会写。"她又慢慢地把那三个字重念一遍。

"秦家凤，就是你那个好朋友，梳两根辫子的小姑娘吗？"我带笑问道，便给她写好那三个字。

"就是她。"利莎笑答道，把右手第二根指头放在嘴上。

"你写她的名字做什么？是不是你要给她写信？"我又问道，还把那张纸拿在手里。

她从那件青红色方格子呢大衣的口袋里摸出一张信纸，拿在我眼前一晃，又笑嘻嘻地放回袋里，然后说："她讲过今早晨来耍，现在还没有来，我写封信去请她来。"

"你们真是好朋友，一天也舍不得分开。"我故意跟她开玩笑。

"黎伯伯，你才是我的好朋友，你讲故事给我听。"利莎似乎有点不好意思，笑着把头一扭，分辩道。她忽然把我身上的棉被往下面一扯，等我连忙伸手拉住，半幅棉被已经离开我的身子垂到楼板上了。她得意地说一句："黎伯伯，快起来！"就回头往房外跑去。

我听见她还在楼梯上大声嚷道："黎伯伯，谢谢你啊！"

不到两个钟头，秦家凤来了。这两个女孩亲热地并肩坐在楼下靠书橱的一张方桌旁边，头挨着头专心地翻看一本画报。

我从外面回到书店里，经过那张方桌，忍不住打岔地叫了一声："利莎。"两个年轻的头立刻抬起来望着我。利莎的宽脸上现着欣喜的微笑，她满意地对我眨眨眼睛。另一张瓜子脸上也绽出笑容，薄薄的嘴唇微微张开，很有礼貌地唤一声"黎伯伯"，点一下头，两根用红绸带扎的小辫子又垂到了脸颊旁边。

我没有别的话好讲，便说了一句："利莎，你好好地陪你秦姐姐耍啊。"

"我晓得。"利莎点头答道。

我上楼去写了一封信，是写给一个远在国外的朋友的，不过短短两张信纸，却花了我不少的时间。我在书桌前几次站起来又坐下去，刚埋下头又会抬起来。还是煤臭在折磨我。这气味不断地从窗的缺口飞进来，就贴在屋内每一件东西上面，许久都不散去，使得书桌、信笺、钢笔都发出了那种似乎搔痛人心肺的恶臭。好像有一把钝刀子在我的心上用力刮来刮去，使我发出好几声呛咳，才把信写完。

我拿着封好的信和一本没有读完的书大步走下楼去。我打算把信投到邮筒里，然后到茶楼去消磨一两个钟头。

在楼下我又遇见那两个女孩。她们现在不是坐在方桌旁边板凳上看画报了，她们坐在店门口两个小竹凳上唧唧哝哝地谈着闲话。我站在后面想听她们谈些什么题目。她们似乎在谈学校里和各人家里的事。利莎忽然注意到站在她们背后的是我，并不是一个买书的顾客，便唤声"黎伯伯"，秦家凤立刻把她那滔滔不绝的小嘴闭上了。

"你们怎么不再往下讲?"我含笑问道。

秦家凤不好意思地看我一眼,她只是微微一笑。

"黎伯伯,你不好,你在偷听我们讲话。"利莎撒娇地说。她站起来,拉住我的一只膀子要我出去,还说:"你快去看你的书。我们等一会儿到茶馆里头找你。"

我笑了笑,也就走开了。这天茶楼上的人相当多,四分之三的茶桌都被人占去了。恰好靠窗右边角里那张桌子空出来,我便坐到那里去。

满个茶楼都是谈笑声。几个学生模样的人在打"桥牌"。纸烟的灰白色烟雾在空中缭绕。我摊开书,把注意力慢慢地集中在另一个世界上面。书一页一页地在我眼前翻过。突然一个清脆的笑声在我旁边响起来。我吃惊地抬起头。在我的正对面两张年轻的笑脸灿烂地发亮,我心里一阵爽快,这意外的阳光把我从那个充满阴郁气氛的世界中救出来了。

还是袁利莎和秦家凤那两个孩子,她们真的来了。

"黎伯伯,吃花生米。"利莎说着就送过一把花生米来。

"你们什么时候来的?吃不吃茶?"我吃着花生米,含笑问道,我想把她们留在这里。

"不吃茶,我们刚刚吃了茶来的。"秦家凤客气地说。薄薄的嘴唇包了一嘴的笑。

"黎伯伯,你好用功啊。我们来了好半天你都没有看见。要不是我笑出来,你还不晓得,"利莎得意地嘲笑着,"黎伯伯,当心你要变成一个书呆子啊。"

我立刻把书阖上放在一边,望着她们说:"我现在不看书了。你们坐下来,我们好讲话。大家都不开玩笑好不好?"

"利莎,你看黎伯伯有点怕你了,你快坐下罢。"秦家凤抿着嘴笑道。她便在我对面坐下来。

利莎也就在我右边那根凳子上坐下了。她望着我眨眨眼睛，央求地说："黎伯伯，我们坐下来了。你给我们讲个故事罢。"她说完，又看看秦家凤说："秦姐姐，你不是来听黎伯伯讲故事吗？"

我把手在利莎的头上轻轻地敲了一下，故意做出责备的样子说："就是你一个人花样多。"

"黎伯伯，不是她一个人的事，我也是来听你讲故事的。"秦家凤连忙解释道。她亲密地看看利莎。利莎也向着她微微点一下头。

我把这两张脸上的表情看了一阵。她们说话就像鸟在唱歌，利莎的声音稍微高一点。脸型虽然不同，不过表情却有点相似，只是利莎多一点稚气，秦家凤已经十岁了，略带一点沉静的大人气。此外，纯洁、善良、友爱等等，两张脸上都有，而且两张脸同样充满着朝气，好像早晨刚刚开放的花朵。

"黎伯伯，你不讲，却老是看我们做什么？"利莎不能忍耐地问道。秦家凤不作声，故意把脸掉开看墙上的对联。

"我在想，想好了就讲的。"我顺口答道，这时候我忽然想起了还魂草的故事。故事里面不是也有两个像这样年纪的孩子么？他们不也是像这样亲密地过着日子么？

我把这个故事对她们讲出来。起初她们听见我讲起两个孩子的友情，还以为我是在拿她们开玩笑，后来跟着我的叙述她们看见那两个孩子长成了，友情跟随岁月增加，两颗热烈的心连结在一起，两个人用同样的脚步，到四处去找寻那个普照万物、永不熄灭的明灯。……她们的笑容没有了，利莎靠近我的身边来，秦家凤也移到利莎的旁边。两对眼睛都盯在我的嘴上，她们差不多连气也不吐地静听着。我还看见利莎的右手被捏在秦家凤的手里。

我继续讲下去：两个人永远不停脚地走过许多地方。终于在一个寒冷的夜里，在黑暗的荒山中，两人中的一个跌在岩石上受了重伤。另一个人用尽方法仍然不能挽救朋友的性命。在那个时候据说有这样的一种还魂草，人把它捣碎放在死人口里，可以使死了的人复活。这种草生长在荒山中，并不难找到，不过要用活人的热血培养，它才会长成粗大的叶子，就可以用来救人。这个人把还魂草找到了，他带回家里，栽在花盆里面，每天早晚用锥子刺出自己身上的血来浇这棵草，在一个星期以后就用草救活了他的朋友。

　　敏，你知道，故事的结局并不是悲惨的，两个人终于找到普照一切的明灯，给这个世界添了无限的温暖。不过我讲到那个受伤的友人临死的情形，我自己也受到感动，我的声音颤抖起来。我几次差一点讲不下去。我闭上嘴，吞一口吐沫，我就看到面前两个女孩眼里的莹莹泪光。秦家凤频频地埋下头用手绢揩眼睛，她的另一只手仍然把利莎的右手紧紧捏住，而且似乎捏得更紧。利莎好几回掉头看她的朋友，两双泪眼对望一下又掉开，我不知道她们用眼光表达些什么意思。

　　"我不再讲下去了，我把你们都说得哭起来了，这有什么好处？"我的叙述逼近故事的结尾时，我忽然中断地说。

　　"你讲，你讲，不要紧的，"利莎抓住我的袖子央求道，"我们真没有哭。"

　　"你还说没有哭，你看，你眼睛里是什么东西？"我指着她的眼睛说。

　　利莎的脸立刻红起来。她揉揉眼睛分辩道："我不是哭。人家心头有点不好过，不知不觉地眼泪水就流出来了。"秦家凤放开利莎的手破涕一笑，她不好意思地掉开头，索性用手绢把眼泪揩去。

　　"不要害羞，这样的眼泪是很好的，"我感动地对她们说，"我像你们这样大年纪的时候，我听别人讲故事也哭过。"

　　两个小小的头默默地点了一下，还是利莎先开口："黎伯伯，快讲啊，还有好长吗？"

　　"快完了。你们看那个朋友已经救活起来了，还有什么好讲的！"

　　"你自己编一点也好。你不是很会编故事吗？你写了那么多的书。"利莎说。

　　敏，这次利莎的话说准了，还魂草的故事里面已经加进了我的感情，我随讲随编，加了好些描写和叙述，而且给这个故事换了一个更乐观的结局。说完故事的最后一句，我望着她们嘘了一口气，我看见两张年轻的脸上都笼罩着一种明澈无比的微笑，我觉得一股热气进了我的心中，很快地我全身都感到了温暖，我感激地微笑了。

　　利莎站起来，轻轻地对秦家凤说："秦姐姐，我们回去罢。"她拉开板凳，提高声音笑容满面地对我说："黎伯伯，谢谢你啊。"秦家凤的瓜子脸也向着我点一下。于是两个孩子手牵手地往楼梯那边跑去了。

　　过了一阵，又是那两个女孩子来唤我回店里去吃饭。在饭桌上她们两个坐在一边。利莎还常常替秦家凤夹菜。秦家凤先放下碗，等着利莎吃完，才一起离开桌子。两个人又手拉手地往外面去了。

　　敏，以上的话全是两天以前写的。我从晚上一直写到夜深，写到同房间的人睡醒了一觉再睡的时候，才放下笔，折好那些作为信笺的稿纸。但是我的一双腿已经冻到几乎不能够动弹了。

　　第二天我便因为受了寒躺在床上爬不起来。我没有吃东西，没有看书，睁起眼睛在床上想了一天的事情。在各种各样的事情当中，总有你那对炯炯的眼睛在向我注视。敏，你看，我何尝忘记过你？我忽然又想起了你五年前对我说过的话："你要好好地照顾自己，你也该学会忍耐。"的确，我现在已经学会忍耐了。

这天朋友夫妇都来看过我，但是来得次数最多的还是那个小利莎。她上午回家听说我病了，马上带着书包来看我，问我病得怎样，又问我要不要吃东西。她絮絮地向我讲她在学堂里看见、听见的一些事情。看见天真善良的小小脸上的笑容，我仿佛受到春日阳光的抚摩，我心上的郁结全消散了。

她忽然停住嘴，向窗外一看，一团一团的白汽在窗洞口盘旋，她把嘴一努，生气地自言自语："又是煤臭，真要把人熏死！"她回过头，赌气似的对我说："黎伯伯，这个地方真不好，我们应该搬家。你看，你生病，他们还要熏你。"

她说的是真话。煤臭，煤臭，两个炉子放在窗下，一边一个，早晨生火的时候用烟来熏我们；包饺出笼的时候，用带油香的蒸汽来闷我们；而且整天用那无孔不入的煤臭来刮我们的心。

"搬家？找不到房子，又搬到哪里去？要是有房子你父亲早就搬开了。"我苦恼地答道。

"包饺一笼，排骨面三碗！"粗大的声音在楼下喊起来。这也是人的声音。为什么人对人这样残酷呢？难道我们同他们中间又有过什么仇恨？无怪乎这个孩子又愤愤地说了：

"他们也是人，为什么这样不讲理？不过多卖几个钱，却不让人家舒服。爹爹向他们办交涉，总讲不好！"

不错，我那朋友同楼下两家酒菜馆的主人办过交涉，请他们把炉子移到店铺里面，不要放在人行道上，却遭他们严辞拒绝。后来实在受不住烟熏，朋友又到镇上警察分署去请求设法。那位制服整洁的讲湖北话的巡官亲自来书店调查了一通，客气地吩咐朋友写一张呈文递上去。这张呈文费了朋友许多天的工夫，呈文上去以后，到现在还没有下文。我们仍然整天受着煤烟熏炙。朋友那个新生的男孩就是在这样的环境里养育起来的，现在开始牙牙学语了。

"有什么办法呢？现在一般人都是自私自利的，只知道顾自己，不会想到别人。你爹爹态度不够硬，又是随随便便，所以交涉总办不成功。"我说的全是牢骚话。敏，我知道你听见一定会责备我，我不应该对一个九岁小孩说出这种话。

"我不相信，我就不要只顾自己！黎伯伯，你说得不对。"利莎嘟起嘴固执地说。

我又一次接触到孩子的纯洁的心灵了。这比良药还更能够治我的病。我用感激的泪眼望着她。

"黎伯伯，你不舒服吗？怎么有眼泪水？"她忽然发觉了我的眼泪，又看见我痴呆地望着她，不知道我心里想些什么，就蹲在床前关心地问道。

"没有什么，你说得很对。"我摇摇头说。

"你一定是不舒服。不要讲话了，好好地睡罢。"她像一个大人似的吩咐我。

下午利莎放学回来，在下面跟她母亲讲话。我刚刚醒过来，觉得心里好受一点，听见她的清脆的、不带丝毫烦恼的声音，仿佛一阵温暖的微风迎面吹来，把全屋子的煤臭吹走了，我感到一阵爽快。

不久利莎走上楼来。她刚刚到门口，就嚷着："黎伯伯，你好些没有？"

"好些了。你放学回来了。"我高兴地说。

她敞开大衣，带跳带跑地到了我的床前。一只蓝地白点的绸子蝴蝶在她的头上微微地闪动。

"我跟爹爹讲过了，要他一定把隔壁开馆子的赶走，赶走了屋里头就没有煤烟了。"她像报告一个重要消息似的认真地说。她满意地微笑了。

我默默地望着她的笑容，低声回答了两个字："很好。"

"黎伯伯，你今天吃过东西没有？"她又殷勤地问。

"我吃过一碗藕粉冲蛋，觉得很好。"我含笑答道。

"很好，"她学着我的口音说，自己也忍不住扑嗤笑起来，"黎伯伯，你真滑稽，不管什么，你总说很好，很好。生了病睡在床上也说很好。你看，满屋的煤臭，你难道也说很好？"她刚说到这里，一辆从城里开来的汽车逼近了我们的窗下，一阵轰隆的巨声带着灰黄的尘土扑进窗里来。她忽然发出一声呛咳，然后拿手绢揩了揩嘴和鼻孔，抱怨地自言自语："人家就不给你安静，一会儿是孔隆孔隆汽车开过来，一会儿又是排骨面几碗。"她又对我说："黎伯伯，亏你还睡得着，你真能够忍耐！"

我吃了一惊。她怎么会说出这种话？敏，你看现在连一个九岁的孩子也责备我能够忍耐了。不知道你听见会有什么感想？你猜我怎样回答她？

"在这种时候人活着就需要忍耐啊。"我的确是这样地回答她的，而且我还加上一句："你小孩子不懂得。"

"黎伯伯，你不对，你动不动就说我们小孩子这样那样。难道你自己就没有做过小孩子？"利莎噘起嘴不以为然地说。

我不答话，却望着她笑起来。

她要讲话，楼梯上一个叫声把她阻止了。声音不高，我一听就知道是秦家凤的，声音继续着，显然是那个女孩走上楼来了。利莎一边答应，一边往门外跑去。

又是两个孩子手拉手地走进来。"你上去就紧不下来。"秦家凤笑着埋怨利莎道。她快要走到我的床前，便站住，点一下头，唤了一声"黎伯伯"，又转过头望着利莎微笑。

"黎伯伯，秦姐姐听说你生病，特为来看你的。"利莎笑着说。

秦家凤便掉头朝着我接下去说："黎伯伯，你好些了吗？"

"好多了，谢谢你啊。"我点头答道。

"黎伯伯，你不要着急，她今天不是来听故事的。不过你病好了一定要给我们讲故事啊。"利莎高兴起来又跟我开玩笑说。

"利莎，你不好，黎伯伯生病，你还要吵他讲故事。"秦家凤伸手把利莎头上那个蓝花蝴蝶整理一下，一面搭讪地说。

利莎掉转头对秦家凤闪闪眼睛，带笑分辩道："你现在不要在黎伯伯面前讨好。讲故事还不是归我们两个听？"她又回过头来看看我："今天黎伯伯害病，就是你请他讲，他也不肯讲的。"

"我讲，我讲。"我毫不踌躇地接连说，我很高兴，她们给了我这样大的喜悦！我也愿意使她们满意。一个故事自然而然地浮到我的脑子里来了。我便开始说："从前有一家人——"

两个孩子正在交换眼光。忽然利莎嚷起来："我们现在不要听，我们现在不要听！"她笑着，秦家凤也笑着。两个孩子马上掉转身，手拉着手轻轻地往楼下跑去了。

我又睡了一觉，醒来时只听见隔壁房间里一阵唧唧哝哝的声音，我的听惯了喧嚣也听惯了寂寞的耳朵立刻分辨出来这是利莎同秦家凤两个人在那里讲话。她们的话似乎越讲越多，话中常常夹杂着笑声，仿佛两个人都很高兴。过了好一会儿，声音终于寂然了。两个人好像轻手轻脚地走出房来。我想她们一定是到楼下去，不过我也动一动头，把眼睛掉向着房门。

我这房门是终日终夜都开着的。这时忽然伸进来两张年轻的脸，黑黑的头发，两朵紫花旁边停住一只带白点子的蓝蝴蝶。两个人的发亮的眼光直往我的脸上射来。我忍不住笑了。

于是两个孩子又带跳带笑地奔进来，很快地就到了我的床前。

"黎伯伯，你今天睡得太多了。"利莎嘲笑地说。

"黎伯伯，我们先前还来看过你，你睡得呼呀呼的。"秦家凤说了，自己抿嘴笑起来。

"我哪里睡觉？我只听见你们在隔壁叽里咕噜吵了大半天，不晓得吵些什么，讲得那样亲热。"我也跟她们开玩笑道。

"黎伯伯，你说得不对。我们轻轻地讲话，又没有吵嘴，你怎么说吵了大半天！"利莎笑着辩道。

"这又算是我讲错了。你这个多嘴的小姑娘，我讲不过你。我只问你刚才我正要给你们讲故事，你们为什么一下子就跑开了，是不是嫌我讲得不好？"

听见我这几句话，两个人又互相望了望；利莎闪闪眼，秦家凤笑笑分辩说："黎伯伯，不是啊。我们怕你讲累了，会翻病的。"

"妈妈说过，黎伯伯生病，不要再请他讲故事。"利莎连忙接下去说了这一句。

看见她们的充满善意和关心的表情，我只有感激地点点头，接连说了三个表示了悟的"哦"字。

"还有袁伯母要我们来问你，要不要吃什么东西。"秦家凤再说。

不等我开口，利莎就接下去："我晓得，要一碗藕粉冲蛋。"她扑嗤一笑。

"利莎，你真聪明，猜得到我的心。"我也忍不住笑了，却故意称赞她一句。这时夜幕已经罩上天空，在对面楼房中电灯光黄黄地亮了，楼下酒菜馆里显得十分热闹，江苏口音的茶房大声嚷着："五号的大红蹄、炒肉丝快点！"我也觉得肚子有点空虚了，便说："那么你们下去的时候，喊人给我买碗藕粉冲蛋也好。"

"我们现在就下去，我要回去了。"秦家凤对利莎说。然后她望着我："黎伯伯，我回家去啰，下回再来看你。"

"好，谢谢你，放学时候再来耍啊。"我点点头说。

"秦姐姐，你看黎伯伯真客气，还在说谢谢你。"利莎笑起来说。秦家凤也笑了。

"我要来的，我还要来听黎伯伯讲故事。"秦家凤说，向我行一个礼，就牵着利莎的手走了。

少了这两张发光的笑脸，房里顿时阴暗起来。夜吞没了我的房间。但是我的心和我的身体却是很暖和的。我不扭开电灯，黑暗可以帮助我思索，我在床上翻来覆去想了许久。

还是利莎端了藕粉上来给我开灯的。

这个晚上我睡得早，而且睡得很好。心里非常坦然，一切暗影都消散了。没有噩梦。夜在我的安静的睡眠中过去了。

早晨我又被利莎唤醒。这是意外的事，因为今天不是星期日。利莎站在床前，使劲地推动我的头，惊惶地叫着："黎伯伯！黎伯伯！快起来！"我睁大了眼睛。

"你快起来！爹爹跟下面吵起来了！快点！他们要拿刀来杀爹爹！"她两只眼睛惊恐地睁得很大，脸色也变成惨白，说话带点口吃，现出了很可怜的样子。

"你不要怕，不会有这种事情，他们绝不敢。"我安慰她说，即刻披起衣服下了床。我听见一个粗暴声音骂着："娘操×，你有本事你就下来！"

"下来就下来！"我那个朋友气得声音打颤，接着囊囊地走下楼去。

"快去，快去。"利莎又在催促。

"不要紧。"我一面说，一面穿好衣服同利莎一起走下楼去。我听见朋友太太在隔壁同娘姨讲话，便断定事情并不严重。

楼下店门大开，朋友同一群人往警察分署去了。我们再听不见争吵声。利莎的脸色也恢复了红润。她听见我问她要不要跟着去警察分署的时候，她不回答，却先问我："黎伯伯，我忘记了，你的病还没有好嘛？"

"完全好了，你要去我可以陪你去。"

"你还没有洗脸嘛。"她望着我说。接着又自言自语："偏偏不凑巧，张先生进城去了，黄子文又去买菜去。店里头一个人都没有。"张先生是店员，黄子文是练习生，都是睡在我这个房间里的，张先生进城去批货昨晚没有回来。从她的脸色和语意我知道她盼望我陪她去，我便直截了当地说：

"等一会儿我回来洗脸也是一样。那么我就陪你去看你爹爹罢。"

"好，谢谢你！"她满意了。但是她还站在窗下仰起头唤她母亲，问道：

"妈妈，我跟黎伯伯去看爹爹去，好吗？"

她母亲从楼上窗里露出上半身来，小弟弟还抱在怀里。她母亲温和地嘱咐道："好的，不过你要快点回来啊，你今天还要去上学，不要耽误了。"

"我晓得，我晓得。"她答应着就拉着我的手走了。

在路上她简单地告诉我这件事情的经过：楼下左边那家菜馆生火，煤烟冒上来，完全灌进隔壁房间里，连小弟弟也呛得哭了。利莎的父亲从窗里向楼下讲话，要那个茶房把炉子搬动一下，茶房不肯，就吵起来。她父亲把一盆还未用过的脸水朝炉子上倒下去，火灭了，茶房的身上也溅了水。茶房便拿了一把菜刀出来，说要杀她的父亲，把书店大门的门闩都砍落了。因此她害怕起来。

"你真傻，杀一个人，哪里有这样容易！你看你妈妈都不着急！"我半安慰半嘲笑地说，伸手在她的头上轻轻地敲了一下。

她不作声，脸红起来，不过看脸色，我知道她的恐惧已经渐渐地消失了。她仰起头看看我说："黎伯伯，你没有看见他刚才那种凶相，那个不讲理的茶房——"话没有讲完，我们已经到了警察分署的门前，她便住了嘴。

这分署也是将就用一家商店的旧址改修的。只有两扇铺门开着，却被一大群看热闹的人堵塞了。我站在门口，除了一堆人头外什么都看不见。小小的利莎几次踮起脚，伸长颈项，也没有用。

里面各种口音在讲话，中间也有她父亲的声音。声音似乎很清楚，但是我仔细听去，却又连一句话也听不出来。不过我知道她父亲不会吃亏，便安慰她说：

"利莎，回家罢。看情形不会有什么事了。你爹爹就要出来的。在这里久站也没有用处，你还要去上学。"

利莎看看我，露出了失望的眼光。她嗫嚅地说："就再等一会儿罢。"

我了解她这时的心情，便捏住她的手不再作声了。

不久她的父亲便从人丛中走出来。她看见他，马上扑过去，亲热地唤着："爹爹。"我的笔形容不出她脸上的欢喜的表情。

"你跑来做什么？你不去上学？"她父亲含笑地频频抚摩她的头发。

"我怕他们会欺负你。"利莎偎着父亲，两只手拖住他的膀子，偏起头仰望他，亲热地说。

"不会的，这不过是一件很小的事情。"朋友简短地回答，脸上浮出他常有的微笑。先前的怒气早已消散在九霄云外了。

在回家的途中朋友把交涉的经过对我说了。这次的交涉算是有了结果：署员吩咐茶房把炉子搬开。关于倒水的事，茶房要求赔偿，署员却说："本来应该罚他五块钱，不过我已经申斥了他，他是读书人，受申斥比罚款还厉害，所以你也用不着再讲了。"这样就遣开了茶房。现在我们还可以听见茶房气愤地在后面乱骂，不过隔了十多步。我们走得并不快，他也不追上来。

"不对，不对，真正没有道理！"利莎愤愤不平地说，"爹爹，你没有一点错，怎么又怪你不是？"她又看看我说："黎伯伯，我们再去讲去。"

"这不过是一句话，好在炉子的问题解决了。"她父亲还是满不在乎地跟她讲话，脸上依然带着和善的笑容。

我赞成利莎的话，不过我却摹仿她父亲的调子回答道："算了罢，再讲也讲不好的。现在且看炉子是不是会搬开。"

"这次一定搬开，不会再有问题了。"朋友满意地说。他对什么事都是乐观的。

我笑笑，也不讲别的话。

这天天气特别好，虽然山谷里还积着雾，但也显得十分稀薄。冬日的阳光温和地抚摩这条长长的镰刀形的马路。近来常常是愁眉苦脸的天空也开颜微笑了。我站在门前望着在屋檐上、在电线上快乐地唱歌的麻雀，又看看对面楼窗上的一抹金色阳光，我相当高兴。这时店两边炉子里和蒸笼里照常发散出一阵一阵的烟雾，但是我也不去注意这些了。

十点钟光景我在茶楼上听见堂倌说"挂球"，连忙到临街的窗前去看，果然街上有人在跑，一个人问："几个球？"一个人回答："当然是一个红球。"对面的几家商店纷纷在上铺板。

一个红球，这是预行警报了。所谓球便是红纸灯笼，这时它一定高高地挂在川康银行背后山坡上警报台的球杆上面。我用不着到那里去看明白，便付了茶钱拿起书走出了茶楼。

好些天没有警报了，今天雾很稀淡，敌机多半会来一趟，这样想着，我决定先到小学接利莎去。

小学在一条死巷里面。说是死巷也不恰当，因为在巷子的尽头虽是无路可走，却也有一片远景。这里算是高坡，坡下横着一片冬水田，斜对面坡上还有一所女子学校。作为小学校校址的古庙就是在女子学校的正对面。门前有两棵大黄桷树，也应当是年代久远的老树了。

我看见有些小学生陆续从里面走出来，便站在树下等候利莎，不久利莎挂着书包，一跳一跳地在大门口出现了，靠近她同她讲话的便是那个梳两根小辫子的秦家凤。她们只顾讲话，没有注意到我，我便高叫一声："利莎!"

两个头高高地抬起，两对眼光立刻射到我的脸上，两个人同时惊喜地叫出来："黎伯伯!"

她们跑到我身边，利莎高兴地拉住我的手问道："你站在这儿做什么?"

"我来接你们的，现在快走罢。"我说。

我们三个走出这条死巷子，秦家凤应该往右手边走了，便向我和利莎告辞，笑着点一个头，说："等会儿见。"利莎扬扬手回答她，多余地添一句："在防空洞里见。"

利莎一家人同秦家凤母女平常都躲在川康银行的防空洞里面，我也是。因此放了空袭警报以后我们还有机会看见秦家凤。

我和利莎向左手边走。书店就在眼前。铺板已经上好，两扇门还开着，利莎的母亲抱着孩子立在门口，对我们微笑，还问一句："是黎伯伯去接你的吗?"

"黎伯伯在学堂门口等我。"利莎得意地答道。她又向我央求说："黎伯伯，以后有警报你就来接我，好不好？"

"好的。"我爽快地回答她。忽然一辆从城里开出来的长途汽车飞也似的在我们面前跑过去了。车辆卷起大股的灰尘，在空中旋转。我们只好屏住气背转了身子。

"太太，都弄好了，就走吗？"那个矮胖的老妈子拖着两个大布包一拐一拐地走到门口，喘吁吁地说。

"王嫂，车子哪？还是把车子推去。等到空袭警报发了再走。"利莎的母亲看了看老妈子，就这样回答。

王嫂放下布包，又进去推出了那一架小孩坐的藤车。就在这时候空袭警报的汽笛声响了，声音不很清楚，但是挂在电杆上的警报钟又接着喤喤地响起来。

"空袭了！"利莎兴奋地嚷着。

"我们就走。"她母亲答道，又转身去看王嫂，王嫂把车子推了出来，我便帮忙她把布包放到车上去。

"爹爹呢？"利莎忽然问道。

"爹爹到大学上课去了，他会在那边躲的。"她母亲答道，又把左手里捏的三张白色卡片式的防空证向我递过来说："还是让黎伯伯拿着防空证罢。"

书店两边的酒菜馆一直到这个时候都是十分热闹的，现在那里面起了一片闹声，客人们慌慌张张地跑出来。那个散放煤臭和烟雾的炭炉也闭上大嘴休息了。

我把利莎母女送进了川康银行，一个人坐在银行侧门外矮树下一块石头上面等候紧急警报。在这里我可以望见警报台上的灯笼，也看得见街中的行人。马路似乎安闲地睡去了，没有气息，没有尘土。寥寥几个穿黑制服的防护团团员寂寞地在岗位附近闲蹀。四周很静。鸡鸣、雀噪和人语安详地在空中飘荡，显得特别响亮，特别清楚。

过了一阵，紧急警报还没有来。我坐得有点不耐烦了，便站起来。越过马路我望见山谷里还浮着一张疏疏的雾网，但已经被阳光穿破了。田、树、沟、屋全露在我的眼前，只是仿佛还被一层玻璃罩住了似的。田坎上有人影在摇晃，树下也显露出人影来。一些人站在公共防空洞洞口等待消息。

"黎伯伯，你还不进来！"利莎从川康银行侧门内探出头来唤我。侧门开着一扇，那个穿制服带手枪的行警还立在门外查看防空证。利莎把身子移到门边，靠在她肩上的还有另一个女孩的头，那自然是秦家凤的了。两双年轻的眼睛带笑地对我眨动。利莎又说："快进来罢。黎伯伯，你在等哪个人？"

她的话没有说完，我就听见凄厉的紧急警报声，这声音不知道是从什么地方来的，但是一瞬间整个山坡都响遍了。同时急促的钟声接连不停地敲起来。我仰头去看警报台：两个红球全落下了，剩着瘦长的球杆高耸在山坡上。

"黎伯伯，快进来，紧急啰！"秦家凤带点惊惶地催促道。

我进了门，行警也跟着进来，把门关上了。

利莎拉着我的手，往洞口走去。我问她："你妈妈呢？"

"妈妈她们下洞里去了。"

秦家凤还说："黎伯伯，我们进洞罢。进去晏了，会没有座位的。"

我把这两个孩子送下洞去，自己走上石级，在洞口立了一阵。

时间在静寂中过得很慢。忽然静止的空气开始动了，发动机的声音清晰地从天的一角发出来，声音逐渐增大，逐渐逼近，仿佛有一只巨大的魔手正向这个小镇伸过来似的。

"来了，来了。"有人发出这低微的惊呼，留在洞外的人一齐跑到洞口，鱼贯地走下洞去。

洞里点着洋烛，上下两旁都有木板，两排木凳上坐满了人。我走完石级把脚踏上地板，就听见利莎的声音："黎伯伯，到这儿来坐。"我朝声音来的地方看去。利莎坐在她母亲的旁边，这时刚刚站起来，让座位给我。我便过去坐下了。利莎就靠在我的身上。她母亲怀里的小弟弟却已沉沉地酣睡了。秦家凤母女坐在我们的斜对面。

在洞里也还听得见机声，敌机就像是在我们的头顶上盘旋似的。没有一个人讲话。于是一声巨响打破了沉默，整个洞子微微地震动了一下。

"落弹了。"一个声音轻轻地说。

"大概就在磁器口。"另一个声音轻轻地回答。磁器口是附近另一个市镇，又是长途汽车的终点。我想被炸的多半是那个地方。

炸弹孔隆孔隆地落下，虽说是巨响，但是传到洞子里却只有轰轰的声音。洞子里空气跟着在震动，我的身子也微微地摇晃了两下。在这短短的时间内洞中静得像一座古庙，我连自己的怦怦心跳也听得十分清楚。

接着开始了静寂，放在我和对面座位之间的那根长板凳上，一支孤零零的洋烛发出摇曳的微光，烛泪流了一大摊，火快要烧到板凳了。有人着急地吩咐女工："洋蜡烛，快点！"站在我膝前的利莎突然一口吹灭了火。那些暗黄色的面孔立刻消失在黑暗中。于是火闪似的亮起来手电筒的白光。

另一支洋烛点燃了。可怕的机声已经完全消去。代替它的是人们的谈话、咳嗽和笑声。有人移动身子往外面走。我闷得难受，也打算出去。我站起来，一只手还搭在利莎的肩上。她掉转头望着我轻轻地说："我跟你出去。"

我牵着她的手走上二十多步石级，出了黑暗的洞穴。阳光使我差一点睁不开眼，但以后我也就习惯了。我昂起头畅快地呼吸几口新鲜的空气，我听见利莎自语似的在说："到底是在外面舒服。"

"不要紧，敌机今天不会再来了。"我安慰她说。

一个人影从洞里闪出来，旧呢大衣盖着灰绒线衫和青裙子。这是秦家凤，她一边揉眼睛，一边唤着"利莎"。

"你也出来了？"利莎笑着问她。

"洞里太闷，我坐不下去。"她答道。她又嘟着嘴抱怨利莎："你也不等我，就先出来了。"她把右手绕过利莎的后颈搭在利莎的右边肩头。

"我不晓得飞机走了没有走，所以不敢喊你出来。"利莎闪闪眼睛笑答道。

"那么你胆大。"秦家凤嘲笑地说。

我们靠着洞外石壁随便说了几句话。利莎又缠着要我讲个故事。我便把"能言树"的故事讲给她们听。

我刚刚讲了两段，警报台上又挂起了两个红球，现在是恢复空袭警报了。行警高兴地嚷着："休息球，休息球！"

从洞里陆续走出来一些人。利莎的母亲抱着酣睡的孩子出来了，秦家凤的母亲跟在后面。秦太太面孔显得苍老，身体瘦弱，手里拿着一根手杖，走完最后一级，跨过门就喘了两口气。

两个孩子都掉转头去看各人的母亲，利莎唤一声"妈妈"，秦家凤却只点头对她母亲笑笑。

"利莎，你又缠着黎伯伯讲故事了。"利莎的母亲带笑地说。

利莎笑笑，我接着往下讲。她们渐渐地被我的故事吸引住了。两个人都不瞬眼地望着我。我也兴奋地继续讲下去。可是不等我讲完，解除警报的长长的汽笛声又来打岔了。

王嫂扛着布包从洞里出来，看见利莎便说："利莎，回去啰。"

利莎含糊地答应一声，也不看她一眼。王嫂走到侧门旁边，把布包放到藤车上面。

两扇侧门大开，人们朝那里走去。两个孩子的母亲都走到门口了，还回过头来唤她们的女儿。我也不便久站在这个地方，便说："走罢，我们回去再讲。"

利莎和秦家凤一边一个跟着我出来。街上满是携儿带女背包提箱的行人。有几家商店正在卸铺板。王嫂推着藤车在前面走。利莎的母亲抱着刚睡醒的孩子一边走，一边跟秦太太讲话。

走到横街口，秦太太应该转弯了，便站住等候秦家凤。我问这个女孩："你跟你妈妈回去吗？"她不答话，却轻轻地跑过去，站在她母亲面前，央求似的讲了几句。

我不知道她在讲什么，不过我可以猜到她的意思。果然她站了片刻，望着她母亲点着手杖进入横街以后，便回到我们的身边来。

我带着两个孩子走回店里，别的人都回来了。为了喝开水，我们又走入楼上的房间。我第一眼便看见满桌满床的尘土。热水瓶仍然安全地立在方桌的一角。我拿起水瓶倒水，两个孩子便动手打扫灰尘。

我们三个人都喝了水。我在椅子上坐下来，让她们坐在床沿上，我继续讲"能言树"的故事：

"大树吸收了女孩的眼泪以后居然能够发声讲话了：'……在大地上一切的人都是没有差别的。凡是把自己的幸福建筑在别人的痛苦上，用种种方法来维持自己的幸福，这样的人是不会活得长久的。连那二十二层的长生塔也会在一个早晨的工夫完全倒塌。只有年轻孩子的心才能够永远存在。'"

两对漆黑的大眼睛泪汪汪地望着我的脸。它们是那么明亮。

我继续转述大树的话：

"去罢，伴着你哥哥去罢。你的眼睛也可以做你哥哥的眼睛。他会用你的眼睛看见一切的。去罢，去帮助别人，同情别人，爱别人，这都是没有罪的。"

我自己在做荒唐的梦，还把两个孩子也引入了梦中。她们接连地眨动眼睛，静静地听着我讲完最后的一句。

小女孩扶着瞎眼的哥哥向着大路走去了。给我们留下来这个陈设凌乱的房间。楼下又在叫喊了："排骨面两碗。"接着是一辆卡车吵闹地跑过去。灰白色的煤烟开始从窗的缺口飘进来。

"怎么又有煤烟？"利莎揉着眼睛厌恶地说。

"楼下又在生火。真讨厌，总不管别人！"秦家凤气愤地说，她也在揉眼睛。

煤烟越来越多，很快地就把这个房间变成了雾海，我忍不住呛咳了两三声，只得同两个孩子逃到楼下去。

两个炉子依然放在原处，都冒着烟。左边酒菜馆里那个拿刀砍门的茶房躬着腰用火钩在掏炉桥，他好像并没有把炉子搬开的意思。

"你看，这就是你爹爹办的交涉。"我生气地说。

"不是说喊他们搬开吗？他们怎么又不听？"利莎惊奇不解地说。

"没有用，没有用！就是熏死也不过我们几个人。哪个肯真心来管这些闲事！"我恼怒地又发起牢骚来。

两个孩子自己很不满意这件事情，看见我也在生气，便不再讲话了。我们都站在店门口。我出神地望着人们接二连三地走进隔壁酒菜馆。

站在我身边的利莎忽然伸手轻轻地拉我的袖子，低声对我说：

"黎伯伯，我相信大树说的话。我要做一个那样的好孩子。"

我惊喜地掉过头看她，她的一双眼睛带着泪水发亮了。

我就像故事里的那棵大树一样，受到了小女孩的眼泪的润泽。我觉得内部起了一个大的震动，我似乎应该对她讲几句话，但是，我什么也讲不出，我紧紧地握着她的手，过了好一会儿，才挣出一句："你真是个好孩子。"

秦家凤被利莎留在店里吃中饭，利莎差王嫂到秦家去通知，秦太太也就同意了。利莎今天待秦家凤特别亲热，秦家凤也是一样。但是到五点钟两个人终于恋恋不舍地分别了。

傍晚，利莎的父亲回家吃晚饭。他是从磁器口回来的。今天被炸的地点确实是磁器口。他去看过灾区，塌了三五间房子，伤了一个人，炸弹大半落在江里，可以说是没有大损失。

菜馆门前的炉子还在冒烟，我注意地一嗅，又闻到煤气，我忍不住向朋友发问：

"炉子为什么还没有搬开？"

"就要搬开的，这次他们一定搬。"他毫不在意地笑答道，脸上仍然带着乐观的表情。

"你对什么事都太乐观了。"我冷笑道，也就不再跟他谈这个问题了。

敏，我今晚上又给你写了这许多话，告诉你这许多琐碎事情。吃过晚饭后我就坐在楼上书桌前面续写这封信，那时电灯没有亮（不，这是亮了，又熄了），我点起一支洋烛，就靠着摇曳的昏黄烛光照亮我的笔迹。我伏在案上连头也不抬起地专心写着，我一直写到煤烟散尽，菜馆关门，写到四周寂然无声，电灯重燃，写到每家店铺灭灯睡去，我还没有停笔。

现在还是我一个人坐在书桌前面，四周都是鼾声。同房间的店员和练习生都睡熟了。在隔壁，朋友夫妇和利莎姐弟也睡得沉沉的。楼下马路上只有一片黑暗，偶尔闪起一股电筒光，响起一阵急促的脚步声。这声音显得多么空虚，很快地它又寂寞地消失在黑暗中了。夜披着它那黑黑的大氅在外面飞行，似乎要扑灭一切的亮光和暖热。寒气像一根蛇从我脚下慢慢地爬上来，它还在啮我的两腿，我感到一阵麻木，两只脚都冻僵了。

这时不过十二点钟，啊，连斜对面那家贸易行楼上的灯光也突然灭了！除了这个房间，似乎再没有光亮。整个街，整个小镇都静静地睡了。那么也让我放下笔跟你暂时告别罢。

二

敏，整整有十几天我没有给你写一个字。现在是午后，窗外下着蛛丝一般的小雨，我刚刚从外面回来。我是冒雨出去散步的，暗灰色的凄惨的天空低低压在我的头上，寒冷的雨丝浇不灭我那火似的热情。不知道为什么这几天我的忍耐又逼近了限度了。我整天关在房间里，只看见那些凌乱的陈设，那些烟，那些雾，那些煤臭，还有那接连的阴天，接连的细雨，和侵骨的寒气，好像我四周就只有那些东西。朋友们的通信也中断了，这些天里我就没有收到一张从外面来的字条，似乎友人们都忘记了我。今天吃中饭的时候，利莎的父亲谈到天天高涨的物价和米价，他又讲了些他的同事们的苦况，连他那永远带着乐观表情的脸上也皱紧眉头。他的妻子总是温和地讲话，不常笑，但更少给我们看见她的愁容。她是一个能干的主妇，常常用平静的心境和缜密的头脑处理困难事情。这个书店便是在她的主持下存在而且逐渐发展的。因此看见他们夫妇在一起的时候，我便会想：要是没有这位太太的事务才干与温和性情，我那朋友的乐观也就会有问题了。

我们也曾谈到炉子的事。

"怎么样？搬了没有？"我问道。

"没有办法。"朋友笑笑，摇头说，这次他自己认输了。

利莎在旁边扑嗤笑起来。在这个店里就只有她的脸上充满阳光，充满生气，充满天真的微笑。看见她这张明亮的脸，我觉得灰暗的天空好像开展了一些似的。

我把利莎送进了学校，又回到阴郁的天幕下面。雨继续在落，路上全是滑脚的水泥，在水泥上移动脚步是相当困难的。但是我不愿立刻回到书店里去。我觉得有一团火在我的胸膛里燃烧，我全身的骨头仿佛都落在油锅里受着熬煎，连脑子也烧得发烫。我整个头，整个脸都是火。我不能多用思想，我不能休息，我一直在细雨下面走了两个钟头。这其间像魅影似的在我的眼前出现了各色各类人的影子，我的耳边不停地响着各种各样的吱吱喳喳。"难道在这时候还不让我安静？"我气愤地想着，我的忍耐真的快到了限度了。

就在这时，我忽然又想到你，想到你从前说过的话，我才又勉强镇定了心，回到书店楼上来给你写信。

我写了这么一大段，利莎还没有放学回来，窗前仍旧挂着帘子似的雨丝。看见这好像永远下不完似的细雨，我又觉得火在心里上升了。笔还捏在我的手里，我应该再往下写些什么呢？

今天早晨我起得特别早，这是我昨晚想好了的抵抗煤烟的方法。我下床的时候，街后面雄鸡的叫声才消失不久。等到我洗完脸打开店门，天已经大亮。那时没有落雨，泥泞的马路上还不见一个行人。在附近三四家店门口，有人站着在扣衣服的钮子。我朝着往城里去的方向在马路上走了一阵，看见白茫茫的晨雾像一片浓烟包围着远近的山、田、道路和房屋，我自己仿佛踏进云雾中去一般。

空气潮湿，沉重，而且还带着一种气味。寒气渐渐地穿透了我的衣服，好像有一只冰冷的大手在我的身上抚摩。但是我仍然毫不畏缩地向前走去。

忽然三辆沉重的黄包车带着呻吟般的辘辘声穿过浓雾迎面滚下斜坡来，车子上还放着简单的行李。车上人大概是到磁器口去搭船的。我等车子过去，又回转头看它们一眼，这么快它们就已经被浓雾吞食了。我看不出一点来痕和去路，想不到我自己就是从那白茫茫的一片中走过来的。

我走到镰刀形马路的尖端，对岸的景物隐约地出现了，那里可以说是刀柄，一个山谷隔在这两个高坡中间，现在都变成了雾海，迷迷茫茫，无垠无边，只见那乳白色的东西在翻腾，在滚动。对岸一棵树，一堆屋刚在我的眼前显露，立刻又被雾浪淹没了。我为了想看穿雾海，在这里站了许久，得到的却只是窒息。

我折回来，仍旧呼吸着重浊的雾气。我又走入正街，两旁的房屋渐渐地从雾海中浮现了。那些紧闭的店铺打开了门，一家跟随着一家，学徒，工友，火夫们忙着搬卸门板，整理橱窗。颜色和声音水似的流入街中，再缓缓地往马路的两端流去，或者集在正街的中心几家饮食店门前，或者拥挤在街旁那条作为菜市的死巷里，或者沿着镰刀形的马路流向远方。

书店门打开了，两旁的酒菜馆照常热闹地接待顾客，两个炭炉毫无顾忌地散放煤烟。蒸笼盖揭开，一阵水蒸气扑到书店门口，飞入楼上房间。两只粗壮的膀子伸到白雾笼罩的蒸笼旁边，端走了热气腾腾的一笼包饺。

在书店门口站了一阵，眼前流过去五颜六色，耳边响着各种不愉快的声音，我不知道这时候应该去到什么地方。我不愿走在马路上呼吸窒息人的雾气，更不愿坐在楼上让煤烟熏坏我。

利莎挟着书包出来了，两只小手插在青红色方格子呢大衣口袋里面，她带笑地说："黎伯伯，你今天好早啊。"不等我回答，她又央求道："黎伯伯，你送我上学去好吗？"

我高兴地答应了，她给我找到一个去处，至少在利莎的身边，在小学校门口，我还可以在年轻的脸上看出明日的温暖来。

"让我给你拿书包。"我说着便伸过手去。

利莎看我一眼，笑了笑，默默地把书包递给我。

我们走入那条通小学校的巷子，利莎忽然问我道：

"黎伯伯，你为什么这两天总是愁眉苦脸的？你心里头有什么不高兴的事情？"

我吃了一惊，这个孩子居然像大人一样地讲话，而且像大人一样地猜到了我的心事。但我还是摇摇头否认道：

"没有，没有什么，你不要乱讲。"

"我看得出来，我看得出来。我记得你才来头两个月一天总是有说有笑的。"利莎固执地说，脸上还带着她那发光似的微笑。

"这两天闷得很。"我解释地答道。我知道这个回答不会使她满意。但是从后面送过来秦家凤的声音："利莎。"利莎连忙回过头去。

秦家凤跑到利莎面前，向我唤一声"黎伯伯"，就亲热地挽起利莎的膀子往前走了，两张年轻的脸上笼罩着喜悦的光辉。

转弯便是小学校，我听见秦家凤在说："我跟妈妈讲好，明早晨请你到我们家里吃面。"明天是星期日，她们不到学校去。

我们走到学校门口，好些男孩子在门槛下玩。我把书包交还给利莎，她除了向我道谢外，还说："黎伯伯，回去要高高兴兴啊。"她笑着对我闪闪眼睛，摇摇手，秦家凤也对我一挥手，然后把手搭在利莎的肩上，两个人走进门内去了。

　　我留恋地在大树下面站了好一阵。我觉得这个小小的古庙里充满着阳光和温暖。但是在外面，针似的细雨开始飘落下来。孩子们都进到课堂中去了。庙门口是静静的，空空的。我淋着雨慢慢地走回家去。……

　　我写到这里，天色又黯淡了，我听见利莎的声音在楼下讲话，还有她母亲的声音，她父亲的声音。

　　啊，利莎在下面唤我，她父亲也在唤我，我应该搁笔到楼下去。

　　今天傍晚得到林的一封信，他问我一件事情。晚上我写了一张信纸回答他。我封好信，自己拿出去投到邮筒里，回来看见书桌前电灯十分明亮，砚台中还有余墨，便拿出写给你的那一叠稿纸往下再写。

　　今天吃晚饭的时候，在饭桌上听见利莎和她父亲谈论送礼的事，才知道明天是秦家凤的生日。利莎要到秦家去玩，准备把礼物也带去。

　　说到礼物，她父母提出几件东西，利莎都不赞成。她固执地要送一件红绒线衫和一本照片册。照片册书店里有。红绒线衫在斜对面百货商店橱窗里面放了好久。她说秦家凤就喜欢这两样东西，想了许久，都不能到手。秦先生在城里做事，对家庭并不关心，也不大喜欢他的女儿。

　　"不管。我自己出钱买绒线衫，妈妈给我照片册。"利莎撒娇地说。

　　她父亲笑起来。她母亲也笑了，母亲说："你倒说得爽快。你晓得照片册卖多少钱一本？"

　　"三十五块钱，我问过黄子文的。横竖是我们自己店里头的东西，又不要妈妈另外花钱。秦家凤喜欢它，还是送给她好。横竖妈妈用不着，也卖不出去。"利莎理直气壮地答道。

"你倒会讲话。好，就算我把照片册送给你罢。不过绒线衫却要你自己出钱去买啊。"她母亲温和地带笑说。

"我不是还有两百块钱存在妈妈那儿吗？上回送爹爹围巾不过花了三十多块钱。下个月黎伯伯过生日，我也要买条围巾送他。"利莎兴高采烈地说。

"不用你花钱了，我替你出钱罢，你妈妈买一样，我也买一样。"她父亲和蔼地说。

"那么我也买一样。"我插嘴说。

"都不要，都不要，"利莎摇摇头满意地说，"我只要妈妈给我照片册。别的东西我自己买。我送礼，总要自己拿出点钱来才算是真心送。秦家凤说过，她请我吃面，也是她自己出钱。"

"就让她这样罢，她讲得也有道理，"她母亲对她父亲说，"她倒是个实心的人。"

"好，妈妈答应了。"利莎放下碗站起来快乐地说。她跟着刚才离开饭桌的练习生走到柜台前面："黄子文，把照片册拿给我。"

"像她这样年纪倒好，一天总是高高兴兴的。我就是生气的时候，看见她一脸笑容，立刻气也没有了。"她母亲感慨似的说，眼光随着女儿移到柜台，声音里泄露出母亲的慈爱。

我没有多讲话。我想到她口中的那条围巾，有一天会作为我寂寞的生日的礼物送来的那条围巾，我眼前突然明亮起来，我感激地微笑了。

敏，单是为了那句简单的话，你说我不应该怀着感激的心微笑么？

三

发出了两封长信，我始终没有得到你一个字的回答。敏，我不明白为什么你一度出现之后又突然隐去了呢？为什么你得到我的消息之后又开始沉默呢？难道我那些信函都被误投在大海里面，不曾有一张纸片达到你手边？或者因为我曾经忘记过你，你现在用"沉默"来作为报复？还是等不到我的回信，你就因新的使命奔跑到另一个地方？这都是可能的。而且我还有更多的揣想，它们也都是可能的。……

然而不管这一切，我今天还是在书桌前面坐下来给你写信，这应该是我的第三封信了。

今天是我的生日。这个你不会记得的，其实要不是我那朋友（利莎的父亲）时常提起，连我自己也会把它忘记了。我计算起来这些年中间我就只记住一个生日，在那天和四五个熟朋友在上海一家广东菜馆里吃过一顿饭，还喝了几杯酒，但那也是七年前的事情了。

今天我却十分快乐。早晨起来，在枕头旁边我发见了一个纸包，上面写着这样的十二个字："利莎送给黎伯伯的生日礼物"，纸包里面整整齐齐地放着一条捷克制的毛织围巾。利莎已经到学校里去了。

我把围巾缠在颈项上，我感到异常的温暖，我又一次接触到善良的小小心灵，分得一点它的亮光与热气。我多日来的心上的阴影都给这一点光和热驱散了。我吃过早点就高兴地拿着书到茶楼上去。

茶楼仍然是很空阔的。我还是拣了那张坐惯了的茶桌，堂倌照常过来泡茶。光头微须的矮胖子按照往常的习惯上楼来坐了一阵，黄脸的丫头照例走下楼讨开水，跟堂倌讲笑话。这些跟我不发生一点关系。我的心上没有云翳。我看书看得很快，今天连这个楼厅也显得特别明亮了。

我的心完全跟着书中的字句在跳动，我忘记注意时间的早迟。后来连堂倌也到三层楼上去了。这样一个大的厅子里就只有我一个人。我仍然把头埋在书上，直到意外地利莎的笑声响在我的耳边，我才抬起脸来。

又是利莎和秦家凤两个孩子。秦家凤仍然穿着那件新的红绒线衫。利莎的眼光定在我的围巾上面，她笑着嚷道："黎伯伯，拜生啊！"

"黎伯伯，拜生，拜生！太用功啰，过生也该耍一天嘛！"秦家凤一面点头招呼，一面笑说道，她点头点得相当深，有点像在鞠躬。

"不要吵，好好地坐下来，我请你们吃茶。"我阖上书笑着说。

"不要坐了。我们来请你回去吃面，爹爹妈妈都在等你。"利莎说着就把我放在桌上的书拿起来，她故意催促："黎伯伯，快走，快走。"

"黎伯伯，你茶钱给了吗？"秦家凤插嘴问道。

"没有，所以我还不能就走。"我答道，我想到底是秦家凤年纪大一点，更细心。

"不要紧，下回来给也是一样，不晓得堂倌跑到哪儿去了？"利莎还在催我。

"等他一下罢。"我迟疑地说。

"利莎，你替黎伯伯大声喊声堂倌，看他来不来。"秦家凤想出主意，对利莎说。利莎果然大声叫了两下："堂倌。"

　　堂倌冬冬地从三楼跑下来。我瞥见他的影子，就把四张一角的票子丢在桌上，跟着这两个小女孩走了。

　　店里放着一张小小圆桌，桌上摆满了菜，是利莎的母亲亲手做的。秦家凤的母亲也来了。大家就了座，热热闹闹地吃了一顿面。我还陪着利莎的父亲喝了两杯大曲。他的酒量相当大，今天他喝得不少，酒意已经上了脸，他还不肯放下杯子。他平时讲话不多，现在却滔滔不绝地谈起来。他对我叙述他几年来的遭遇，这里面也有不少的牢骚。沉默的罐子打破了，心里的一切水似的全流出来。他的太太几次暗示要他闭上嘴，他反而讲得更多，而且更加用力讲话。他忽然把酒杯往桌上一放，顺势拍了一下桌面，大声说：

　　"我在外国住了八年，回国来在大学教书也教了五年了，养一个太太两个孩子都养不了，还要靠开书铺来维持生活，这真是笑话。怪不得我那班同学都改了行。"

　　虽然还是牢骚话，但他却是带笑说出来的。他的太太在旁边急得没有办法，只好用抱怨的语调对秦太太解释道："你看，他今天真是吃醉了，自己也不晓得在讲些什么。"利莎和秦家凤时而望着他抿嘴在笑，时而唧唧哝哝地讲许多话。

　　"我今天才没有醉，我说的都是真话，没有一句假的。你不懂，你完全不懂。"朋友摇摇头着急地说，甚至在这时候笑容也还没有离开他的发红的脸。他太太笑笑，不再向他答话了。她看见我们都吃了饭，便上楼去提了一篮鲜红的橘子下来。

　　敏，利莎的父亲就是一个这样的人，一个实心的人。他自己说他永远乐观。的确，甚至在应该动气的时候，他也带着笑容。他可以忍受任何不公平的待遇，他也可以在任何困难的环境里设法为自己找一个正当的出路。他不灰心，也不想投机取巧。他只是安安稳稳地一步一步走那人生的道路。林常常开玩笑地称他做"我们的良好的公民"。

"不过话又说回来，慢慢来，能够忍耐一点，正当地做事，也不见得没有办法。你们看炉子不是搬开了？我说一定会搬开，现在果然就搬开了，"他得意地笑着说，又喝干一杯酒，自己摆摆手说，"不吃了，不吃了。"

利莎正在剥橘子，就剥好一个递到他的手里，笑着说："那么吃个橘子。"

我听见他谈炉子的事，忍不住扑嗤一声笑了出来。

他接到橘子，望着利莎，称赞一句："这真是我的好女儿，晓得给爹爹剥橘子。"他听见我的笑声，便回过头来问我："你在笑什么？"

"炉子不能说是搬开了，右边的一家还会开门的。"我笑着反驳道。

"不过左边的一家总搬了。"他说。

"但这并不是你交涉的结果，还是人家关了门把铺子顶出去的。"

"那又有什么关系？只是我们闻不到煤烟就行了。横竖是一样的。我们交涉的目的也就是这一点，你说对不对？"他满意地辩道。

我无话可说了，我知道跟他这样辩论下去，是不会得到结论的。我自然不赞成他的意见。不过我明白这差异是从两个人的不同的生活态度上来的，我不能说服他，同样他也不能说服我。但我们仍然是很好的朋友。

然而他也有他的道理。事实上我们已经有四天没有嗅到煤烟了。右边的一家酒菜馆因为管账的亏空了钱带着一个股东的妻子逃走了，现在还关着门在整理内部。左边的一家说是因为股东们闹意见便停业把铺子顶给了一家卖杂货的，如今正在装修门面。左边一只炭炉早没有了，右边的一只空空地立在关着的铺门外面，代替它昔时的威风的便是今日的寂寞。

我们接连过了四个比较安适的日子，连呼吸也畅快了许多。今天又是一个难得的晴天，吃完橘子，利莎和秦家凤还为我的生日唱了几首歌。所以我非常高兴。

写到这里，我耳边还仿佛响着利莎的铃子似的歌声。寒夜骑着风帚呼呼地在外面飞行，连墙壁也冻得发出来低声呻吟，但我的心却是很暖热的。写到这里，我不觉快乐地微笑了。

敏，我愿意你知道我这快乐的心情，还希望你也受到它的传染。的确，年轻的我们应该永远保持着快乐的心情啊。

四

敏，我的畏友，请原谅我长久的沉默。我早就说过我急切地盼望着你的来信，可是你的长篇的信函到了我手边这么久，我却不能够坐在书桌前给你写一张稿纸的回答。你很容易猜到这是什么原因？这一次我是给病抓住了。

我的病是在生日后第三天开始的，起初是四肢发软，后来发冷，以后又发烧。冷起来时，虽然盖上三幅厚被，我也禁不住要在床上打颤，连牙齿也抖个不停。烧起来时我不知道自己躺在什么地方，只是迷迷糊糊地接连做着可怕的梦：自己杀人或者就要被人杀害，或者陷在火烧的房屋里面，或者看见炸弹当头落下，还有许多许多我现在记不起来的景象。烧得最厉害的时候，就像一团火在我的脸上熏，我不得不大声呼喊来发散热气，我不知道自己叫些什么。据听见的人说我的声音并不大，我接连地说了许多话，他们也不告诉我是关于哪一类的事情，只说听不出来我的含糊的呓语。

利莎的嘴在我面前是不会保持沉默的。在我头脑清醒热度减退的时候，她会絮絮对我讲说许多事情，她见到的，听到的，或者别的有趣味的事。有时她也会摹仿我的声音重说一两句我那些呓语，或者忍住笑对我描绘我病中的情形。有一次她说听见我连续叫了几声"我不怕"，却不知含着什么意思。我自然无法给她一个回答，就只好让她时时学着说"我不怕"来嘲笑我。

要是没有利莎这个孩子和她的小姐姐秦家凤，我在病中一定是很寂寞的，或者我的病甚至不会好也说不定，即使病好，也会好得更慢。是她们支持了我的精神，使我能够忍耐这么长久。她们的天真的笑和好心的话便是我这个病人所需要的阳光和温暖。

两个孩子每天放学后便一起来看我。在寒假中短短的休息日子里她们两个每天总要在我的房间里度过一个上午或者一个下半天，秦家凤来时多半在下午，有时候还带着课本来，倘使我闭着眼沉沉地睡去，她们就坐在我的书桌前面温习功课。她们有时不发一声，有时唧唧哝哝，但是决没有做过什么响动来妨害我的睡眠。记得有一次我从噩梦中醒来，心还因为悲痛和恐怖颤栗，我不知道眼前究竟是梦是真。我移动眼光，我忽然发见书桌上两个女孩的头靠在一起，吃吃地小声笑着。我吐了一口气，两张年轻的脸立刻掉向着我，笑容还未消散，就像两朵迎着朝阳开放的花，还带了晶莹的露珠，那就是明亮的眼睛了。我的心立刻镇定下来。我听见两声亲热的唤声"黎伯伯"，两个孩子马上跑到我的床前，鸟叫似的争着跟我讲话。

我还听见利莎的母亲说，在我发着高热、昏迷地说着呓语的时候，两个孩子就静静地立在我的床前眼泪汪汪地望着我，或者惊惶失措地到楼下去逼着利莎的母亲三番四次地请医生。袁太太对我说这话的时候，两个孩子都在我面前，利莎大声分辩，秦家凤笑着，不好意思地埋下头。我只是微笑，我的眼光轮流地在两个小女孩的脸上打转，我没有作声，我不知道应该讲什么话才好。

我的病终于有了转机，渐渐地好起来，热度也逐渐在减退。在这中间春天来拜访这个小镇了。我躺在病床上也可以闻到春天的气息。从窗外吹进来的微风，从涂抹在玻璃窗上的阳光，从两个孩子以及别人身上穿的衣服，我也可以看到春天的影子。我也在减少我的衣服和被褥，同时仿佛我身体的重量也跟着在减轻。我可以下床坐一些时候了，我也可以在房间里慢慢地走上二三十步。

有一天两个孩子给我带来了一把小花，青青的细叶衬托着黄色和白色的小小花朵，每朵花都欣欣然昂着头，仿佛还在呼吸新鲜的田野空气。感谢这两个孩子的好心，春天被带到我的房里来了。我一把接过这不知名的野花，就拿来放在眼睛下看，鼻端上闻，我默默地闻了许久，这种带着泥土味的清香似乎慢慢地沁入我的全身，我觉得全个身子都颤抖起来，好像被一种力量在摇撼着似的。

"利莎，你看，黎伯伯拿着花，就像蜂子钉住花一样。"秦家凤在旁边抿嘴笑道。

利莎也笑起来，她抓住秦家凤的手答道："你不是说害病的人爱花吗？真不错。"她又对我说："黎伯伯，你这样爱花，我们每天都给你摘点来，好不好？"

"好"，我只能吐出这一个字。我说不出我这时的感情，不过我知道我的活力渐渐地在恢复了。

利莎真的常常给我摘花来，花的种类也渐渐地加多。天气一天一天地暖和，那一片白茫茫的雾海也逐渐地干枯了。早晨醒在床上我看见金色阳光在窗外荡漾，还听见麻雀群在房檐上愉快地唱歌。楼下右边那家酒菜馆换了老板，经过一番装修以后不再卖包饺了，连炉子也搬进厨房里面，我立在窗前不会再受到煤烟的围攻了。

在我的病中，只有过一次警报，但是没有发紧急警报就解除了。我没有离开书店，而且也不想动一下。这天利莎的父亲在学校里面，母亲抱着孩子躲防空洞去了。利莎一定要留着陪我，她母亲还叫黄子文（那个十九岁的练习生）留下，准备等紧急警报发出后扶我到书店背后那个公共防空洞去。

"利莎，你为什么不去躲？你不害怕。"我感激地问她。

"黎伯伯，你不害怕，我也不害怕。"她笑着回答我。

"今天不会来的，雾罩还没有散完。"黄子文很有把握地插嘴说，自从上次炸了磁器口以后，敌机就不曾来过一次。

"要不来才好，省得黎伯伯跑一趟。"利莎担心地说。

四周异常静。空袭警报发出了大约二十多分钟，市声完全停止，窗下马路上连防护团团员的脚步声也寂然了。我望着这张可爱的小小面孔，心里没有丝毫的恐惧。

利莎看见我不讲话，还以为我心里害怕，便安慰似的对我说："黎伯伯，你不要害怕，我给你讲个故事。"她真的把她从老师那里听来的故事讲给我听了。故事很简短，她刚刚讲完，警报就解除了，她高兴得拍手欢叫："黎伯伯，不要紧了。"

我的病刚好时，还遇到一次警报，这回我是躲了的。但是紧急警报发出以后，敌机并没有到市空来，大约过了一个多小时才听见解除警报。

这以后便是接连的阴天，雨天。空气相当沉闷，天空永远盖着那么多的愁云。但是在这个小镇的四周，万物都在发育生长，欣欣向荣。前两日雨后初晴，我沿着通磁器口的马路散步，路旁山田里油菜花开了，一片黄亮亮、绿油油的颜色十分悦目。小蝴蝶成群结队展开雪白的翅膀在田上自由飞舞。田畔几棵老树也披上了新衣。在这充满生机的气氛中，我的健康很快地就恢复过来了。

昨夜我还出去看了跟我相别已久的蓝空明月。山谷同田里大片的菜花朦胧地横在月光下面，远处几座山若隐若现，仿佛是淡墨色的画。对岸几点灯光又像停泊在港口中的轮船的电灯。裹在我身上的一件秋大衣抵不住春夜的寒气，我便匆匆地回来。我走到店门口，遇着利莎的父亲，他关心地捏捏我的膀子，叮嘱道："晚上少出去啊，看受了凉又会病倒的。"

我感谢他，但是我得意地昂头说："不要紧，我不再生病了。"

现在我从面前一叠稿纸上抬起了头，窗前马路中正摊开一片清凉的月色，又是一个静寂的月夜。寒气一阵一阵地从窗洞飘进来。

敏，我也应该搁笔了。不过我告诉你：我现在过得很好。不，我应该说，现在我的心境很平静，现在我很高兴。你不要再为我担心。我还告诉你：六天以后便是利莎的生日，她的父母答应她请秦家凤到店里来吃面，自然也请我，我还准备了一件礼物在那天送给她。

五

敏，这封信对你是一个意外，对我更是一个意外。我五天前万想不到接着就要给你写这样的一封信。昨夜我提起笔来，想向你报告一个消息，但是糟蹋了十多张纸，我还写不出一段可以叫人理解的字句。今晚窗外是细雨迷蒙的暮春的凄清的夜，从几处被损毁的屋瓦的洞隙中，经过了天花板，漏下断续的雨滴，它们给我带来更多的寒意。从窗洞望出去，整个正街仿佛都落在酣睡中，黑夜抚慰着那些疲劳的灵魂。隔壁房内没有灯光，先前还在床上呜呜地抽泣的利莎的声音也寂然了。我的房间里则是一片鼾声，不知道为什么张先生和黄子文两人的鼾声今晚上显得特别重浊。我静静地坐在书桌前面。回忆凝成一块铁，重重地压在我的头上；思念细得像一根针，不断地刺着我的心；血像一层雾在我的想象中升上来，现在连电灯光也带上猩红的颜色。我无处逃避。一闭上眼，我就会看见那只泥土裹紧的腿，和一个小女孩的面颜。我不能在梦里找寻安静，我只有求助于笔，让它帮助我减轻痛苦。

昨天发过警报，而且出乎大家意外地来了敌机，数目是二十七架，在城内和四郊投下不少的炸弹。这是今年的第一次轰炸，却又是如此厉害，连我们这个小镇也不能幸免！

炸弹在这个小镇的上空刷刷地落下时，我和利莎一家人正在川康银行的防空洞里。我们听见飞机盘旋声，听见炸弹下落声，然后便是两三下震撼山岳似的霹雳巨响，一阵风灌进洞来，把立在板凳上的洋烛打落在地上灭了。洞子摇晃了两下，才稳住不动。利莎的母亲怀里的孩子吓得大声哭起来。

在那极短的时间里，我仿佛头上中了一个铁锤，把全身打得粉碎，然后才慢慢地聚合拢来。孩子的哭声被母亲的奶头塞住了。我举目四顾，眼前只有黑暗。我注意倾听，静寂中隐约听见细微的机声。但是这机声也被静寂吞食了。

于是人们像从噩梦中醒过来似的开始吐出了两三句简单的话。我听见利莎担心地自言自语：

“秦姐姐不晓得躲在哪儿？不晓得她们进城没有？”关于“秦姐姐”的话，利莎先前就讲了许多。这天秦太太母女没有到防空洞来，不过利莎知道秦家凤要跟着母亲进城去看父亲，只是她还不能确定她们究竟动身没有。秦家凤的父亲我没有见过，但听见袁太太说，那是一个脾气暴躁的人，近来跟太太处得很不好，他在城里还有一个年轻的女朋友。最近他们夫妇为这个女朋友吵过几次架，袁太太也对我讲过了。

"你不要担心，她们一定在城里躲防空洞的。"我知道利莎为这件事情不安，便安慰她道。我这时没有想到书店，也不敢想到书店和我那个好心朋友的仅有的财产。

"你这个孩子心肠倒好，自己的家说不定全光了，你却只担心你小朋友的事情。"利莎的父亲带笑地插嘴说，他笑得似乎有点勉强。

"一定完了，今天炸掉的地方恐怕不少。"利莎的母亲接着说，声音里略带一点焦虑。

利莎默默地捏住我的手，我觉得她的手在微微地颤动。

听见解除警报的长长的汽笛声，她也不笑，脸上还是挂着愁云，好像她丢失了重要东西似的。我拉着她的手急急地走出了银行的侧门，这时还不到下午一点钟。

人们张皇地在马路上乱跑。我一直望过去，前面正街中凌乱地横着大堆木片、砖块和尘土，左边四五家店铺的楼房全倒塌了，另外的两三家被揭去了屋瓦，剩着半倾圮的木架子。右边的房屋似乎还是完好的，我再注意地往那边看，我希望看到书店的楼房，但是街道渐渐在转弯，而且一阵黄沙似的在阳光中飞扬弥漫的尘土遮住了我的眼睛。

我们加快脚步往前面走。几个提着小皮箱或者布包的人气咻咻地迎面跑过来，口里嚷着："前面走不通，要绕弯。"他们并不认识我们，却像熟朋友似的对我们讲话，并且报告了被炸的商店的名字。

"利莎，不要往前走了，我们从后面绕过去。"袁太太在后面吩咐道。

"我跟黎伯伯一路走。"利莎转过头回答了她的母亲。她又对我低声说："黎伯伯，我们先到秦家去看看。"她的手微微地抖着。

"好。"我点头答道。我不能说别的话，我的心也跳得很厉害。我同情地看她的脸，脸上全是阴云，显得非常黯淡，我触到她那带着焦虑的眼光，利莎的脸从来不是这样的！我痛苦地轻轻唤一声："利莎。"她抬起头央求似的问我："黎伯伯，她们该不会在家里罢？"

"不会的！不会的！"我坚决地说，我的确相信秦家凤母女进城去了。

转眼便是横街，前面显得异常拥挤，我不知道一大群人在那里做什么。但是我猜得到前面出了什么事情。

"完啰，完啰。"聪明的利莎喃喃说。

我看清楚了：在街的右边高坡上，一排三幢相当精致的平屋现在变成了一大堆瓦砾和一个大土坑，人们就站在坡上坑边挖掘。

利莎丢了我的手疯狂地往前面跑去。我跟着她跑。我们也不管撞到什么人，只求立刻跑上坡去。这时利莎的意志竟然变成了我的意志。我们虽然挤出一身汗通过了人丛中，但是没有达到高坡，我们就被防护团团员拦住了。

利莎说了几句话，没有用，谁都不能够上坡去看，许多人都被拦在下边。利莎还要往前面走，她也把我拉着往前面走。另一个防护团团员跑过来对我打招呼，他便是茶楼的黑脸堂倌。他一面做出拦阻的姿势，一面说："不好过去，有人埋在里头。"

我打了一个冷噤。我听见利莎接连地问："好多人？是哪家的？挖出来没有？"

"多半三几个罢，我也说不清是哪家的。"黑脸堂倌含糊地答道。他掉头朝坡上看了看，不大关心地说："多半就是中间那一家，听说那家有个太太，还有个小姐。"

"不会的！不会的！不是那一家！"利莎生气似的辩驳道。

"不相信，你等会儿自家看罢。"堂倌淡淡地说。我连忙对他示意，叫他不要再往下讲。

利莎板着脸孔掉头四顾，忽然惊喜地叫起来："秦伯伯！秦伯伯！"我随着她的手指望去。一个穿西装的人向着我们这面慌张地跑过来，有一张戴着眼镜的瘦脸。他果然是秦家凤的父亲。

为什么是他一个人？难道她们走在后面？

利莎跑着迎上去问道："秦伯伯，秦伯母和秦姐姐哪？她们在哪儿？"

"我一个人先跑出来的，我怎么晓得她们在哪儿？"他脸色惨白，睁大眼睛，吵架一般地答道。他不理利莎，也不管前面的防护团团员，就拔步继续跑过去，似乎打算一口气冲上高坡。别人拦住他，他便大声叫："这是我自己的家，我要去找我家里的人啊！"这不是叫嚷，倒像是哭号。

"黎伯伯。"利莎刚吐出这三个字，就"哇"的一声，靠在我胸前伤心地哭起来。

我扳起她的脸，慢慢地给她揩干眼泪。我无可奈何地叹了一口气，低声对她说："回去罢，妈妈他们在等你。"她让我牵着她的手默默地跟着我走回家去。

秦先生还在用他的哭号似的声音跟防护团团员讲话，那声音一直追着我们出了横街。

到了家。书店完好如前，铺板全未卸下，只开着两扇门。利莎的父母站在门口讲话，听见我报告的消息以后，两个都改变脸色不作声了。

利莎还在抽泣，我便带她到楼上去。我听见她母亲在后面说："不怪利莎，她跟秦家凤那么要好。"我觉得鼻子一阵酸，眼泪马上淌了出来。

　　我的房间也还是完好的，不过窗上剩余的玻璃全没有了。我想，这个房间一定由别人（不是张先生，便是黄子文，或者是王嫂）打扫过了。

　　一进屋，利莎就扑到床上去，呜呜地哭起来。我费了许多唇舌，才把她劝住。我还向她解释：秦家凤母女或者躲到别处去了，她们没有理由坐在家里等候炸弹，利莎渐渐地相信起我这番话来。

　　但是吃中饭的时候（这天我们在下午四点多钟才吃中饭），利莎的父亲回来说，挖出了两具尸首，都是女尸，一大一小，无疑的是秦家凤母女了。然而我那个朋友又不肯断定是谁的尸首，他说面貌认不出，他远远地也看不清楚。

　　利莎听见这个消息便不肯吃饭，一定要我陪她再到灾区去。我们又走到高坡下面。

　　人们还在坡上挖掘。坡下站着一大群连声嗟叹的旁观者，挡住了我们的视线。我们费力挤到前面去。但是，除了一个坑，一堆瓦，一堆木片外，我看不见什么，我的眼光找不到那两具女尸。

　　“黎伯伯，”利莎痛苦地唤道，她又用低到几乎听不见的声音问一句，“她们在哪儿？”

　　我捏紧她那只微微发颤的手，轻轻地回答道：“我也看不见。”

　　但是我听见旁边一个女人的口音说：“那儿不是？席子盖住的！挖出来还是两母女紧紧抱在一起，鼻子嘴巴都是血！”

　　“在哪儿？在哪儿？我怎么看不到？”这是一个年轻男人的声音。

　　“你眼睛又没瞎，连这点儿都看不见！那儿，那儿，树子底下，席子盖住的，还有只脚露出来。”那个穿蓝布衫的三十左右的妇人吵闹地大声说。

　　我真想打她一个嘴巴。我又想把利莎的两耳蒙住。可是我并不曾动手，却跟着她那根粗肥的手指朝高坡的另一端望去。那里横着一条下坡的路，原先有一棵枝叶繁茂的大树长在路旁，现在树上只剩下几根光秃的空枝，连路旁的青草也被铲去了一大片。就在这棵树下连接地摊开两张草席，一只小小的带泥的腿静静地伸在外面。

"黎伯伯，不会的，不会的！"利莎的带哭的声音又在我的耳边响起来。这不是我熟习的声音，但是我听出来在那么多、那么浓的绝望中还有一丝一线的希望。

"利莎，你看，秦伯伯不是在那儿吗？"我低声说。我掉开眼睛，不敢看这张小小的脸，我现在用一句话就把她的希望完全毁灭了。

席子旁边立着三四个人，秦家凤的父亲埋着头好像在那里痛哭。一切的疑惑都是多余的了，死吞食了那个垂着双辫的瓜子脸的小姑娘和那个瘦弱的中年妇人。

停了半晌利莎忽然爆发似的说："秦伯伯，就是他，就是他害她们的！秦姐姐说过她爹爹专欺负她妈妈……"她说不下去，就呜呜地哭起来。

"这次不是他，是日本军人害了她们的。"我解释地说。她不回答，却只是哭着，过了半晌，我又说一句："还是回去罢。"我忍住眼泪，牵着她的手慢慢地走回家去。

走出横街，她便止住哭声，一面抽噎，一面揩眼睛。忽然她仰起头认真地问我道：

"黎伯伯，我们是不是在做梦？"

这句问话使我感到惊奇，但是看见她那泪痕狼藉的脸上的庄重表情，我只能够温和地回答她：

"利莎，我们是在做梦。"

她不作声，似乎得到了一点安慰。然而过了片刻，她又带起责备的调子对我说：

"黎伯伯，你骗我！你骗我！"这次又是一阵抽噎阻止了以后的话。

敏，你不会了解我这时的心情。我真愿意我能够做一个大骗子，把她哄得收了泪笑起来。就让她以后骂死我，我也甘心。但是我可以从什么地方学到这样的骗术呢？

"利莎，不要哭了，多哭也是没有用的，"我低声劝道，"你把我的眼泪也哭出来了。"我真的淌出了泪水。这次我们是绕道回家，现在走下斜坡到了田坎上了。

"我要……我的……秦姐姐……我……要……我……秦……姐姐，"利莎伤心地哭道，接着又是一句，"你把她……还给……我。"她看见我不作声，又说："我不管，我要你还，我要你还！"

"我还你好了。"我无可奈何地随便答了一句。

"我要你现在就还，就在现在！"她赌气地说。

我还是答应一个"好"字。

她走了两步，忽然又哭起来说："假的，假的，你骗我！"

我咬紧牙齿不作声。我不知道应该说什么话，应该做什么事。我只希望夜早点来，让这个孩子在梦里得到一点安宁，让我的心也得到一点平静。天色突然暗起来，太阳落到天外去了。

我们走上野草丛生的土坡，踏着由行人的脚步踏出来的窄路。利莎的哭声停止了。她忽然弯下身子，连根拔起一棵叶子粗大颜色碧绿的草，捏在手里，出神凝视。我猜想她大概找事情来分心罢，便不去打岔她。

"黎伯伯，这是什么草？"她拿着草向我问道。

"这是野草，我叫不出它的名字。"我顺口答道。

"我要带它回去，拿针刺出手指头的血来培养它。"她庄重地自语道。

"这种野草？有什么用？"我惊奇地问道。

"那么这不是还魂草了。"她失望地说，马上把草丢在地下，愤恨地用脚踏它。然后她抬起头央求我：

"黎伯伯，你给我找一根还魂草来，我会培养它，要我流多少血，我都不怕。"

她的脸颊上还留着泪痕，两只眼睛哭得红肿了。

"利莎，我讲的是故事。还魂草本来就没有的，你不要多想了。我心里也很难过。"我痛苦地说。

她挨近我，把我的一只手紧紧地捏住，停了一下，才说："我晓得这是假的。什么都是假的。秦姐姐昨天同我在一起，今天她就在席子底下……"说着她又哭起来了。

这个平时脸上永远带笑的孩子现在却有这么多的眼泪。我想劝她止哭，却反而引出她的更多的泪水，我不能再开口了。

这个晚上没有电灯，书店早早关了门，大家都很疲倦，不到八点钟就吹灭洋烛睡了。我睡不着，又起来点燃洋烛，坐在书桌前面，笔捏在手里，我却始终写不出一句有意义的话。

今天从早晨起就下着细雨，正街上显得十分萧条。下午秦家两具死尸草草地安葬了。墓地离正街有一里多路，小小一块地方，两座矮矮的新坟，还没有石碑，四周是野草和荒冢。

我带着利莎把两副白木棺材送到了墓地。我们已经跟着别人一道走开了，后来又回到那里去。这次我和利莎手里都拿着野花，是我们自己采来的。我们把花放在小小的坟墓前。利莎行着礼，她出神地望着坟，亲切地、像对着活人讲话一般地说："秦姐姐，你爱花，我给你送花来了，是黎伯伯跟我两个摘的。"

我把花分出几朵放在秦太太的坟前，对着两个坟次第行了礼。

我听见利莎还在讲话，她的眼光始终定在秦家风的坟上，她喃喃地说：

"我还要来的，我明天过生，我要来请你吃面，我早就答应请你的。黎伯伯也在这儿，我们一起吃面啊。"

敏，我告诉过你明天是利莎的生日，但是你可以想象到那将是怎样的一个生日啊。想到这，我不能再写下去了。

六

敏，今天是利莎的生日，但是一切全改变了。现在必须提笔给你写封短信，报告几件重要的事情。

上午九点钟就发了警报。小镇又遭轰炸，书店楼房全塌了，隔壁菜馆，对面百货商店和甜食店，还有别的好几家店铺，不是变成瓦砾堆，就是剩着空架子。

解除警报后我那朋友立刻把太太和小孩送到离这里十几里路远的一个亲戚家去。他自己搬进大学的教职员宿舍，还在他的房里给我安了一个床铺。张先生和黄子文，便到各人的朋友处暂住。利莎的父亲恳切地留住他们，也留住我，他说："炸了一回不算什么，我一定要设法在最短期间把书店恢复起来。"因此他需要我们给他帮忙。我答应他暂时不离开这个地方。他对我讲话，脸上不带忧戚的表情，我甚至看见了他那乐观的微笑。他的确是一个奇特的人。

利莎上滑竿以前，把我拉在一边，抓紧我的手，低声说："黎伯伯，你要到秦姐姐那儿去啊。你替我多多去看她，今天来不及请她吃面了……我自家也想不到……"她只顾眨眼睛，泪花在眼里滚动。

"我晓得，你放心去罢。我有空会去看你。"我也低声安慰她。

我轻轻地抚摩她的头，那只红缎子的大蝴蝶斜斜地歇在光滑的头发上面，颔下别着我送给她的那个蓝花大别针，身上穿一件淡青色西装，脚上穿着她父亲买来的新皮鞋，这些都是为着她的生日准备的！我想多看她几眼，但是我又不敢多看，我觉得心在翻腾。

她母亲在催她上轿了，她看了看滑竿，便转过头来匆匆地对我说："我要回来的。到了雾季我就跟着妈妈回来。"然后她跑到父亲的身边去。

她母亲带着小弟弟。她跟着父亲，王嫂押着行李，被三乘滑竿抬走了。她在滑竿上不住地对我招手，还大声嚷：

"黎伯伯，你要多多来看我啊。"

敏，现在坐在大学教职员宿舍里，一张小小的书桌前面，我还分明地听见这句话。

（你小小的利莎，是的，我要多多去看你，也要多多去看你的秦姐姐。这时你爹爹在我对面咳了一声嗽，我看他一眼，啊，还有，我也要帮忙你爹爹把书店早些恢复起来。）

敏，以上几句，应该是我对利莎说的话，我心里这样想着，不知不觉间就把它们全写在纸上了。我现在也不想将它们删去，就让它们留着做这封信的结尾罢。敌人的大轰炸已经开始，以后我的事情会一天一天地多起来，我恐怕不能够再给你写像从前写过的那样的长信了。

1941 年 12 月 4 日在桂林写完

（原载 1942 年 1 月 15 日桂林《文艺杂志》第 1 卷第 1 期）

将　军

　　"你滚开，今晚又碰到你！"费多·诺维科夫突然骂起来，右脚踢到墙角一只瘦黄狗的身上去。那只狗原先缩成了一团，被他一踢便尖声叫起来，马上伸长了身子，一歪一跛地往旁边一条小街跑去了，把清静的马路留给他。

　　"在你们这里什么都不行，连狗也不咬人，狗也是这么软弱的！"诺维科夫常常气愤地对那个肥胖的中国茶房说。他差不多每个晚上都要在那家小咖啡店里喝酒，一直到把他身边带的钱花光了，才半昏迷地走出来。在那个咖啡店里他是很得意的。他跟那个中国茶房谈话，他什么话都谈。"这不算冷，在你们这里简直不冷。在我们那里冬天会把人的鼻子也冻掉！"他好几次得意地对那个茶房说。那个中国人永远带着笑容听他说话，在这样大的城市里似乎就只有那个人尊敬他，相信他的话。"你们不行，你们什么都不行！"他想到自己受过的委屈而生气的时候，就气愤地对那个中国人骂起来。

他走出咖啡店，不过十几步光景，一股风就对着他迎面吹来，像一根针把他的鼻子刺一下。但是他马上就不觉得痛了。他摇摆着身子，强硬地说："这不算什么，这不算什么。你们这里冬天并不冷，风也是很软弱的。"他想要是在他的家乡，风才真正厉害呢！风在空中卷起来，连人都会给它卷了去。那雪风真可怕！它会把拖着雪车的马吹得倒退。他记得从前他同将军在一起，就是那位有名的除伯次奎亲王，一个晚上，他跟着将军冒雪赶到彼得堡去，马夫在路上冻坏了，马发狂似的在风雪中乱跑，几乎要把车子撞到石壁上去，还是亏他告了奋勇去拉住了马。跟风雪战斗，跟马战斗，的确不是容易的事，但是他到底得了胜利。后来进了旅店，将军很高兴地拍他的肩头说："朋友，你很不错，你应该得一个十字章！"将军还跟他握手呢！后来他升做了中尉。是的，将军很高兴提拔他。他也很有希望做一个将军。但是后来世界一变，什么都完结了。将军死在战场上，他一生的希望也就跟着将军完结了。从那个时候起，许多戏剧的场面接连地在他的眼前出现，变换得那么快，他好像在做梦。最后他漂流到了中国，这个什么都不行的地方，他却只得住下来。他住了下来，就糊里糊涂地混过这几年，现在好像被什么东西绊住了脚跟似的，他要动弹也不能够了。

"中国这地方就像沙漠一样，真是一个寂寞的大沙漠呀！好像就没有一个活人！"他走在清静的马路上，看着黯淡的灯光在寒风里战抖，禁不住要想到家乡，想到家乡他禁不住要发出这样的叹息了。

一辆黑色汽车从他后面跑过来，像蛇一般只一窜就过去了。灯光在他眼前开始打转，一圈一圈地旋转着，他好像被包围在金光里面。他不觉得奇怪，似乎头变得重一点，心却是很热的。他仿佛听见人在叫他："将军！"他就含糊地应了一声。

　　他在这里也听惯了"将军"的称呼。起初是他自己口里说着，后来别人就开玩笑地称呼他做"将军"。那个中国茶房就一直叫他做"将军"。那个愚蠢的老实人也许真正相信他是一位将军。他的态度不就像一位将军吗？每次那个茶房称他做"将军"，他就骄傲地想："你们这里有什么将军可以比得上我？他们都配做将军，我为什么不配？"他端起酒杯喝酒的时候，他用轻蔑的眼光把屋子里的陈设看一下，心里非常得意，以为自己真正是一位将军了。

　　然而从咖啡店出来，他埋头看一下自己的身子，好像将军的官衔被人革掉了似的，他的骄傲马上飞走了。在咖啡店门前没有汽车或者马车等候他，只有一条长的马路伸直地躺在那里。他要回家还得走过这条马路，再转两个弯，走两条街。路不算远，可是他每晚总要在咖啡店里坐到时候很迟才走。他说是回家，但是看他的神情，他又像不愿意回家似的。对那个中国茶房他什么话都肯说，然而一提到家他就胆怯似的把嘴闭紧了。

　　没有汽车、马车，没有侍从，没有府邸的将军，这算是什么将军呢？有时候他自己也觉得条件不够了，就自然地想到府邸上面来。"现在将军要回府邸了。"有一回喝饱了酒他就大摇大摆地对茶房这样说了，于是挺起肚子走了出去。

　　给风一吹他的脸有点凉了，脑子里突然现出了一个"家"字，好像这个字是风给他吹进来似的。于是他的眼前就现出来一个房间，一个很简陋的房间，在一个中国人开设的公寓的楼上。这是他的府邸呀。在那个房间里还住着他的妻子安娜。他自己将近五十了，安娜却比他年轻。他做中尉的时候和她结了婚。她是一个小军官的女儿，有着普通俄国女子所有的好处。她同他在一起将近二十年了，他们就没有分开过。她应当是一个很体贴的妻子。但是为什么一提到她，他就觉得不舒服，他就害怕呢？那原因他自己知道，但是他不愿意让别人知道。

"她真的是我的妻子吗?"他每次走进那个弄堂,远远地看见自己的家,就要这样地问他自己。有好几回他走到后门口却不敢按电铃,踌躇了半晌才伸出了手。茶房来开了门,他就扑进里面去,困难地爬上了楼,把钥匙摸出来开了房门。房里照例是空空的,只有香粉的气味在等候他。

"是这样的,是这样的,将军夫人晚上要赴宴会呀!"他扭燃电灯,一个人走来走去,在桌上、床上到处翻了一下,就这样自言自语。他记得很清楚,从前在彼得堡的时候,除伯次奎将军就常常让他的妻子整夜同宾客们周旋,将军自己却忙着做别的事情。"是的,做将军的都是这样,都是这样。"

虽然他这样说,但是他的心并不是很宁静的。他自己并不相信这样的话。不过他的脑子却没有工夫思索了。他就在床上躺下来,换句话说,他就糊里糊涂地睡下了。

他第二天早晨醒来,还看不见安娜。她依旧没有回家,也没有人招呼他,他还得照料自己。后来安娜回来了,她料理他们的中饭,她还给他一点零钱花。

"安鲁席卡,你真漂亮呀!"他看见妻子的粉脸,就这样说。

"费佳,我不许你这样说,你没好心的!"她走过来含笑地让他吻了她。

"我以后不说了。可是我看见你回来,禁不住又要说出这种话。"他像接受恩惠一般地接受了她的吻,说话的时候还带着抱歉的神情。

"你又喝酒了,费佳。我知道,你这个酒鬼,总把钱送到酒上面去。"她好心地责备他。

"不要说了,安鲁席卡,在彼得堡我们整天喝香槟呢!"他哀求似的说了，这自然是夸张的话，在彼得堡他不过偶尔喝香槟，常喝的倒是伏特加①。

"在彼得堡，那是从前的事。现在我们是在中国了。在中国什么东西都是冷的，生活全是冷的。"她说着，渐渐地把笑容收敛起来，一个人在那张旧沙发上坐下去，眼睛望着壁上挂的一张照片，在照片上她又看到了他们夫妇在彼得堡的生活。

他看见妻子不高兴了，就过去安慰她。他坐在沙发的靠手上，伸一只手去挽住她的颈项，抱歉地说："都是我不好，我使你不快活，你要宽恕我。"

她把身子紧紧地偎着他，不答话。过了一会儿她叹息说："那些都成了捉不回来的梦景了。"

"安鲁席卡，你又在怀念彼得堡吗？不要老是拿怀念折磨你自己呀！"他痛惜地说，他究竟热爱着他的妻子，跟从前没有两样。

"我再不能够忍耐下去了。我要回去，我一定要回去。你全不关心我，你只知道喝酒。你只知道向我要钱！"她半气愤地半带哭声地对他说了。她的肩头不停地起伏着。

这是他听惯了的话。他知道妻子的脾气。她前一晚上在别人那里受了气，她回家就把气发泄在他的身上，但是这所谓发脾气也不过说几句责备他的话，或者嚷着要回到自己的家乡去，这也是很容易对付的。但是次数愈多，他自己也就渐渐地受不住了。那羞愧，那痛苦，在他的心上愈积愈多起来。

"安鲁席卡，你再等等吧。为了我的缘故请你再忍耐一下吧。我们以后就会有办法的。我们的生活会渐渐地变好的。"他起初拿这样的话劝她。但是后来他自己的心也在反抗了。他自己也知道这

---

① 伏特加：俄国的烧酒。

些全是空话。

"变好起来，恐怕永远是一场梦！在这里再住下去，就只有苦死我！我真不敢往下想。我不知道今天以后还有多少日子？……"她开始抽泣起来。但是她还在挣扎，极力不要哭出声。

他的心更软了，一切骄傲的思想都飞走了。只剩下一个痛苦的念头。他就问："昨晚上那个人待你好吗？"他问这句话就像把刀往自己的心里刺，那痛苦使他把牙齿咬紧了。

"好？我就没遇见过一个好人！那个畜生喝饱了酒，那样粗暴，就给他蹂躏了一晚上，我的膀子也给他咬伤了。"她一面说，一面揉她的左膀。她把衣服解开给他看，肩头以下不远处，有接连几排紫色的牙齿印，在白色的膀子上很清楚地现出来。

他一生看见过不少的伤痕，甚至有许多是致命的。但是这一点轻微的伤痕却像一股强烈的火焰烧得他不敢睁大眼睛。在他的耳边响着女人的求救般的声音："你给我想个办法吧，这种生活我实在受不下去了。"他极力忍住眼泪，然而眼泪终于打败了他，从眼眶里狂流出来。他不由自主地把脸压在她的膀子上哭了。

这样一来妻子就不再说气话了。她慢慢地止了眼泪，轻轻抚着他的头发，温和地说："不要像小孩那样地哭。你看你会把我的衣服弄脏的。……我相信你的话，我们的生活会渐渐地变好的。"起初是妻子责备丈夫，现在却轮到妻子来安慰丈夫了。这一哭就结束了两个人中间的争吵。

接着丈夫就说："我以后决不再喝酒了。"两个人又和好起来，讲些亲爱的话，做些事，或者夫妇一块儿出去在一个饭店里吃了饭，自然不会到他晚上常去喝酒的那个小咖啡店去；或者就在家里吃饭，由妻子讲些美国水兵的笑话，丈夫也真的带了笑容听着。他们知道消磨时间的方法。轮到晚上妻子要出去的时候，丈夫得了零钱，又听到嘱咐："不要又去喝酒呀！就好好地在家里玩吧！"她永远说这样的话，就像母亲在吩咐孩子。但是她也知道她出去不到半点钟他又会到咖啡店去。

他起初是不打算再去咖啡店的，他对自己说："这一次我应该听从她的话了。"他就在家里规规矩矩地坐下来，拿出那本破旧的《圣经》摊开来读，他想从《圣经》里面得到一点安慰。这许多年来跟着他漂流了许多地方的，除了妻子以外，就只有这本书。他是相信上帝的，他也知道他在生活里失掉忍耐力的时候，他可以求上帝救他。

于是他读了："人子将要被交给祭司长和文士：他们要定他死罪。交给外邦人：他们要戏弄他，吐唾沫在他脸上，鞭打他，杀害他。过了三天，他要复活。"①

又是这样的话！他不能读下去了。他想："老是读这个有什么用呢？人子都会受这些苦，但是他要复活。我们人是不能够复活的。他们戏弄我，吐唾沫在我的脸上，鞭打我，虐待我一直到死，我死了却不能够复活，我相信上帝有什么好处？"这时候妻的带着受苦表情的粉脸便在书上现出来了。他翻过一页，却看不清楚字迹，依旧只看见她的脸。他实在不能忍受下去，就阖了书，把大衣一披，帽子一戴，往咖啡店去了。

他走进咖啡店，那个和气的中国茶房就跟往常一样地过来招呼他，称他做"将军"，给他拿酒。他把一杯酒喝进肚里，就开始跟那个中国人闲谈。渐渐地他的勇气和骄傲就来了。他仿佛真正做了将军一样。

"在我们那里一切都是好的，你完全不懂。在彼得堡，将军的

---

① 见《新约全书·马可福音》第10章第33—34节。

府邸里……"他得意地说了。但这府邸并不是他的，是除伯次奎亲王的，他那时是个中尉。他记得很清楚，仿佛还在眼前，那个晚上的跳舞会，他和安娜发生恋爱的那个晚上。厅堂里灯火燃得很明亮，就像在白昼，将军穿着堂皇的制服，佩着宝剑，圆圆脸，嘴上垂着两撇胡须。将军的相貌不是跟他现在的样子相像吗？那么多的客人，大半是他的长官和同事，还有许多太太和小姐，穿得那么漂亮。乐队在奏乐了。许多对伴侣开始跳舞。他搂着安娜小姐的腰。她年轻、美丽，她对他笑得那么可爱。同事们都在羡慕他的幸福。看，那边不是波利士吗？他在向他眨眼睛。波利士，来，喝一杯酒呀！尼古拉端着酒杯对他做手势，好像在祝贺他。他笑了，他醉了。

"将军，再来一瓶酒吧。"中国茶房的粗鲁的声音把那些人都赶走了。他睁大了眼睛看，白色墙壁上挂了一幅彼得堡的喀桑圣母大教堂的图画，别的什么也没有。他叹了一口气说："好，来罢，反正我醉了。"

他闭上眼沉默了片刻，再把眼睛睁开，望着中国人给他斟满了酒杯。他望着酒，眼睛花了，杯里现出了一张少女的脸，这张脸渐渐地大起来。他仿佛又回到跳舞会里去了。

他把安娜小姐拉到花园里阳台上去，时候是秋天，正逢着月夜，在阳台上可以望见躺在下面的涅瓦河的清波，月光静静地在水上流动。从厅堂里送出来醉人的音乐。就在这个时候他把他全量的爱都吐露给她。那个美丽的姑娘在他的怀里战抖得像一片白杨树叶，她第一次接受了他的爱和他的接吻。初恋是多么美丽啊，他觉得那个时候就是他征服世界的雄图的开始了。

"生活究竟是美丽的啊！"他不觉感动地赞叹起来。但是这一来眼前的景象就全变了。在他的面前站着那个中国茶房，他带笑地问："将军，你喝醉了？今晚上真冷，再喝一瓶吗？"

音乐，月光，跳舞会，那一切全没有了。只有这个冷清清的小咖啡店，和一个愚蠢的中国茶房。"这不算冷，在你们这里简直不冷!"他还想这样强硬地说。但是另一种感觉制服了他，使他叹息地摇头道："不喝了。我醉了，醉了!"他觉得人突然变老了。

"将军，你们那里的土全是黑的吗?"那个中国茶房看见他不说话，便带了兴趣地问道。

他含糊地应了一声，他还在记忆里去找寻那张年轻小姐的脸。

"我见过一个你们的同乡，他常常带一个袋子到这里来，一个人坐在角落里，要了一杯咖啡，就从袋子里倒出了一些东西——你猜他的袋子里装的是什么，将军?"中国茶房突然笑起来。那张肥脸笑得挤做了一堆，真难看。

他不回答，却让那个中国人继续说下去：

"全是土，全是黑土。他把土全倒在桌上，就望着土流眼泪。我有一次问他那是什么，他答得很奇怪，他说：'那是黑土，俄罗斯母亲的黑土。'他把土都带了出国! 这个人真傻!"

那黑土一粒一粒、一堆一堆在他的眼前伸展出去，成了一片无垠的大草原，沉默的，坚强的，连续不断的，孕育着一切的。在那上面动着无数的黑影，沉默的，坚强的，劳苦的……这一切都是他的眼睛所熟习的。他不觉感动地说了：

"俄罗斯母亲，我们全是她的儿子，我们都是这样!"他说罢就站起来，付了钱往外面走了。他的耳边响着的不是中国茶房的声音，是他的妻子安娜的声音：

"我要回去，我一定要回去。"

走在清静的马路上他又想起涅瓦大街来了，在大街上就立着将军的府邸。但是如今一切都完结了。

"完结了，在一个战争里什么都毁了！"他这样地叹息起来，他仿佛看见将军全身浴着血倒在地上，又仿佛看见人们在府邸里放了火。火烧得很厉害，把他的前途也全烧光了。

他长长地叹了一口气。眼睛里掉下几滴泪水来。

"我现在明白了。……我们都是一家的人。你们看，我在这里受着怎样的践踏，受着怎样的侮辱啊！"过了一会儿他好像在向谁辩解似的说。他悔恨地想：他为什么不回去呢？他在这里受苦又有什么好处呢？

他想到他的妻子。"我为什么不早回去呢？我受苦是应该的，然而我不该把安娜也毁了！"他禁不住要这样责备自己，这时候他仿佛在黑暗的天空中看见了那张美丽的纯洁的脸，它不住地向他逼近，渐渐变成了安娜的现在的粉脸。"她没有一点错！全是我害她！这些苦都是我给她的！诺维科夫，你这个畜生！"他的脸突然发烧起来，头也更沉重了，他把帽子扔在地上，绝望地抓自己的头发。

"我要回去，我一定要回去！"他的耳边突然响起女人的哀求的声音，他就好像看见他的安娜在那个粗野的美国水兵的怀里哭了。那个水兵，红的脸，红的鼻子，一嘴尖的牙齿，他压住她，他揉她，他咬她的膀子，他发狂地笑，跟她告诉他的情形完全一样。男人的声音和女人的声音就在他的耳边撞来撞去。

"我要回去，我一定要回去！"他疯狂地蒙住耳朵，拼命往前面跑。在他的眼前什么都不存在了。只有一张脸，一个女人的满是泪痕的粉脸，那张小嘴动着，说："怜悯我，救救我吧！"

于是什么东西和他相撞了，他跌倒在地上，完全失了知觉。等到他睁开眼睛的时候，几个人围住他，一个中国巡捕手里摊开一本记事册，问他叫什么名字。

"他们都叫我做将军，诺维科夫将军……尼切渥①……不要让安娜知道。我会好好地跟着你走……尼切渥……我不过喝了一点酒。完全没有醉，尼切渥……"他用力继续地说了上面的话。他觉得很疲倦，想闭上眼睛。他好像看见他的安娜，她在那个美国水兵的怀里挣扎，那个畜生把身子压在她的身上。他着急地把眼睛大张开，四面看。安娜不在他的眼前。他的身子不能转动了。他老是躺着。他说："带我去，带我到安娜那里去！我要告诉她：我决定回去了。"他慢慢地闭上了眼睛。

他说的全是俄国话，没有人懂得他。

1933年秋在北平

（原载1934年1月1日《文学》季刊第1卷第1号）

---

① 尼切渥：即"没有什么""不要紧"的意思。

沉　落

"勿抗恶。"

这是他常常用来劝我的话。他自然有名有姓，而且提起他的姓名许多人都知道。不过我以为只写一个"他"字也就够了。我并不崇拜名流，为什么一定要人知道他的大名呢？

"你一个人不承认又有什么用？要来的事情终归要来的。来了的事情你更没有办法叫它不来。日本把东北拿走也是如此。我们还是好好地利用时间来做点自己的事情吧。"

他常常坐在沙发上，安闲地抚弄他的小胡子，慢吞吞地这样劝我。

他说的"自己的事情"究竟是什么，他却从不曾对我说明。我问他，他也只是支吾地回答。不过有一次他曾表示他现在所做的就是"自己的事情"，就只有这一次。

我是一个愚蠢的青年。即使我自己不承认，至少他已经有了这种看法。因为他有两三次惋惜地对我说过，他有一个很得意的姓颜的弟子，比得上孔子的颜回，可惜很年轻就死去了。此后再没有一个能够完全承受他的学问的人。还有一个方云先，正准备去应庚款留英考试，但是究竟差了一点儿。至于我呢，我当然差得太远。

话虽是这么说，然而他对我还不错，他依旧时常用种种的大道理来劝我，对我谈许多话，告诉我许多事情。

他的朋友不算少，但是很少有人到他家去。我大概是去得最勤的一个了。也常有一些青年到他家去领教，不过去了一次以后就不见再去。我不知道这是什么缘故。我也曾想过几次，我自己也是青年，为什么我却常常去他家呢？其实这里面一定有原因，也许因为他对我好，也许因为我太好奇。

他有一位漂亮的太太，比他年轻。这是第二个了。而且这也是不足为奇的。许多有地位的学者教授都有年轻的太太。他的情形同他们的一样，他和太太间的感情不算好，也不算坏。我不曾看见他们吵过架，但是我总觉得他们夫妇间缺乏一种真挚的热情，彼此很客气，但是也很冷淡。虽然他当初追求他这位女学生的时候也曾激动过好一阵子，但是现在一切都平静了。他做了她的丈夫。法律上的手续一点也没有欠缺。他依旧是一位很有地位的学者和教授。

太太喜欢跳舞，他有一个时候也喜欢跳舞，但是现在他不常去那些高等华人的跳舞厅了。太太依旧常到那个地方去。他不和她同去的时候有一位朋友陪伴她，那是有名的历史教授，官费留美生，说起来也还是他的学生，曾经听过他的课。

“勿抗恶，一切存在的东西都有它存在的理由。‘满洲国’也是这样。所谓恶有时也是不可避免的，过了那个时候它就会自己消灭了。你要抗恶，只是浪费你的时间。你应该做点实在的事情，老是空口嚷着反抗，全没有用，而且这不是你的本分。你们年轻人太轻浮了。真是没有办法。"

我虽然比较能够忍耐，但是也禁不住要生气了；我就不客气地反问他："先生，你又干了什么实在的事情呢？你就不算浪费时间！"

他倒一点不生气，半得意半嘲笑地回答道："我？我做的事情多着呢！我在读书。我整天整夜地读书，思索！比你们都用功！"

我相信他的话。他有着这所王府一般的住宅，而且有一间极华丽、极舒适的书斋，当然可以整天关在那里面。他的藏书的确不少，一个玻璃橱一个玻璃橱地装着，陈列在宽大的客厅和宽大的书斋里。而且每一本书的装帧都是很考究的。里面英文、日文的书不少，中文书也很多。

"我劝你还是多多读书吧。这是很要紧的。一个人少读书是不行的。中国现在需要的就是埋头读书的人，它用不着那般空喊着打倒这打倒那的青年。我读了这么多的书，还觉得不够。你们年轻人不读书怎么行！要收复东北，也得靠读书。"他带了点骄傲地对我这样说教。

说到读书上来，我只好闭口了。他读过那么多的书，而我所读过的连他的藏书的十分之一也不到，其实恐怕还只有百分之一！听了他的这番读书救国的大道理，我不觉带了钦佩的眼光看他，我很奇怪他这个瘦小的身体怎么装得下那么多的书。

"要宽容，要尊重别人。没有绝对的恶。在我们中国，各种人都该尊重，他们的努力都是有用的。每个人都该守本分地埋头做自己的事情。所以你应该好好地用功读书，不要管别的事情。你准备毕业后去应庚款考试留学英美吧？"

我听了他的教海，告别回来。走进公寓里，刚刚打开自己的房门，看见那个窄小低湿的房间，我忽然想起了 Boxer Indemnity

Student①这个称呼（我听见一个英国人轻蔑地这样叫过），不知怎样总觉得浑身不舒服。他竟然拿这个当做我的理想！我对他的话渐渐地起了反感。我看我的小书架，架上只有三十多本破书，而且有几本还是从图书馆借来的。我怎么能够同他相比呢？我没有他那种环境。

"环境算什么？苦学能够战胜一切，学问的宫殿不分贫富都可以进去。"他常常这样鼓励我。

他的话说得倒漂亮。所有他说过的话都是很漂亮的。他从不去想离事实究竟远或者近。我走出他家的大门，就有点疑惑他的话；我走进自己的房间，我对他的尊敬就动摇了。

有几次我真正下了决心说：关起门读书吧。但是我的房间和他的书斋不同，我虽然关起门，心还是照旧地跑到外面世界去。我阖上书本思索，我的思想却走得更远，而且更大胆，我差不多把他的全部道理都推翻了。我连学问的宫殿的大门也不想伸手去挨一下。

说句老实话，我对他的尊敬一天一天不停地减少。我有好几天，不，一个多月，不到他那里去了。于是他寄来一封信。

他的信也有一种独特的格式，不仅格式，而且连字句、思想都像是从几百年前的旧书里抄下来的。他写了许多漂亮的话，无非问我这许久为什么不到他家里去。

为了好奇，也许还为了别的缘故，我这下午便到他那里去了。他的听差素来对我很客气，不用通报就让我大步走进去。

院子里开着各种草花。一个葡萄架搭在中间。我一个多月不来，这里的景象也改变了。在客厅的一角他的太太正在同历史教授亲密地谈话。她打扮得很漂亮，大概新从外面回来或者正预备到外

---

① Boxer Indemnity Student：英文，庚子赔款学生。

面去。

他们不曾注意到我，我连忙把脚缩了出来。我不去打扰他们。我知道那位历史教授很崇拜她。据说历史教授曾经写了好几首英文诗献给她。有人甚至说过他们中间有着柏拉图式恋爱的关系。这都是可能的，而且很自然的。历史教授相貌漂亮，年纪轻，谈吐又讨人欢喜。这样的人同她在一起是相配的。恐怕连做丈夫的他也没有别的话可说吧。

我走进了他的书斋。他安适地坐在小沙发上，手里拿了一卷线装书摇头摆脑地低声诵着。

"你来了！"他放下书含笑地招呼我。

"一个多月不见，你的学问一定大有长进。这些时候你一定读了不少的书。"

我老实地告诉他，这一个多月里，我没有从头到尾地读完过三本书。这使他非常吃惊了。

"那么你究竟干了些什么事情呢？你们年轻人这样不知爱惜地浪费时间，真可惜！"

一个多月不见面，现在我得到他的信来看他，他劈头就对我说这样的话！我心里有点不高兴，便嘲笑地反问道：

"先生，你呢？"

"我么？我最近买了一部很好的明人小品。"他似乎并不觉得我的话有点不恭敬，他很得意地拿起那本书，指着它对我说，"这是一部很难得的书。明朝人的文章写得真好，尤其是他们的生活态度。这部书你不可不看。"他把书递给我。

我把书接到手翻了几页，是个袁什么的日记，我也不去管它，只是轻蔑地摇摇头，把书还给他，不说一句话。

他瞪了我一眼，显然他看出我的态度了。他不满意我，但是他能够宽容，能够忍耐。他依旧温和地、不过带了点责备地对我说：
"怎么，你们年轻人总是看不起这看不起那的，其实人家事事都比
你们强。这样的好书，你们很难有机会读到。你不肯正眼看一下！
这种态度不成！"

自然我的态度同明朝人的差得很远，我自己也知道。我不能够
宽容，不能够忍耐，我自己也知道。

他看见我不说话，以为我信服他的道理了，便又高兴地说：
"我还买到一个宋瓷花瓶，的确是宋瓷，可惜你不懂。"

他这次并不把花瓶给我看，因为他知道我不能认识它的价值。

"年轻人应该用功啊。我们祖宗留下的宝贝真多，做子孙的要
是不能够认识它们，这是多么可羞的事。所以我劝你多多地用功。
学问是无止境的。年轻人除了用功读书以外还有什么事情可干
呢？"他很有把握地对我这样说教，同时他威严地抚弄他的小胡子。

从前有几次我对他这种话也曾用心地听过，可是如今听起来总
觉得有点不顺耳。特别在今天我不能够忍耐。明朝什么宋朝什么已
经把我的脑子弄昏了。我生气起来：他为什么要把我找来这样麻烦
我呢？我开始明白那些青年到他家来一次就不再来的原因了。

"先生，你要知道我今年才二十三岁！"我忍不住这样叫了。

"二十三岁正是用功的时候。青年时代的光阴是很可宝贵的。"
他依旧谆谆地劝导我，他完全不了解我的心理。

"那么我还用得着管明朝人写了什么书，宋朝瓷器有什么价
值？那只是你们这种人干的事情！"这一次我很不恭敬地说了。

他明白了我的意思。他的脸色立刻变了，红一块白一块；宽边
眼镜下面的眼睛恶狠狠地望着我；他微微喘着气，嘴一下张开，一
下又闭着，好像有话要冲出口，但是又没有能冲出来。

看见一个宽容论者生了气，我倒暗暗地笑了。我起初打算就在

这个时候走开，然而现在我倒想留在这里欣赏他的怒容。我知道一个劝人忍耐的人的怒容和明版书一样，人很难有机会见到。

"你去吧。"他挣扎了一会儿，终于叹了一口气，对我挥手道。

我就坐在他的对面，并不移动身子。我甚至更冷静地细看他的面容。

他的眼光渐渐地变温和了。脸上的表情也由愤怒变到了懊恼。

"宽容也不是一件容易的事情吧。"我讽刺地自语道。我的眼睛仍然不放松他。

"不用再说了。你将来总会有懊悔的日子，你会明白我的话不错。"

我哪里有耐心去听他的话，我完全在想别的事情。我对他的尊敬这一次就完全消失了。

"你记住我的这些话，你将来会明白，我年轻时候也是你这个样子，我现在才知道当初的错。你将来也会后悔。你辜负了我的一番好意。"像在作最后的挣扎似的他还努力来开导我。

我记起来了。别人告诉过我他从前的确写过文章，劝人不要相信存在的东西，劝人在恶的面前不要沉默，劝人把线装书抛到厕所里去。……还有许许多多激烈的主张，而且那个时候他完全用另一种文体写文章。别人的确对我说过这些事情。但是我不能够相信，我也不把它们放在心上，因为这跟他现在的一切差得太远，太远了。固然时间会使人改变，但是我不相信在十几年里面一个人会变成另一个跟自己完全反对的人。然而这一切如今都被他自己的话证实了。这一下巨步究竟是怎样跨过去的！这简直是一个令人不能相信的奇迹！

我好像在猜谜般地望着他的脸。我想从它上面找出一点年轻时代的他的痕迹。一个圆圆的光头，一副宽边的大眼镜，一嘴的小胡子，除了得意和满足外就没有表情的鸭蛋形的脸。这些只告诉我一件事情：一切存在的东西都有它存在的理由。

这一次我觉得自己的身子突然伸长起来，比他高了许多。我从上面射下眼光去看他。我想，你自己也已经没有存在的理由了。

"你为什么要这样看我？你是在分析我？"他忽然注意到了我的眼光，从这眼光他知道了我的心理。他渐渐地现出了不安的样子。

我点了点头。

"你真奇怪。我从没有见过像你这样的年轻人。"他说。

"你没有尊敬！你没有信仰！"他加重语气地继续说，"你什么都看不起！什么都不承认！"

我不大明白他的意思，但是我已经看出来我的态度引起了他的烦恼，而且使他发现一些从未到过他的脑子里的事情了。

"你完全不像中国人，完全不像！"他略略摇着头烦躁地说。

我看见他的得意与满足给我赶走了，我看见他带着从来不曾有过的烦恼的表情说话，我感到很大的兴趣。

"你完全不知道中国的历史，你完全不知道我们祖宗留给我们的宝贝。你的思想很奇怪，很奇怪。你不是同我们一样的人。"他吃力地说着，一对眼睛在宽边眼镜下面痛苦地转动，脸色由于兴奋变红了。他比平日有了更多的活气。但是我却注意到一个阴影慢慢地走上了他的眉尖，那本袁什么的书无力地落在地上，离痰盂很近，他却不曾注意到。

"那么你愿意知道我现在的思想么？"我挑战般地问他道。我相信他要是知道我这时的思想，他的惊奇和痛苦还会比现在的更大。

"不，不！"他猛省地对我挥手说，他甚至带了哀求的眼光看我。他绝望地躺在沙发上面，显得十分瘦小无力。

"这个人究竟还有点心肝。"我这样想着，就站起来，不再麻烦他了。

我走到门口正遇见他的太太挽着历史教授的膀子有说有笑地走出去，门前停着一辆汽车，两个人进了里面就让汽车开走了。

我站在门前，不觉又想到书斋里面的他，我自己也很奇怪，今天居然跟他谈了这样的一番话。

以后的好几天里面我差不多完全忘记了他。但是报纸上刊出了他和他的太太的名字。他在一个大学里面演讲莎士比亚的悲剧。过了两天他又在另一个大学里演讲公安、竟陵派小品文的价值。

关于他的太太的消息更多。譬如她在一个慈善的游艺会里演奏钢琴，或者某要人在什么花园大宴外宾请她担任招待，或者外国某著名文学家来游览，她陪他参观了什么古迹。

从这些消息我便想起这一对夫妇的生活来。这不能不说是很有趣味的事。但是我又想：他不是说过一切存在的东西都有它存在的理由么！我何必去管他们的闲事。

我依旧把他的劝告抛在厕所里。我整天整夜地浪费时间，不守本分地去做那些非"自己的事情"。

一天上午我在英文报上读到 Boxer Indemnity Scholarship Student 放洋的消息。晚上我走过一家戏园，无意间遇见了他和他的太太。他们正从汽车里出来。戏园门口挂着大块的戏牌，上面写着李香匀的《得意缘》，我知道他又在陪他的太太听戏了。

他先唤我的名字。我只得站住了，跟他打招呼。

"你知道云先今天放洋么？云先平日很用功，所以有这个报酬。你将来也可以去试试看。"他温和地对我说，很高兴，因为方云先是他的一个得意学生，毕业以后还常同他来往。我在他那里见过方云先，是一个和他同一种类型的人。

我看见他温和地对我说话，好像完全忘记了那一天的事情，我也打算客气地同他敷衍一下。我招呼了他的太太。恰好这时候历史教授来了，把她拥进了戏园。他却站在门口等我的答话。

"你这几天读了些什么书？还是像从前那样地浪费时间吗？"他依旧温和地问我。

我刚要开口，忽然有一种奇怪的感觉把我抓住了，我分辨不出是怜悯还是憎厌。我完全失掉了控制自己的力量。我粗鲁地回答道："你知道中国人民还要担负庚子赔款多少年？我这几天正在研究这个问题。"

他的脸色马上变了，他略一迟疑就转身往里面走了。这句话大概很重地伤害了他。

事后我也不去找他。过了几个月，有一天他寄来了一封信，这封短短的信跟他从前的信不同，里面似乎有他自己的感情，而且带了点忧郁、伤感的调子。他希望我有时候去看看他，不要跟他疏远。

一个多星期以后我走过他的住宅门前，便进去了。

这天他没有课。他穿了件晨衣躺在书斋里小沙发上，手中拿了一本英文小书，无精打采地读着。

"你来了，很好。"他的嘴唇上露出了疲倦的微笑，把书翻过来放在沙发靠手上。我一眼就看见那是英译本的《契诃夫短篇集》。

他看见我的眼光落在书上，便解释道："这几天我专门在读契诃夫的小说。觉得很有意思。这的确是有价值的作品，你也可以找来读读。"

我坐下来，正要开口，一种莫名的憎恨突然把我抓住了。我带了点恶意地向他挑战说："你喜欢契诃夫，你知道契诃夫小说里的人物很像你吧。"

他不自觉地点了点头。但是他又猛省地摇着头说："不，不！"

他用了惊疑的眼光看我，好像我揭发了他的什么不愉快的秘密。

"那么连你也不愿意做契诃夫小说里的人物吗?"我这样追逼地问道。

"你这句话是什么意思?"他反问道。

"整天躲在房间里，谈着几百年前的事情怎样怎样，相信着一切存在的东西，愿意听凭命运摆布，不肯去改变生活……这不是契诃夫小说里的人物吗?"

他没有话回答了。他的脸上现出了痛苦的表情。他把眼光埋下去，好像故意在躲避我的注意。过了半晌他才抬起头，用一种无力的绝望的眼光看我，口里呻吟般地说："你也许有理。我是完结了。我们这种人是完结了。"

撇开了宋瓷花瓶，撇开了袁什么的日记，撇开了公安、竟陵派的小品文，撇开了明朝文人的生活态度，撇开了他念念不忘的"庚子赔款"，他这一次终于说了真话，他自己承认他是完结了。一种严肃而带悲痛的感觉抓住我。我仿佛就站在一副刚闭殓的棺材前面。

"我看不见，看不见，在这个书斋里我什么都看不见。啊……"他诚恳地小声说，他说话很费力，好像在跟什么东西挣扎。他无力地举起右手指着那些精美的书橱说："都是它们!我只看见这些!我只知道……我只看见过去，我的周围都是过去。……都是死的，都说着死人的话，我也重复说着……"他说下去，声音更像哀号，而且出乎我意料之外，我看见从他的眼角淌下了泪珠，泪珠在他的脸颊上爬着!他并不去揩它们!这是我看见他第一次流泪，我的心软了。

"那么你不可以改变你的生活吗?"我同情地问道。我想，他既然知道他的错误，当然比较容易地改正它。

"改变生活？你说得这么容易！"他痛苦地说，"我是生根在这种环境里面了。我是完结了。我只能够生活在这种环境里面。一天，一天，我是愈陷愈深地沉下去了。沉下去，就不能够——"

他忽然闭了嘴，仿佛一阵悲痛堵塞了他的咽喉。他开始微弱地喘息，眼睛里带着绝望无助的表情。眼泪接连地沿着面颊流下来，爬进了他的时张时阖的嘴，给他吞下去了。

房间里是一阵沉寂。院子里也没有一点声音。这样的沉寂真可怕。好像一切的运动已经停止，这个世界已陷入静止的状态，它的末日就快来了。

我坐在他的对面。他的喘息声直往我的心上扑过来，仿佛这个世界里就只有他的喘息，一个绝望的人的无力的喘息，这是多么可怕！空气变得非常沉重，一刻一刻地压下来，逼近来，我开始感觉到呼吸困难了。我连自己的心跳也听得见，这个房间就像一座古墓。我想他每天每天埋在这里面，听着自己的心跳，读着那些死了的腐儒的著作，怎么还能够保持着活人的气息呢？这时候我对他的将来不能够再有丝毫的疑惑了。一个坚定的、命令般的声音在我的脑子里响着：他是完结了，无可挽救地完结了。

他不能够说话。我也不作声，我知道话是没有用的了。我很想走，但是我并不移动身子，我仿佛在等候一个惨痛的灾祸的到来。

不到一会儿工夫，忽然空气震动起来。汽车的喇叭打破了这种难堪的沉寂。我们在房里听得清楚，汽车开到大门口就停止了。我知道他的太太回来了。但是他依旧无力地躺在沙发上，好像没有听见车声一般。

于是两个人的脚步声和谈话声就在我的耳边响起来。他的太太穿着1933年的新装，满面春风地走进房来，后面跟着那位有名的历史教授。

　　他看见太太进来，他的脸色马上就改变了，接着举动也改变了。他带着笑脸去应酬她。她是一个交际明星，对丈夫也会用交际手腕，不消几句话她就把他弄得服服帖帖，而且有说有笑了。我没有工夫看这种把戏，就趁这个机会告辞出来。

　　回到家里我想到他，仿佛看见他的面孔在我的眼前沉下去，沉下去——于是沉到深渊底看不见了。我只记住他的一句话："我是完结了。"

　　我也不再去找他，因为在我的脑子里他已经不存在了。而且我相信以后除了他的死讯外，我不会再在报纸上或者别的地方看见他的消息。

　　然而使我非常惊奇的是，过了几天报纸上就刊出他在某大学讲演明朝文人生活态度的消息。接着又看见他写了大捧袁什么的文章。两个多月以后他标点的袁什么的著作出版的广告又在报上登出了。又过了半年的光景，我就听见人说他做了某某部的一个领干薪的委员。这某某部也许就是教育部，不过我没有听清楚。这样看来他大概努力在往上浮，往上浮。但是实际上他却越发沉下去，沉下去了。

　　他的太太的消息报纸上刊得更多。画报上也常常印出她的照片，下面还附了一些按语。最后一个消息是她跟她的丈夫离婚，同那个有名的历史教授结伴到美国游历去了。这一年正是历史教授在大学里的休假期，他要到哈佛大学去主讲中国史学。

　　我知道这件事会给他一个很大的打击。但是我也不去管他，我早把他当做另一个世界里的人了。

　　然而又一件使我惊奇的事情发生了。他的太太赴美后不到九个星期，他就寄了一张和某女士结婚的通知来；更奇怪的是不到一年报纸上就刊出了他的死讯。事情竟然变化得这么快！这么突然！

　　报纸上刊载了不少哀悼他的文章，好些刊物为他出了特辑，印着他的种种照片。从那些文章看来，似乎所有识字的人都是他的崇拜者，大家一致地说他的死是中国文化界的一个大损失。连那些不认识他的人也像写哀启一般地为他写了传记。

　　但是我，我虽然也为他的死叹了一口气，我却不曾感到些微的损失。并且我倒为自己庆幸，那"勿抗恶"的声音是跟着他永远地死去了。

1934年秋在上海

（原载1934年11月1日《文学》月刊第3卷第5号）

鬼

——一个人的自述

我的面前是海水，没有颜色，只是白茫茫的一片。天边有一段山影，但这时差不多淡到看不见了。沉下去的太阳放射着金光，在水面上拖了一段长长的影子。我的眼睛一花，就觉得这影子从太阳那里一直拖到了我的面前。倘若我乘了这影子去，也许会走到太阳那里罢：有时我发过这样的痴想。

我曾被堀口君开玩笑地称作一个空想的人。堀口君这时候就站在我后面。他正对着海在祷告，或者用他自己的话来说，在念经。

我见过海的各种面目了。它发怒的时候，它微笑的时候，它酣睡的时候，我都曾静静地偷偷在它上面走过，自然是怀了不同的心情。但像这样恬静的海面，我却是第一次见到，这时候除了偶尔发生到太阳那里去的痴想外，我对着海没有一点别的感觉。

我脚下是一块突出的岩石。水快要漫上岩石了，却没有一点声音，水是那么清澄，水底的贝壳和沙石都看得见。

在我后面右边是浴场，现在却只有一座水榭似的空屋留在那里，表面上像是沉静的，然而它却把堀口君的祷告的尾声重复叫了出来。

堀口君没有注意。他闭着眼、合着掌虔诚地念着一些我不懂的句子。他先前抛到海里的一包食物不知道被冲到什么地方去了。只有那张报纸还悠悠地躺在水面上，缓缓地往前流去，也许它会把这世界的消息带到太阳那里去吧。

虽然是在正月，海风吹到脸上也不会叫人觉得冷，却仿佛送了些新鲜空气进我的身体里来，这一向闷得透不过气的我现在觉得畅快多了，要不是这位朋友在旁边，我也许会大声唱起什么歌来。

堀口君在我不注意的时候，突然闭了嘴，用感动的声音对我说："张君，回去吧。"我连忙转过身子，快步走了。我也只得跟着他走。虽然他还警告地说："不要回头看，看了灵魂会跟着我们回家的。"但我也偷偷地几次掉过头去看海面，因为我爱看那沉下去的太阳。

归途中堀口君的严肃的面貌使我感到了被压迫似的不舒服，而他那恐惧般的沉默更引起了我的烦躁。我和他走过了宽广的马路，走过了几条点缀着常春树木和精致小屋的弯曲的窄巷。我终于不能忍耐地问道：

"你真的相信灵魂的事情吗?"

他惊讶地看我一眼，敬畏地回答道：

"不要说这样的话呀！我昨晚还分明看见她。她的灵魂已经来过三次了。上一次我还不知道她死。果然以后马上就得到了她的死讯。这次她来，是求我超度她，所以我给她念了一天经，把她送走了。"

堀口君的脸上依旧带着严肃和敬畏的表情，但这只是表面上的，我知道在这下面隐藏着什么。

他并不直截了当地答复我的问题，却只是重复说着那些旧话，那些我已经全知道了，都是从他的嘴里听来的。

女人的姓名是横山满子。我曾见过她几面，这是好几年前的事情了。那时我和这位朋友都还在早稻田大学里读书。我们虽然不是同一个国籍的人，我们的姓——"张"和"堀口"代表了我们的国籍，但我们仍有许多接近的机会，于是我们成了朋友。

堀口君的清瘦少须的面孔表示了他的性格，他是个温和到极点的人，我和他同学的三年中间没有看见他发过一回脾气。他的境遇不很好，家庭间的纠纷很多，父母都不喜欢他，这些都是某一个晚上我们喝了几杯正宗酒以后在牛込区一带散步时，他娓娓地告诉我的。

家在新潟县。那是个什么样的地方，我不知道，总之是乡下罢了。住处是牛込区原町一家楼上的贷间①。三铺席的窄得几乎叫人转不过身来的房间，他居然在那里住了三年。家里寄来的钱不多，假期内他也不回家去，依旧留在吵闹的东京，过他的节俭的生活。

我的思想和他的差得远。他是个安分守己的人。日莲宗的佛教是家传的。他自己并不坚决地相信它，不过自小就活在那种环境里，从没有怀疑过那宗教是什么样的东西，也就把它当做养料般地接受了。

父母来信责骂他，父母的意见永远是对的。报纸上说了什么话，也不会错。日本政府在替人民做事，兵士保护人民，俄国人全是他们的死敌，——这些都是他的信仰，他似乎从来不曾怀疑过，但也并不热烈地主张或者向人宣传。虽然是信仰，却也只是淡淡地信着罢了。要是不同他相熟，谁也不会知道的。

---

① 贷间：出租的房间（日本话）。

　　我们是政治经济系的学生，换句话说，就是每天不得不到教室里去听那些正统派的学者鼓吹资本主义。我听久了，也生厌起来。他却老是那样注意地听着。但是下课后偶然和他谈起什么来，他又像不曾用心听过讲似的。因此大考的成绩并不好。他也不管这个，依旧继续用功，而第二年的考试成绩也不见好一点。

　　就是这样的一个学生，却做了和他性格完全相反的我的朋友了。

　　"不要老是这么愚蠢地用功吧，多玩玩也好。"我常常半开玩笑地这样劝他。他自然不肯听从我的话，但有时也很为我所窘。譬如我约他一起到什么地方去玩，他虽然不愿意，也只得默默地陪了我去。我明明知道他的心理，却装做不知道似的故意跟他开玩笑。

　　第三学年开始以后，他的生活就渐渐地有一点改变了。清瘦的面孔上多了一层梦幻的色彩。在教室里也不常做出从前的那种痴样子，却时常无缘无故地微笑着。但这情形除了我以外恐怕就没有人注意到，理由也很简单，我在班上是最不用功的学生。

　　我起初为他的这种改变感到惊奇，后来也就完全明白了。某一个星期日我在上野公园遇见他。我隔着池子唤他，他没有听见，却只顾往前面走了。他平时几乎不到公园来，这次还带了一个穿和服的年轻女子。她的相貌我不曾看清楚，从侧面看去似乎很苗条，而且是剪了发的。

　　第二天在课堂里遇见他，就对他说："我昨天在上野遇见你了。"

　　他不说话，吃惊地红了脸，微微点一下头。

　　下课后和他一道走出学校来，终于忍不住问他："那女子是什么人？"

．

我看出他的受窘的样子。但他并不避开我，却诚实地回答道："我的一个远亲的姑娘，也是从新潟县出来的。"

他看见我现出不满足的神情，便加了一句："横山满子君是个很可爱的姑娘。"

"啊，原来如此……"

这一天关于横山满子君的话到这里就完了。过了几天见着他时我又问：

"喂，满子君怎样了？"

他用了责备的眼光看我，略略红了脸，却诚实地答道：

"昨晚去看过她。"

以后的话他再也不肯说了。

我对横山满子君的事情虽不知道，却很高兴堀口君有了一个这样的朋友，因为至少她使他不再像从前那样愚蠢地用功了。我是一匹不受羁绊的野马，所以不高兴看见别人在陈腐的书本里消磨日子。

那时我住在马场下一家乐器店的楼上，是个吵闹的地方。

在一个星期六的傍晚，红灯笼一般的月亮从这都市的平房顶上升了起来，深秋的天气清朗得连人的内脏也揩干净了似的，晚风微微吹拂着道旁的玩具似的木屋，连日被资本主义和什么什么立国论弄昏了脑子的我，看见自己房里到处堆着的破书就烦厌起来，只想出街走走。走到街上又想到公园去玩，于是顺便去拜访堀口君，打算邀他同到上野去。

堀口君的房东太太同我很熟。她对我温和而奇怪地笑了笑，低声说："上面还有客人呢！"于是高声招呼了堀口君，一面让我走上楼去。

　　我一面嚷着，一面大步走上去，还不曾走到最上的一级，堀口君就赶到楼梯口来迎接我了。脸上带了点慌张的表情，好像我的来访颇使他受窘似的。

　　"怎么样？到上野去玩，好吗？"我见着堀口君，不管有客没有客，就大声叫起来。

　　"满子君在这里。"他严肃地小声对我说，头向着房间那边一动。

　　"唔。"我含糊地应了一声，觉得有些好笑，也就糊里糊涂地跟着堀口君进了房间。

　　那个跪在座蒲团上面的女子看见我走进就磕头行起礼来。我只得还了礼，一面口里也含糊地说了两三句客气话，每句话都只说了一半，连自己也不大明白。我素来就是这样。其实心里很讨厌这种麻烦的礼节，但又不好意思坦然受人家的礼。这样一来连堀口君的介绍的话也没有听清楚，也许是他故意说得那样含糊。

　　行过礼以后大家都坐定了。他们两个恭恭敬敬地跪在那里，不知礼节的我却盘腿坐着。觉得无话可说，就拿起在旁边碟子里盛着的煎饼果子之类来吃，一面暗暗仔细地打量跪在我斜对面的横山满子姑娘。

　　梳着西式头，浓密的短鬈发垂在颈际，衬出来一张相当丰满的白面庞，面貌是小心修饰过的，并不十分美丽，但一对清澄的眼睛使这张脸显得有了光彩。据说日本女人很会表情，也许是不错的。满子姑娘的表情的确很漂亮，给她添了不少的爱娇。她说话时比她沉静时好看。但她不常说话，似乎沉静了一点，也许是因为有这个陌生的我插在中间的缘故，我想他们两个人在一起时决不会是这样沉静的罢。

　　我们谈了一些平常的话。我知道她同父母住在一起，父亲在陆军省里做小职员，哥哥到大连去了；母亲是第二个，还有一个刚进中学的弟弟。这些在堀口君看来也许是了不得的重要，但跟我有什么关系呢？我只要看出来这位姑娘在性格、思想方面和堀口君像不像就够了。反正坐在这三铺席的房间里很拘束，要是把他们两个都拉到上野去，于他们也不见得方便。结果还是我一个人走罢。正在这样打算的时候，忽然听见了满子姑娘的问话。

"张君，方才堀口君说起您在欧洲住过，真是羡慕得很。那些地方一定很好罢？"

自己跟着父亲在法国住过几年，还在法国的小学毕业，这是好些年前的事了，曾向堀口君说起过，所以他把这也当做介绍词似的对满子姑娘说了。

"那是做孩子时候的事情，现在也记不清楚了。我总觉得各地方的情形都差不多。也没有特别好的地方。"

"法国一定是个自由的地方吧？我想那里的女人一定很幸福。我读过几本法国的小说，真是羡慕极了，连做梦也会梦到那样的地方呢。"她憧憬似的说，那一对水汪汪的眼睛追求什么似的望着我，仿佛要从我的脸上看出法国青年男女的面目，甚至于法国社会的全景来。

没有读过一本法国小说，而且只在法国小学里尝过那种专制的滋味的我拿什么话来回答她呢？我被这问话窘住了。

在她呢，她被热情燃烧着，先前那种少女的羞怯的表情完全消失了。那件紫地红白色花朵的绸制的"羽织①"陪衬着她的浓施脂粉的脸庞，在电灯光下面光辉地闪耀起来，吸引了堀口君的全部注意力。在旁观者的我看来，这两个年轻人都为爱情所陶醉了。不同的是：男的醉在目前的景象里，而女的却放纵地梦想着将来的幸

---

① 羽织：日本式的上衣。

福。只有我这时却仿佛看见了另外的一个景象。满子姑娘跪着的姿势在堀口君的眼睛里是极其平常的罢，但我却看出来一代的日本女子跪着在向天呼吁了。

"也许是的。我却一点也不觉得，小说之类的东西我一页也没有翻过。"我直率地回答道，知道也许会被他们嘲笑。

果然满子姑娘低下头笑了，接着自语似的说一句："许是张君客气吧。"便掉过头去，富于表情地看了堀口君一眼。

"张君，你不知道，满子君读法国爱情小说差不多入了迷，她读法国小说才高兴。她读近松秋江一类的小说都要流泪的。"堀口君带笑地给我解释，而满子姑娘却有点不好意思，微微红了脸。其实连近松秋江是个什么宝贝，我都不知道。

满子姑娘和堀口君低声说了几句话，我没有听清楚，仿佛她要他向我问什么话，他说不必问的样子。我也不去管这个，却准备着告辞的步骤。忽然满子姑娘又向我发问了：

"张君，法国女人和日本女人哪方面好，您可以讲讲吗？您喜欢法国女人，还是日本女人？"

她急切地等着我的回答，我是知道的。但我却不知道应该怎样回答她才好。若说两方面都不喜欢，那倒合我自己的意思，但是又对不住堀口君了。似乎是应该说喜欢日本女人的，而我却老实不客气地回答："我完全没有注意过。"

我自己也看得出来满子姑娘被我这回答窘住了，但我也找不到话来安慰她。倒是堀口君聪明，他开玩笑地插嘴说：

"你别问他这些事，学经济的人都是没有情感的，脑子里只有那些长得没有办法的数字。"

从堀口君本人笑起，三个人全笑了。这算是解了围。我看见满子姑娘同我渐渐地熟悉起来，害怕她还要用法国的什么和日本的什么向我作第二次的进攻，连忙站起来，并不管失礼不失礼，什么客套话也不说，就借故慌忙地逃走了。

以后，我就再没有和满子姑娘对面谈过话，在公园遇见她和堀口君在一起的事，也有过两三回，但都只是远远地看见她的背影或者侧面。我因为怕她再用什么来进攻，所以连堀口君的住处也索性不去，偶尔去时，也是先断定了在那个时候不会遇见她才去的。堀口君好像不知道这个，他还"满子君问你好"，"满子君又问起你呢"地屡次对我说，使我很难回答他。有一次他说约了满子君去什么地方，要我同去。虽然我不想谢绝他的好意，但也终于借故谢绝了。

我虽没有和满子姑娘再见面，但我可以从堀口君的脸上知道她的消息。的确那张清癯的脸把他们两人的种种事情毫不隐瞒地报告出来了。我清清楚楚地看见阴影走上了他的脸。他的父亲从新潟县写了很长的信来，否认他同满子姑娘订约束的事，并且将他痛斥了一番，——即使他不告诉我这些话，我也可以从他的面孔上看出来。后来他又告诉我：满子姑娘的父亲采纳了在大连的哥哥的意见，对他们的约束也突然反对起来。

二月初某星期日的上午，我去找堀口君，打算把他的课堂笔记借来翻看一下。毕业期近了，大家都忙着预备考试，连平日不注意听讲的我也着急起来，因此我想堀口君一定在家里用功。但我走进他的房间，却看见他和满子姑娘跪在座蒲团上对哭。看见平日非常用功的学生到了这个地步，也有点可怜他。自己每天在报纸上看见什么"心中①"，什么"心中"，心里担心着不要他们两个也来一下

---

① 心中："殉情"的意思。在日本一对情人一块儿自杀叫做"心中"。

情死，怎么办？想劝他们，又找不出话来说。自己的口才拙，是不必讳言的。同时又想到这边报纸上近来正骂着女人只顾爱情不知国家，似乎朝野异口同声地要女人同国家结婚养小孩。所以我也只得闭口了。堀口君倒拭着眼泪来和我应酬，我反而现出狼狈的样子。满子姑娘只顾俯着头哭，我也没有理她。从堀口君手里接过笔记簿，就匆忙地告辞走了。堀口君把笔记簿递给我时，曾绝望地对我表示就是不毕业也不要紧。我知道这不过是一时的悲愤语。

　　三月里我和堀口君都毕了业。成绩不好，这是小事。重要的是毕业把我们两个人分开了。我老早就担心着他会同满子姑娘来一下"心中"，看见他的脸色一天天愈加难看起来，更不得不为他的事情发愁。但是我们毕业后我在日本各地游历时期中，报纸上并不曾刊出堀口和横山两人的情死的消息。在神户上船回国以前我还照着他写给我的地址寄了一封信去。

　　在中国虽然处着种种艰难的逆境，我也是坦然下着脚步。我被一个大学聘了去教书，但在绅士们中间周旋不到两年以后，觉得还是做挑粪夫干净一点，就这样被人排挤出了学校。一个筋斗从讲坛翻到社会里，又混了几年。做教授的时候倒常常想起堀口君，心里想：像我这样的蠢材，也穿起了绅士衣服在大学里混起来，不知道堀口君会有什么样的感想。他大概不会有什么好的职务吧。于是在看厌了绅士们的把戏以后觉得寂寞时，就给堀口君写了一封一封的信去。他也把一封一封的回信寄来，从没有失过一次约。信里的句子是我意想不到地亲切和真挚。他做了一个商业学校的教员，和一个姓"我妻"的女人结了婚，生了小孩。生活并不如意，但也没有什么额外要求地过着日子。他的信和他的人完全一样，不仅他的安分守己的态度没有改变，他在思想上更衰老得把家传的宗教当做至高无上的安慰了。他有一次甚至明白地表示"活着只是为了活着的缘故",而且"只求无病无灾地把小孩养大就好"。

我在中国社会里翻了几年的筋斗以后,终于被放逐似的跑到堀口君的地方来。

先前接过他的一封信,写着:"……既然你没有法子应付你们那里的社会,天天为着种种事情生气,倒不如到我这里来住住也好。我这里虽没有好的东西款待你,但至少我是把你当做弟兄一般看待的,不会使你有什么翻筋斗的麻烦。而且这里的纤细的自然正欢迎着在你们的大自然中厌倦了的你呢!"

我本来没有从中国社会退却的意思,然而读了堀口君的来信,就觉得还是到外面去玩玩好,就这样敏捷地离开了中国。

堀口君的小家庭是在海边的一个安静的小城市里。一切景物正如堀口君的信上所说,都是纤细的。房屋是可移动的小建筑物。山没有山的形状,树木也只有细小的枝条。连海也恬静得起不了波涛。

堀口君依旧保持着他那清癯的面貌和他那平和的态度。妻子是一个能操作的温顺的圆脸女人,很能合他的"把小孩养大就好"的条件。儿子是活泼的四岁的小孩,有着比母亲的更圆的脸。

我住在这么简单的家庭里,整天看着这么简单的面孔,像读书似的把这些完全背熟了。我就这样安静地住了下来,比住在自己家里还放心。其实我本来就何尝有过家呢。

堀口君现在是一个虔诚的宗教信仰者。他因为父亲信奉日莲上人一派的佛教,自己也就承继似的信仰起来,虽然遗产是完全归那个做长子的哥哥承受去了。他的夫人因为丈夫信仰这宗教,也就糊里糊涂地跟着信奉。他的孩子虽然连话都说不清楚,也常常跟着父母念起经偈之类来。

对于这个我完全不懂。我连日莲上人的法华宗和亲鸾上人一派的禅宗有什么分别也不知道，更不能够判断"南无妙法莲华经"和"南无阿弥陀佛"的高下了。

"床间"上放着神橱，里面供着什么东西，我不知道，仿佛有许多纸条似的。此外"床间"的壁上还贴着许多纸条，全写着死人的名字，从堀口家的先祖之灵一直到亲戚家的小女孩之灵。

早晨我还睡在楼上的被窝里就听见他们夫妇在客厅里念经，我用模糊的睡眼看窗户那面，似乎天还不曾大亮。晚上我睡醒了一觉，在被窝里依旧听见这夫妇的虔诚地念经的声音。世间再没有比这夫妇更安分守己的人罢，我这样想。

堀口君在学校里的钟点并不多，再加上预备功课的时间，也费不了多大的工夫。我初到的时候，正是秋季开学后不多久，他还有许多时间陪我出去玩，看那恬静的海，或者登那没有山形的山。我们也常常谈话。我对他谈起我这几年翻筋斗的经过，他只是摇头叹息；而他向我叙述他的一些生活故事时，我却带了怜悯的微笑听着。

"满子君怎样了？"他从没有向我提起满子姑娘的事情，甚至连那姓名也仿佛被他忘记了似的。但我有一次同他在海滨散步归来的途中，却无意间这样发问了。

他吃惊地看我，似乎惊奇：怎么你还能够记起她来？接着他把嘴唇略略一动，清癯的脸显得更清癯了。于是他把眼睛掉去看那边天和山连接处挂的一片红艳的霞光，用了似乎不关心的轻微的声音慢慢地说：

"她嫁了一个商人，听说近来患着厉害的肺病呢！"

他似乎想把话猝然收住，但那尾声却不顾他的努力，战抖地在后面长长地拖着。我知道他这时的心情，也就不再开口了。

回到家，虽然时候还早，他却虔诚地跪在神橱前面念起经来，大概一口气念了两个钟头的光景。

第二天早晨他没有课，就上楼到我的房间里来，第一句话是：

"昨夜和满子君谈过话了。"

这句话使我发呆了。他昨晚明明在家里念经，并没有出外去，家里也没有客人来，怎么他会和满子姑娘谈话呢？若说他跟我开玩笑，但他的脸色很庄重，而且略带了一点喜色。我惊疑地望着他，不知道怎样问他才好。

"这是宗教的力量呢！"他带着确信地对我说，"我昨晚念经的时候，她在'床间'上出现了。她说她还记着我。她说她的身体还好。她说我们还有机会见面。她说以后还有幸福在等着我。所以我今天很高兴。"

我沉吟地微微摇头，不答话。他知道我不相信，便又加重语气地解释道："这是很灵验的呢！我有过好几次的经验了。灵魂和人不同，灵魂是不会骗人的。"

"但是她并没有死……"我不和他细论，只在中途抓住了一句话来问他。

"不管死或者活，灵魂是可以到处往来的。最要紧的在于感应。"他理直气壮地回答我的质问，他的信仰的确是很坚定的，但我看来他却是愈陷愈深了。只是我有什么方法能够使他明白这一层呢？

"这不会是假的。我的父亲说是从这信仰得了不少的好处。许多人都从这信仰得了好处。你多住些日子也就会明白的。其实要是你能够像我这样相信它，你也可以少许多苦恼，少翻些筋斗。"他直率地对我说。他说话虽然不及我的教授同事们的嘴甜，然而他的真挚和关切是一眼就可以看出来的。我虽然讨厌这种道理，我却感激他的好意。而且抛开了国家的界限来看人，直到最近还是罕有的事，至少日本的新闻记者是极力反对这种看法的。因此对他的这种关心我更不得不表示感激了。所以我只是"唔"了一声，并没有反驳他。

我故意把话题引开，我们愉快地谈了好些话，后来不知道怎样又转到灵魂上面来。我忍不住猝然问他道：

"你真的相信有鬼吗？"

"当然，没有鬼还成什么世界？"他不假思索地回答我，好像这是天经地义一般。

"什么？……"我不明白他的意思，便拖长了声音表示疑惑。

"这是很浅的道理。要是没有鬼，那么我们在什么地方去找寻公道？这世界里的一切因果报应都要在鬼的世界里找到说明。一切人的苦乐善恶都有它的根源和结果！"他坚信地阐明了他这种奇妙的道理。我虽然不明白这种论法，但我对于他的思想和行为却渐渐地了解了。

他这个人并不是像我从前所猜想的那样简单吧，甚至他也在这社会组织里看出了不公道，而且觉得对这不公道还应该做一点点事情。但是他马上又轻易地把这个责任交给他理想中的另一个世界的统治者，自己只在念经跪拜等等安全而无用的举动里找到唯一的庇荫了。为了使他的良心得到安慰，鬼的世界就逐渐地在他的脑子里展开来。鬼就是这样生长的罢。

"我明白了。"我淡淡地对他说。其实我明白的只是这个，并不是他的那番话。他自然误会了我的意思。于是我又把鬼的问题关在脑子里了。

　　我在这安静的生活里开始感到了寂寞。靠看书过日子，这办法使我不舒服；一个人往外面跑，也没有多大趣味，况且这芝麻大的一个小城市，我不要几天的工夫，就把什么地方都逛完了。家里呢，又永远是那一对夫妇和一个小孩，连客人也不见来一个。

　　堀口君的念经的工作突然加重起来。下午念经的事情也有了。他下课归来后便忙着在神橱前跪拜。有一天他念完经马上就匆忙地提了一个包袱出去。过一些时候他回来时，我还在庭前散步，便问他到什么地方去了来。

　　"到海边去了，是去抛掷供物的。"他简单地回答道。

　　我不明白，又问了："什么供物？……"

　　"前天也去海滨抛掷过一次。那是为了另一个死去的朋友。昨晚我的一个中学同学的灵魂到了我家里来，那个人死了不过半年，是死在满洲的。他来向我哭诉。所以我给他念经，我供他。供完了就把供物掷到海里，也不再回头去看，他的灵魂就会平安地到别处去，不再到我家里来了。"他感动地解释说。

　　我想他大概昨晚做了什么怪梦罢，其实这类的怪梦我不知做了多少，要我认真地一一供祀起来，说不定会使我倾家荡产也未可知。我也不去管这些，就随口问道：

　　"这样的事情近来常有吗？"

　　"怎么不是！从前也偶尔有过。近来却突然多了起来。已经供过四五个人了。明天后天都有供的，还有一个是我妻子的好朋友。近来我家里的鬼多着呢！"他严肃地回答道。歇了片刻，他又向我谢罪说："很对不起，使你听这些话。你不会害怕吗？"

　　"哪里！"我接口回答。这短短的一句"哪里"把他的全部话都否定了。

　　在堀口君的眼里看来，这家里大概还是鬼比人多罢。但是在我的眼里不但看不见鬼，连人也少看见。堀口夫人是温顺到使人觉得就像没有她这个人似的。小堀口君却喜欢出去找小伴侣玩。堀口君又要到学校去授课。我一个人住在楼上，就仿佛在古庙里修行。虽然受着兄弟一般的亲切的待遇，但是在这里我的心的寂寞却一天一天地增加。这时候再看见有人画了鬼影放在我的眼前晃动，就像在火上灌了煤油。寂寞猛烈地燃烧起来，我的心便受着煎熬。但这一层堀口君不知道，而且在中国的那般教授同事们也不会知道的。在友谊的款待里我受苦，在阴谋的围攻中我动气。我就是这样的一个蠢材罢。

夜晚在楼上读着堀口君的藏书，为那些死人的陈腐的话动了火，想着那般盗名欺世的大骗子们玩的一贯的把戏；同时又听见堀口君在楼下客厅里念经的声音，这中间夹杂着超度死人的语句，还有和神鬼之类的对答。我无意间第一次分辨出这种种的声音，仿佛就看见许多鬼在下面走动。我的心情突然严肃起来。自己反而为这事情感到更大的烦恼了。

一个世界在我的眼前展开来，这就是堀口君所说的鬼的世界罢。是一片无垠的原野。没有街市，没有房屋；只有人，那无数的人。赤身带血的，断头缺腿的，无手无脚的，披着头发露着柴一般的黄瘦身体的，还有那无数奇形怪状的……都向着天空呼吁似的举着双手。就是这样的一些东西吗？那么堀口君所说的公道又在哪里？所谓因果报应在这里能够有什么样的说明呢？我们世界里的苦乐善恶跟这又能够有什么样的根源与结果的关系呢？倘使这眼前的幻景是真实的，那么这些鬼应该比活着时更明白这个社会组织是什么样的东西罢。那个陷在错误的泥淖中爬不起来的堀口君念经的声音这时候突然消灭了。于是一个哭声轻轻地响起来，起初轻微得仿佛只在我的心上响，以后却渐渐地增高。鬼世界的景象又一度出现，无数的鬼都哀诉般地哭了。

奇怪！我几乎不相信自己的眼睛了。在那哀哭着的鬼丛中忽然出现了许多穿华丽衣服的绅士模样的肥胖的东西，它们露出牙齿狞笑，抓起鲜血淋淋的瘦鬼放在嘴边啃。其余的瘦鬼带着哭声往四面逃散……

"去罢，去罢！"我愤然地叫了。我对于生活在这个大欺骗中不能够做任何事情的自己也憎厌起来。我用力挥舞着右手，好像要把眼前的鬼世界扫去一般。接着我又抓起那骗人的书本往地上掷。这一来幻景马上就消灭了。耳边响着的依旧是堀口君的念经的声音。此外就只有一个寂寞的世界。没有一点人的声音。那寂寞就像利刀似的在我的心上划着。我用手抚着胸膛，痴呆地望着窗外的一片黑暗，痛苦地问着自己：是死是活？

又一天。在安静里过一天就像过一年似的。

"满子君的消息来了，她在逗子的医院里养病。"堀口君忽然对我这样说，那时是傍晚，他带了孩子同我在海滨散步。

"她自己寄了信来吗？"我问道，我也很想知道满子姑娘的事情。

"不，我是从家里的来信里辗转知道的，所以只知道这么一点。我怕她的病加重了。"他说着，脸上现出无可如何的愁苦的神情。

这回答使我感到失望。但我知道他的痛苦却比失望更大。似乎他至今还保持着从前对满子姑娘的爱情，依旧是那么深，没有减少一点。不过他把它埋在心的深处，只偶尔无意地在人前流露一下罢了。他这种人永远把痛苦咽在心里，对于一切的横逆，都只是默默地顺受，甚至把这当做当然的道理，或者命运。但是在心里他却伤痛地哀哭着他的损失。我的这种看法不会错。好像故意给它一个证明似的，他又接着说："不知道怎么样，我总担心着她的病。恐怕会发生什么不幸的事情。"他皱着眉毛，一层黑云堆在他的额上。

"她的灵魂不是告诉过你，你们还有见面的机会吗？不是说还有幸福的日子在等待你吗？"我安慰他道。我的口才很拙，仓促间说出了这样的话，倒像是在故意讥笑他。

"是呀，我本来是这样想的呢！但得到她在逗子患病的消息以后，总觉得有些放心不下，自己也不知道是什么缘故。"他倒把我的话认真地听了，用很软弱的声音辩解似的说，两只眼睛茫然地望着海天交接处的绚烂的云彩。孩子在旁边拉着他的手絮絮地向他问话，他也仿佛听不见了。

"何必这样担心呢？反正她现在跟你没有一点关系，你平日连信也不曾写一封。"这是我劝他的话。自己也知道这种话没有力量，但也找不出更适当的话来了。不懂文学的人似乎连应对之才也缺乏，无怪乎要为绅士们所不容。但是堀口君却又把这当做诚恳的劝告听了，而且更真挚地回答道：

"正是因为这样，所以更不能不关心她。这一切似乎都由一个命运来支配，自己只感到无可如何的心情。仔细想起来，人生实在是无聊啊！"

说这些话时他依旧望着天边。但云彩已经变换了。先前是淡红色的晚霞，现在成了山峰一般的黑云。夜幕像渔网一样撒在海面上，海依旧是睡眠似的恬静。潮慢慢地涨起来，小孩因为父亲不理他，早已跑开，在海滩上跑着拾贝壳去了。

过了二十几年的安分守己的生活以后，他终于吐出了绝望的呼吁。在这一刹那间所谓万能的宗教也失掉了它的力量。便是一个再简单不过的人，倘使睁开眼睛看见自己心的深处的伤痕，也会对那所谓万世不移的天经地义起了疑惑罢。至少这时的堀口君是对那存在的一切怀着不满足之感了。

"人生并不是这么简单的罢。"看见他在自己造成的命运的圈子里呻吟宛转的样子，我也被感动了。我的天性使我说不出委婉的话，我便直率地把他的话否定了："只有不能支配自己的人才会被命运支配……"

我还没有把话说完，就被他忽然阻止道："你听，这是什么声音？"

这周围非常静，如果有声音，那就是海水的私语。不然他一定是听见自己的心的呼号了。便是最能够忍受的心，有时也会发出几声不平的叫喊罢。然而不幸的是他会用千百句"南无妙法莲华经"来埋葬这颗心的。我能够把他的这颗劫后余烬般的心取出来洗一番吗？我一个人两只手要抗拒二三十年来的他的环境的力量，这似乎和我从前在绅士中间翻筋斗的事情一样，太狂妄了罢。但是像我这样的蠢材总高兴拣狂妄的事情做。

我正要说话，孩子却在那边大声唤他。他忽然皱一下眉头，用痛苦的声音对我说："回去罢！……"就走去迎他的孩子。

逗子的信来了。信封上镶印着黑边，里面一张纸片印着下面的句子：

　　　赐寄亡妻满子的供物，拜领之后，不胜感谢。亡妻遗体已于某日安葬在逗子的某地，道远不及通知，请原谅。

　　　　　　　　　　　　　　　　　　　夫　大口某某
　　　　　　　　　　　　　　　　　　　父　大口某某

从堀口君手里接过这纸片读了两遍，不由得想起了法国女人和日本女人的问题。两只发亮的眼睛仿佛还在纸片上闪动。那张曾经在三铺席房间的电灯光下一度光辉地闪耀过的少女的面庞又在我的脑子里浮动起来。

"怎么突然来了这东西？"我问。

"是呀！第一次的通知并不曾接到，也没有送过什么东西去。不知怎么却来了这谢帖。这错误竟使我连她死去的日期也不知道。"他那极力忍住而终于忍不住的悲痛的声音，我听着更增加了我的寂寞。

横山满子的面颜最后一次在我的脑子里消失了。我把镶印着黑边的纸片还给堀口君时，看见他在揩眼泪，就说：

"人反正是要死的。死了也就不必再提了。其实我好几年前就担心着她会来一个'心中'呢！谁知她倒多活了这几年。"

我把话说完，才知道自己又说了不恰当的话，真是粗人！但是话说出也没法改正了。

"你怎么知道？"他惊讶地问我。

"什么？"我听见他的意外的问话，不觉更惊讶地反问。

"'心中'！"他加重语气地说。

"'心中'！我不过这样推测，报纸上不是常有'心中'的记载吗？老实说我从前倒担心着她和你也许会来一下这个把戏。"我说得很老实。

"哦！"他叹息地应了一声，惊讶的表情没有了，代替的是悔恨。于是他告诉我：

"她的确几次向我这样提议过，我都没有答应。最后一次她约我同到华严泷去，是写了长信来的。我回了一封信说：一切都是命运的安排，人没有一点力量，所以违抗命运的举动是愚蠢的。我们只是一叶小舟，应该任凭波浪把我们载到什么地方去。顺从了命运活着，以后总会有好的结果。……这样她就跟我决裂了。我们从此也没有再见面。如果我当时答应了她，我这时也不会在这里了。我知道她的决心是很坚强的。前天夜里还仿佛梦见同她去什么地方'心中'似的。"

"现在好结果来了罢！"我听完他的故事只说了这短短的一句话。也许是讥讽，也许是同情，也许是责备，也许是疑问。其实这些全包含在这句话里。我不能够相信在那时候的他们的面前就只有他所说的两条路，我不能够相信应付生活就只有这两种办法。事实上他把那个最重要的倒忘记了。

"现在好结果来了罢！"他疑惑地重复着说，然后猛然省悟地责备自己道，"自己种的苦果自己吃，没有什么话可说。"脸上立刻起了一阵可怕的痛苦的痉挛。我看见这个就仿佛看见牲畜在屠刀下面哀号，心里也起了战栗。

"那么你还相信命运吗？"我不安慰他，却责备地追问道。

他不回答我，只是埋下头挺直地跪在座蒲团上面。

学校里放了年假。一连几天堀口君都忙着在念经和抛掷供物。差不多每天吃中饭的时候，他都要告诉我说：昨晚某某人的灵魂又到我家里来了。于是就简略地告诉我那个人的生平。无论是男或是女，那些人都是这个社会的牺牲者，而堀口君却说他们全是顺从命运的好人。于是傍晚他就提了一包供物到海边去把那亲友送走了。而在家里又会有另一个亲友的灵魂在等候他超度。

这个人，当他对我申诉痛苦的时候，他露出等人来援救似的无可奈何的心情；而跪在神橱前面，他却毫不迟疑地去超度别人的灵魂了。这也许是宗教的力量罢。但这宗教却把那无数的鬼放进了他的家中，使他与其说是活在人间不如说是活在鬼的世界里了。

新年逼近的时候，平日默默地劳动着的堀口夫人便加倍默默地劳动起来。在堀口君，也多了一件写贺年片的事情。只有那小孩更高兴地往各处找朋友玩。楼上不消说是静得像一座坟墓。我一个人在那里翻阅陈腐的书籍，受古圣贤的围攻。

新年一到，这家庭似乎添了一点生气。邮差不断地送了大批的贺年片来；拜年的人也来了不少，虽然大半都是在玄关口留了名片或者写着"御年贺"的纸卷，并不曾进房里来。但门前的人影究竟增加了许多。小孩也时常带了他的朋友来，多半是些穿着很整齐的和服的小姑娘。常常在庭前用羽子板拍着羽根①玩，这虽是女孩的游戏，但近年来已经有不少的少年在玩了。

劳动了一年的堀口夫人，在她的苍白的圆脸上也露了笑容，多讲了几句话。晚上没有事情，也把我邀到客厅里火燧旁边去玩"百人一首"。玩这种游戏我当然比不过他们夫妇。

堀口君有四天没有到海边去了。大概新年里鬼也需要休息罢。但是一月五日这天的午后他忽然又勤苦地念起经来，一连念了三四个钟点以后，他就在下面大声邀我同到海边去。我走下楼看见他提了一包供物站在玄关口。

"昨晚又有谁的灵魂来过了吗?"我一面穿木屐，一面问道。

"就是横山满子君。我回头再详细告诉你。"他严肃地小声说。

我们默默地走了出去。

从海边归来的途中……

我们依旧在那些窄巷里绕圈子。堀口君说过了那简单的回答后，就不再作声。两人的木屐在土地上沉着地发响。我被沉默窒息

---

① 羽根：毽子（日本语）。

着，不能忍耐下去，便说：

"那恐怕是梦罢。你看见她是个什么样子？"

"梦不就是可信赖的吗？我屡次做梦都有应验。"他停了脚步，说着话望了我几眼。前面几步远近，竖着那"马头观音"的石碑。他走上去，合掌行了一个礼。他走过这个地方总要这样地行礼，我看见过好几次了。

"她的样子很憔悴，眼含着泪，要我救助她。所以我想她做鬼也不幸福，今天给她念经超度过了。以后还要给她念经呢！"他继续说，声音有点改变，我明白是一阵悲痛的感情侵袭来了。但我好像不知道怜悯似的不去安慰他，却说了类似反驳的话：

"她不是顺从着命运活过了吗？那么她应该有好结果呢！你给她的信上不是这样说过的吗？……"

"但是……但是——"他仿佛遇到了伏兵，突然忙乱地招架起来，说了两个"但是"，便再也接不下去。

"但是一切都错在命运上面。这命运也只有你一个人才知道！我不相信这些。即使真有，我也要使它变成没有！"我气愤地说。我看见他招架不住地往后面退走了，便奋勇地追上去。

他不再和我交战了。他只顾埋着头走，口里含糊地念着什么，像在发呓语一般。但在我的耳朵听来，他念的并不是《南无妙法莲华经》，而是"我错了"一类的句子。

这晚上堀口君忽然现出非常烦躁的样子。晚饭吃得很少，老是沉思一般地不说话。而且因一件小事就把小孩骂哭了。饭后他说要玩"百人一首"。等堀口夫人把食具收拾好拿出牌来时，他忽然又说不玩了，就一个人跑了出去。他的妻子问他夜里到什么地方去，他也不回答。

我回到楼上，又受着腐儒的围攻。虽然房间里摆着火钵，却变得非常寒冷了。接着来的是寂寞。周围静得很可怕。忽然不知在什么地方有人唱起了谣曲，苍凉的声音在静夜里听来就像是鬼哭一般。这许久还不见堀口君回家。于是风起来了，一吹便吹散了谣曲。树木哀叫着，房屋震摇着，小孩也在下面哭了。这楼上就如一个鬼窟，我不能够再坐下去，便毅然站起来，走下楼，到玄关口去找木屐。

"张君，要出去吗？到什么地方去？"堀口夫人在房里用了焦虑的声音问道。

"海边去！"我不假思索地这样回答。不等她说第二句话，就冒着风急急走出门去。

海完全变了模样。

我认不清楚平日见惯的海了。潮暴涨起来，淹没了整个海滩。愤怒般的波涛还不住地往岸边打来。风在海上面吼叫地飞舞。海在风下面挣扎地跳动。眼睛望过去，就只看见一片黑暗。黑暗中幻象般地闪动着白光，好像海在眨眼睛，海在张口吐白沫。

浴场已经消失在黑暗里，成了一堆阴影，躲在前面。每一阵风冲过来，就使它发出怪叫。我去找那些岩石，就是这傍晚我在那上面站过的，现在连痕迹也看不见了。

我站在岸边，望着前面海跟风搏斗的壮剧。一座一座的山向着我压过来，脚下的石级忽然摇晃似的在往后面退。风乘着这机会震撼我的身子。我的脸和手都像着了利刃似的发痛。一个浪打来，那白沫几乎打湿了我的脚背。

我连忙往后退了两步，定了神，站稳了脚跟，想起方才几乎要把我卷下去的巨浪，还止不住心的跳动。

黑暗一秒钟一秒钟地增加。海疯狂地拼命撞击岸。风带着一长列的怪声迎面飞过来。这一切都像在寻找它们的牺牲品一般。

对着这可怖的景象我也感到惊奇了。平日是那么恬静的海遇着大风的时候也会这样奋激地怒吼起来！

"可惜，堀口君不在这里，不然也可以给他一个教训。这海可以使他知道一些事情。"我这样自语着，一个人渐渐地进入了沉思的状态。

风刮着我的脸和手，我也不觉得痛；浪打湿了我的脚，我也不觉得冷。我一个人屹立在风浪搏斗的壮剧的前面，像失掉了全部知觉似的。

"张君，你来了！"一个意外的声音使我惊醒过来。我掉头看后面，正遇着堀口君的发光的眼睛。在那张清癯的脸上我看见这样的发亮的眼睛还是第一次。尤其使我惊讶的，是他会到这个地方来。

"你看见了这一切吗？"我略一迟疑便惊喜地发出了这句问话。

他点了点头，然后低声说："我比你早来了许久。"

我惊疑地望着他那发光的眼睛，带了暗示地自语道：

"想不到那么恬静的海也会这样可怕地怒吼起来。"

"不要说了。"他一把抓住我的膀子烦躁地说。我觉得他的手在微微地颤抖。我不答话，只是惊疑地望着他。

"回去罢，回到家里我有话对你细说。"过了半晌他又说了一句。

1935年2月3日在日本横滨

（原载1935年3月1日《文学》月刊第4卷第3号）

哑了的三角琴

父亲的书房里有一件奇怪的东西。那是一只俄国的木制三角琴，已经很破旧了，上面的三根弦断了两根。这许多年来，我一直看见这只琴挂在墙角的壁上。但是父亲从来没有弹过它，甚至动也没有动过它。它高高地挂在墙角，灰尘盖住它的身体。它凄惨地望着那一架大钢琴，羡慕钢琴的幸运和美妙的声音。可是它从来不曾发过一声悲叹或者呻吟。它哑了，连哀诉它过去生活的力量也失掉了。我叫它做"哑了的三角琴"。

我曾经几次问过父亲，为什么要把这个无用的东西挂在房里。父亲的回答永远是这样的一句话："你不懂。"但是我的好奇心反而更强了。我想我一定要把这只三角琴弄下来看看，或者想法使它发出声音。但是我知道父亲不许我这样做。而且父亲出门的时候总是把书房锁起来。我问狄约东勒夫人（管家妇）要钥匙，她也不肯给我。

有一天午后，父亲匆忙地出去了，他忘记锁上书房门。狄约东勒夫人在厨房里安排什么。我偷偷地进了父亲的书房。

哑了的三角琴苦闷地望着我。我不能忍耐地跑到墙角，抬起头仔细地看它。我把手伸上去。但是我的手太短了。我慢慢地拉了一把椅子过去，自己再爬上椅子。我的身子抖着，我的手也在打颤。我的手指挨到了三角琴，自己也不知道怎样地忽然缩回了手，耳边起了一个响声，我胆怯地下了椅子。

地上躺着那只哑了的三角琴，已经成了几块破烂的旧木板。现在它不但哑，而且永远地死了。这个祸是我闯下来的。我吓昏了，痴痴地立了一会儿，连忙把椅子拖回原处，便不作声地往外面跑。刚刚跑出书房门，我就撞在一个人的怀里。

"什么事情？跑得这样快！"这个人捏住我的两只膀子说。我抬起头看，正是我的父亲。

我红着脸，不敢回答一句话，又不敢挣脱身子跑开，就被父亲拉进了书房。

三角琴的尸首静静地躺在地上，成了可怕的样子，很显明地映在我的眼睛里。我掉开了头。

"啊，原来是你干的事！我晓得它总有一天会毁在你的手里。"父亲并不责备我，他的声音很柔和，而且略带悲伤的调子。父亲本来是一个和蔼的人，我很少看见他恶声骂人。可是我把他的东西弄坏以后，他连一句责备的话也没有，却是出乎我的意料之外了。

他放了我，一个人去把那些碎木板一片一片地拾了起来细看，又小心地把它们用报纸包起来，然后慎重地放到橱里去。

他回到书桌前，在那把活动椅上坐下，头埋在桌上，不说一句话。我很感动，又很后悔，我慢慢地走到他的身边，抚摩他的膀子。我说："父亲，请你饶恕我。我并不是故意毁坏它的。"

父亲慢慢地抬起头。他的眼睛亮起来。"你哭了！"他抚着我的头发说。"孩子，我的好孩子！……我并不怪你，我不过在思索，在回忆一件事情。"他感动地把我紧紧地抱在怀里。

"父亲，你又在想念母亲吗？"

"孩子，是的。"父亲松了手回答说。他揩了一下眼睛，又加了一句话："不，我还在想一件更遥远的，更遥远的事情。"

他的眼睛渐渐地阴暗起来。他微微地叹息了一声，又抚着我的头说："这跟你母亲也有关系。"

我在两岁的时候便失掉了母亲，母亲的音容在我的记忆中早已消失了。只有书房里壁炉架上还放着母亲的照像，穿着俄国女人的服装，这是在圣彼得堡摄的；我就是在那个地方出世，我的母亲也就是死在那里。

这些都是父亲告诉我的。这一两年来每天晚上在我睡觉以前父亲总要向我讲一件关于母亲的事，然后才叫狄约东勒夫人带我去睡。关于母亲的事我已经听得很多了。我这时便惊讶地问："父亲，怎么还有关于母亲的事情我不知道的？"

"孩子，多着呢，"父亲苦笑地说，"你母亲的好处是永远说不完的。……"

"那么快向我说，快说给我听，"我拍着父亲的双膝请求道，"凡是跟母亲有关的话，我都愿意听。"

"好，我今晚上再告诉你罢，"父亲温和地说，"现在让我静静地思索一下。你出去玩玩。"他把我的头拍了两下，就做个手势，要我出去。

"好。"我答应一声，就高高兴兴地出去了，完全忘记了打碎三角琴的事情。

果然到了晚上，用过晚餐以后，父亲就把我带到书房里面去。他坐在沙发上，我站在他面前，靠着他的身子听他讲话。

　　"说起来已经是十多年前的事了，"父亲这样地开始了他的故事，他的声音非常温和，"是在我同你母亲结婚以后的第二年，那时你还没有出世。我在圣彼得堡大使馆里做参赞。"

　　"这一年夏天，你母亲一定要我陪她到西伯利亚去旅行。你母亲本来是一个活泼好动的女子。她爱音乐，又好旅行。就在这一年春天她的一个好友从西伯利亚回来，这位女士是《纽约日报》的记者，到西伯利亚去考察监狱制度。她在我们家里住了两天。她向你母亲谈了不少西伯利亚的故事。尤其使你母亲感到兴趣的，是囚人的歌谣。你母亲因为这位女士的劝告和鼓舞，便下了到西伯利亚去采集囚人歌谣的决心。我们终于去了。

　　"我们是六月里从圣彼得堡出发的，身上带着监狱与流放部的介绍信。我们在西伯利亚差不多住了半年。凡是西伯利亚的重要监狱与流放地，我们都去看过了。

　　"这不是一件容易的事，在流放地还容易听见流放人的歌声。在监狱里要听见囚人的歌声却很难。监狱里向来绝对禁止囚人唱歌，犯了这个禁例，就要受严重的处罚。久处在这样的环境之下，连本来会唱歌的人也失掉了唱歌的兴致。况且囚人从来就不相信禁卒，凡是禁卒叫他们做不合狱规的事，他们都以为是在陷害他们。所以每次禁卒引着我们走进一间大监房，向那些囚人说：'孩子们，这位太太和这位先生是来听你们唱歌的。你们随便给他们唱一两首歌罢。'那时候他们总是惊讶地望着我们，不肯开口。如果他们给逼得厉害了，他们便简单地回答说：'不会唱。'任是怎样强迫，都没有用处。一定要等到我们用了许多温和的话劝他们，或者你母亲先给他们唱一两首歌，他们才肯放声唱起来。这些歌里面常常有几首是非常出色，非常好的。例如那首有名的《脚镣进行曲》与《长夜漫漫何时旦》，便是我们此行最好的成绩。你母亲后来把它们介绍到西欧各国和美洲了。但是可惜这样的歌我们采集得不多。

"这些囚人大部分是农民，而俄国农民又是天生的音乐家。他们对音乐有特殊的爱好。在他们中间我们可以找出一些人，只要给他们以音乐的教育，他们就能够成为音乐界的杰出人物。我们在西伯利亚就遇到一个这样的人。我们第一次听见的《长夜漫漫何时旦》便是从他的口里唱出来的。

"这是一个完全未受过教育的青年农人，加拉监狱中的囚犯。我还记得那一天的情形：我们把来意告诉狱中当局的时候，在旁边的一个禁卒插嘴说：'我知道拉狄焦夫会唱歌。'典狱便叫他把拉狄焦夫领来。

"拉狄焦夫来了，年纪很轻，还不到三十岁。一对暗黑的大眼，一头栗色的细发，样子一点也不凶恶，如果不是穿着囚衣，戴着脚镣，谁也想不到他是一个杀人犯。他站在我们的面前，胆怯地望着我们。

"'拉狄焦夫，我听见人说你会唱歌，是不是?'典狱问。

"他微笑了一下，温和地答道：'大人，他们在跟我开玩笑。……很久以前，我还在地上劳动的时候，我倒常常干这种事情，现在完全忘掉了。'

"'你现在不想试一试吗?'典狱温和地问，'这两位客人特地从远道来听你唱歌。不要怕，他们不是调查员，他们是音乐家。'

"这个囚人的暗黑的眼睛里忽然露出了一线亮光，似乎有一种快乐的欲望鼓舞着他。他稍微迟疑了一下就坦白地说：'我还记得几首歌，在监狱里也学到了一两首。既然你大人要我唱，我怎么好拒绝呢?'

"听见这样的话，我们大家都很高兴，你母亲便问道：'你现在

可以唱给我们听吗?'

"他望了望典狱,然后望着你母亲,略带兴奋地说:'太太,没有乐器,我是不能够唱歌的。……如果你们可以给我一只三角琴,那么……'

"'好,我叫人给你找一只三角琴来,'典狱接口说,'你明天到这里来拿好了。'

"'谢谢你,大人。'拉狄焦夫说了这句话以后,就被带出去了。

"第二天我们到了监狱,禁卒已经找到了一只旧的三角琴。典狱差人把拉狄焦夫叫了来。

"他现出很疲倦的样子,拖着沉重的脚镣,一步一步地走进来,很觉吃力。可是他看见桌上那只三角琴,眼睛立刻睁大起来,脸上也发了光。他想伸出手去拿,但是又止住了。

"'拉狄焦夫,三角琴来了。'典狱说。

"'你大人可以允许我拿它吗?'他胆怯地问。

"'当然可以。'典狱说。禁卒就把琴放在拉狄焦夫的手里。他小心地接着,把它紧紧地压在胸上,用一种非常亲切的眼光看它。他又温柔地抚摩它,然后轻轻地弹了几下。

"'好,你现在可以唱给我们听了!'你母亲不能忍耐地说。

"'我既然有了三角琴,又为什么不唱呢?'他快活地说。'可是这几年来我不曾弄过这个东西了。最好我能够先练习一下,练习三天。……太太,请你允许我练习三天。那时候我一定弹给你们听,唱给你们听。'他的一双暗黑的大眼里露出了哀求的表情。

"我们有点失望,但是也没有别的办法。我只得附耳同典狱商量。典狱答应了这个囚人的要求。拉狄焦夫快活地去了,虽然依旧拖着脚镣,依旧被人押着。

"三天以后，用过了午饭，我们又到监狱去，带着铅笔和笔记本。典狱把我们领到办公室隔壁一间宽大的空屋子里，那里有一张小小的写字台，是特别为你母亲设的。

"囚人带进来了。两个带枪的兵押着他。我们让他坐下。一个禁卒坐在门口。

"拉狄焦夫把三角琴抱在怀里，向我们行了一个礼，问道：'我现在可以开始吗？'

"'随你的便。'你母亲回答。

"他的面容立刻变得庄严了。这时候秋天的阳光从玻璃窗射进屋子里，正落在他的身上，照着他的上半身。他闭着眼睛，弹起琴弦，开始唱起来。他唱的是男高音，非常柔和。初唱的时候，他还有点胆怯，声音还不能够完全听他指挥。但是唱了一节，他似乎受到了鼓舞，好像进到了梦里一样，完全忘掉了自己尽情地唱着。这是西伯利亚流放人的歌，叫做《我的命运》。这首歌在西伯利亚很流行。但是从没有人唱得有他唱的这么好听。

"一首歌唱完了，声音还留在我的耳边。我对你的母亲小声说：'这个人真是天生的音乐家！'她也非常感动，眼睛里包了泪水。

"尤其使人吃惊的是那只旧的三角琴在他的手里居然弹出了很美妙的声音，简直比得上一位意大利名家弹的曼陀林。这样的琴调伴着这样的歌声，……在西伯利亚的监狱里面！

"他的最后一首歌更动人，那就是我方才说过的《长夜漫漫何时旦》。我完全沉溺在他的歌中的境地里了，一直到他唱完了，我们才醒过来。我走到他的面前，热烈地跟他握手，感谢他。

"'请你设法叫典狱允许我把这只琴多玩一会儿，'他趁着典狱不注意的时候，忽然偷偷地对我说，'最好让我多玩两三天。'

"我去要求典狱，你母亲也帮忙我请求，可是典狱却板起面孔说：'这是绝对不可能的。我已经为你们破过一次例了。再要违犯狱中禁例，上面知道了，连我也要受处罚。'他一面又对拉狄焦夫说：'把三角琴给我。'

"拉狄焦夫紧紧抱着琴，差不多要跪下地哀求道：'大人，让我多玩一些时候罢，一天也好，半天也好，……一点钟也好。……大人，你不懂得。……这生活，……开恩罢。'他吻着琴，像母亲吻孩子一样。

"'尼特加，把三角琴给我拿过来！'典狱毫不动心地对禁卒说。

"禁卒走到拉狄焦夫面前，这个囚人的面容突然改变了：两只眼睛里充满着血和火，脸完全成了青色。他坚定地立着，紧紧抱着三角琴，怒吼道：'我决不肯放弃三角琴。无论谁，都把它拿不去！谁来，我就要杀谁！'

"我们，你母亲和我，都吓坏了，不知道会有什么样的结果。

"典狱一点也不惊惶，他冷酷地说：'给他夺下来。'

"他这时候明白抵抗也没有用了，便慢慢地让三角琴落在地上，用充满爱怜的眼光望着它，忽然倒在椅子上低声哭起来。他哭得异常凄惨，哭声里包含着他那整个凄凉寂寞的生存的悲哀。这只旧的三角琴的失去，使他回忆起他一生中所失去的一切东西——爱情，自由，音乐，幸福以及万事万物。他的哭声里泄露了他无限的悔恨和一个永不能实现的新生的欲望。好像一个人被抛在荒岛上面，过了一些年头，已经忘记了过去的一切，忽然有一只船驶到这个荒岛来给了他一线的希望，却又不顾他而驶去了，留下他孤零零地过那种永无终结、永无希望的寂寞生活。

"我们听见他的哭声，心里很不安，因为这一切都是我们夫妇引起来的。我们走到他面前，想安慰他。我除了再三向他道谢外，还允许送他十个卢布。

"他止了泪，苦笑地对我说：'先生，我不是为钱而来的。只请你让我再把三角琴玩一下，——只要一分钟。'

"我得到了典狱的同意，把琴递给他。他温柔地抚弄了一会儿，又放到嘴唇边吻了两下，然后叹了一口气，便把它还给我。他口里喃喃地说：'完了，完了。'

"'我们不能够再帮忙你什么吗？'你母亲悲声地问，我看见她还在揉眼睛。

"'谢谢你们。我用不着什么帮助了，'他依旧苦笑地说，'不过你们回去的时候，如果有机会走过雅洛斯拉甫省，请你们到布——村的教堂里点一支蜡烛放在圣坛左边的圣母像前，并且做一次弥撒祝安娜·伊凡洛夫娜的灵魂早升天堂。'说到安娜这个名字，他几乎又要哭了出来，但是他马上忍住了，他向我们鞠了一个躬，悲声地说：'再会罢，愿上帝保佑你们平安地回到家里。'

"门开了，两个兵把他押了出去；脚镣声愈去愈远。一切回到平静了。刚才的事情好像是一场梦，但是我们夫妇似乎都饮了忧愁之酒。你母亲紧紧地握着我的手。

"'这个拉狄焦夫是怎样的一个人？'我凄然地问。

"'谁知道！'禁卒耸了耸肩头说，'他的性情很和顺，从来不曾犯过狱规。无论你叫他做什么事情，他总是服从，永远不反抗，不吵闹，不诉苦。可是他不爱说话，很少听见他跟谁谈过话。所以我简直没法知道他是个怎样的人。总之，他跟别的囚犯不同。'

"'那么他犯的是什么罪呢？'你母亲接着问。

"'事情是很奇怪的。在雅洛斯拉甫省的布——村里，有一天教堂中正在举行婚礼，新郎是一个有钱的中年商人，新娘是本村中出名漂亮的小家女子。一个青年男子忽然闯进来，用斧头把站在圣坛前面的新娘、新郎都砍倒了。新娘后来死了，新郎成了残废。凶手并不逃走，却丢了斧头让别人把他捉住。他永远不肯说明他犯罪的原因，也不说一句替自己辩护的话，只是闭着嘴不作声。他给判了终身惩役罪，也不要求减刑。从此他的口就永远闭上了。他在这里住了这些年，我从来没有听见他像今天这样说了这么多的话。他的事情，只有魔鬼知道！'禁卒一面说，一面望着桌上的三角琴，最后又加了一句，'三角琴也弄坏了。'

"你母亲就花了一点钱向禁卒买来了三角琴。她把它带回圣彼得堡。我们以后也没有机会再看见拉狄焦夫。我们临去时留在典狱那里的十个卢布，也不知道他究竟收到没有。

"说来惭愧，我们所答应他的事并不曾做到。雅洛斯拉甫省的布——村，我们始终没有去过。第二年你母亲生了你，过了两年她就离开了这个世界。她临终时还记住她允许拉狄焦夫的蜡烛和弥撒，她要我替她办到，她要我好好保存着这只三角琴，以便时时记起那个至今还不曾实践的诺言。可是我不久就离开了俄国，以后也就没有再去过。

"现在你母亲睡在圣彼得堡的公墓里，三角琴挂在墙上又被你打碎了，而雅洛斯拉甫省布——村的教堂里圣母像前那支蜡烛还没有人去点过，为安娜做的弥撒也没有人去做。……孩子，你懂得了罢。"

父亲说话的时候常常抚摩我的头发。他说到最后露出痛苦的样子，慢慢地站起来，走到钢琴前面，坐在琴凳上，揭开钢琴盖子，不疾不徐地弹着琴，一面唱起歌来。这首歌正是《长夜漫漫何时旦》。我从来没有像这样地感动过。父亲的声音里含得有眼泪，同时又含得有无限的善意。我觉得要哭了。我不等父亲唱完便跑过去，紧紧地抱着他，口里不住地唤道："我的好爸爸！……我的唯一的善良的父亲！"

父亲含笑地望着我，问："孩子，怎样了？"我从模糊的泪眼里看见父亲的眼角也有两颗大的泪珠。"啊，父亲，你哭了！"我悲声叫道。

父亲捧起我的头，看着我的眼睛，温和地说："孩子，你也哭了。"

（原载1931年1月10日《小说月报》第22卷第1号）

苏　堤

我们游了三潭印月回到船上，月亮已经从淡墨色的云堆里逃出来了。水面上静静地笼罩了一层薄纱。三个鼎样的东西默默地立在水中，在淡淡的月光下羞怯地遮了它们的脸，只留一个轮廓给人看。三个黑影距离得并不很近，在远处看，常常使人误把树影当做它们中间的一个。

船向右边去，说是向博览会纪念塔驶去。坐在我对面的张忽然指着我背后的方向问道："前面是什么地方？"

"那是苏堤。"黄接口说。我回过头去看，我知道他们说的是那一带被黑黝黝的树木遮掩了的长堤。那里没有灯光，只有一片黑影表示了岸与水的分界。

"要是能够上去走走也好！"张渴慕似的说。他素来就憧憬"苏堤春晓"的胜景，这一年的春天他同三个友人到西湖游玩，据说他本来打算在春天的早晨到苏堤上去散步，可是那天早晨偏偏落大雨，他只得扫兴地跟着朋友们回上海去了。在湖滨旅馆里住了三天，连苏堤是什么样子他也不知道。回到上海以后他便抱怨朋友，于是张与苏堤的事在友人中间就成了笑谈。一提到苏堤，张的渴慕马上被唤起来了，这是谁都知道的事。

"好，正有月亮，上去走走也好。"黄似乎了解张的心情，马上附和道，"我们就叫船往苏堤靠去。"

虽然离苏堤并不远，我自己并不想去苏堤，因为我害怕耽误时间。可是张既然那么说，黄又那么附和，我也不愿意使他们扫兴，就一口答应了。我们叫船夫把船往苏堤靠去。

"那里灯也没有，又没有码头，不好上岸。"船夫用干燥的低声回答我们，这样的声音表示他并不愿意把船往那边靠去。"那里没有一个人，也没有什么好玩的，你们先生还是明天去玩吧。"他还絮絮地说。他完全不了解张的心情。

"不要紧，那里可以上去，"黄坚持说，他似乎曾经这样上去过，"你只顾摇过去好了。"

"我说不好上去，你们先生不肯相信。那里有很高的草，我不会骗你们先生。"船夫不高兴地分辩说。

"好，我们就不要上去了。"我说。我想船夫的话也许有理。不然他为什么不愿意去呢？他给我们划船是按钟点论报酬的，划一点钟有三角钱，多划一点钟，当然可以多得三角钱。

"不行，我们一定要上去。你看现在月亮这样好。机会万不可以失掉。明天说不定就会下雨。"张热心地说，仰起头望月亮，我想他大概被他理想中的胜景迷住了。

"你快把船靠过去罢，我们自己会上岸的。"黄固执地吩咐船夫道。

"你把船摇到那里再说。要是真的不可以上岸，我们在船上看看就是了。"我用这样的话来调解他们两人的争论。

船到了苏堤，船夫停了桨，先说："你们先生看可以上去吗？"

他这句话的意思就是：不可以上去。我很懂得。不过我马上也不能够解决这个问题。我看见船靠在树下。这一带尽是树木，并不很密，树丛中也有可走的路。但是我的眼睛分辨不出究竟那些路是被水淹了，是污泥，沼泽，还是干燥可走的土地。我仿佛觉得那是泥沼。我正想说："那是泥沼，恐怕没法到堤上去。"

"等我试试看。"黄马上站起来，手挽着树枝，使船靠得更近些，就拣了干燥的地方走上去了。他站在树丛中，回头叫我们。张在那里拾他的手帕。我便跨过去，预备先上岸。我知道黄走过的地方是可以走的。

"先生，我不划了。请你把钱给我，让我回去罢。"船夫说。

"为什么不肯划呢？"我惊讶地问，"我们还是照钟点算钱，上岸去玩一会儿，你不是可以多得点钱吗？"

"我不划了，你们把船钱给我。我从来没有给人家这样划过。"他生气地说，向我伸出了手。

"黄，下来，我们不要上去了。我们还是坐船到博览会塔去罢。"我听见船夫的话觉得扫兴，便对着黄大声叫道。

"上面好得很，你们快点上来。先游了这里，等一会儿再到博览会塔去！"黄在堤上兴致勃勃地大声说。他又转身往前面走。

"我不等了，你们另外雇船罢。"船夫明白地说。我不知道他为什么这样容易生气。

"我们在上面并不要玩多久，马上就要回去的。你沿着堤荡桨，把船摇到那边等我们。"我看见一方面黄不肯下来，而张又在这时候上了岸，一方面船夫又是如此固执不通，便极力开导他。

"你们上岸去，又不认识路，说不定把路走错了，会叫我等三五个钟头。"他忍住了怒气说。

我明白他的意思了。在短时间，在一两分钟以内，我受伤了，我的小资产阶级的自尊心受伤了。原来那些话都是托辞。总之，他疑心我们会骗他。上岸去，当然可以步行或者坐车回旅馆，这里不比在三潭印月孤零零立在湖中，没有船便不能出去。他也许有理由，也许有过经验，可是他冤枉了我们。我可以发誓，我们想也没有想到这上面去。

我被人疑为骗子！我的小资产阶级的自尊心受伤了。我好像受到了大的侮辱。我极力忍住，不要叫自己跳起来。我只是气愤地对站在堤上的黄叫道："黄，不要去了。他不肯等我们。他疑心我们不给他船钱，就从岸上逃走……"

船夫咕噜地分辩着，并不让我把话说完。

黄并没有在听我讲话。他大声叫："不要多说了。快上来叫船摇到西泠寺等我们。"

"他疑心我们会骗他的船钱，我们还上去干什么？"我这样嚷道。

"你快点上来，不要管他。"张这样催促我，他也许被前面的胜景迷住了，并不注意船夫的话，也不注意我的话。他开始转身走了。

我没法，只得把脚踏上岸去。船夫忽然抓住我的膀子。我吃惊地看他一眼。虽然是在树荫下，月光被我们头上的树叶遮住了，朦胧中我看不清楚他的脸，但是我却仿佛看见了一对忍受的、苦恼的眼睛。

"先生，请你看清楚这只船的号头。"他不等我发问就先开口了。他把船的号数指给我看。我俯下身子看清楚了是53号，我相信我可以记住这个号数。我不明白他为什么要我知道这个号数，难道真是怕我们回来时不认识他的船吗？这个意思我还不大明白，但是我决定上岸去了。

"先生，你看清楚船的号数了，那么请你放点东西在船上。……"

我不再听下去了。我明白一切了。他还是不相信我们。我俯下头看我的身子，我没有一件可以留在船上的东西，而且即使有，我也决定不再留下什么了。他不相信我，我一定要使他明白自己的错误。如果我留下东西，岂不是始终没有机会向他证明我们并不是骗子吗？

我短短地说了"不要紧"三个字，就迈着大步走上去了。我要赶上张和黄。

"我划到岳坟等你们吗？"船夫在后面大声叫，声音里似乎充满焦虑，但是我不去管他。

"不，在西泠寺前面等。"黄抢先大声回答。

他的话船夫似乎不懂，而且我也不明白。西泠寺这个名称，我第一次听见。

"我在楼外楼等罢。"船夫这样叫。

"不，给你说是在西泠寺。"黄坚持说，并不知道自己的错误。

我笑着对黄说："只有西泠印社和西泠桥，从没有听见说西泠寺。"我又大声对船夫说："好，就在楼外楼等罢。"我想多走几步路也好，免得跟船夫打麻烦。

我们已经走出了树丛，现在是在被月光洗着的马路上了。

这里我一年前曾经来过，那是第一次。当时正在修路，到处尘土飞扬；又是在白天，头上是一轮炎热的骄阳。我额上流着汗，鞋里积了些沙石，走完了苏堤，只感到疲倦，并没有什么好的印象。

如今没有人声，没有灯光，马路在月光中伸长出去，两旁的树木也连接无尽，看不见路和树的尽头。眼所触，都是清冷，新鲜。

密密的桑树遮住了两边的景物，偶尔从枝叶间漏出来一线的明亮的蓝天——这是水里的天。

"好极了！竟然有这么清凉的境界！"张仰起头深深地吸了一口气，然后赞叹说。

"你还叫我们不要上来，你几乎受了船夫的骗，"黄得意地对我说，"你看这里多么好，比三潭印月好得多！"

我只是笑。我觉得我笑得有点不自然。我在赶走我脑中的另一种思想。

我们走过一道桥。我们站在桥上，湖水豁然地出现在我们的眼前。这一道堤明显地给湖水划分了界限。左边的水面是荷叶，是浮萍，是断梗，密层层的一片；可惜荷花刚刚开过了。右边是明亮的、缎子似的水，没有波浪，没有污泥，水底还有一个蓝天和几片白云。虽然月亮的面影不曾留在水底，但是月光却在水面上流动。远远的，在湖水的边际有模糊的山影，也有明亮的或者暗淡的灯光，还有湖中的几丛柳树，和三潭印月的灯光。游船不过几只，比较看得清楚的是我们的那一只。船夫慢慢地荡着桨，把船淌在湖心，直向着有灯光、有树影、有房屋的白堤淌去。

"你看他划得这样慢，"黄不满意地说，一面大声对着那只船叫，"划快一点！"船上果然起了含糊的应声。船还是向前面流。我仿佛看见那个船夫吃力地划着桨，带着苦恼的面容，朝苏堤这面望。其实我看不见什么，我只看见船的黑影与人的黑影在明亮的水面上移动罢了。

我突然被一种好奇心抓住了。我想要是我们果然就在白堤上坐了车回旅馆去呢，在月光下面，斜卧在人力车上，听着当当的铃声，让健壮的车夫把我们拖过白堤的光滑平坦的柏油马路，回到湖滨的旅馆里，把船夫留在楼外楼下面空等，等了一点钟，两点钟，等到无可等待的时候，只得划着空船回去，以后他到什么地方去找我们呢？我们明天就要离开杭州了。我们是很安全的。而他呢，他就会受到一次惩罚了，他会后悔不该随便怀疑人。他会因为这笔快要到手却又失掉的钱苦恼。或者他竟然会因此失去一顿早饭，这倒不至于，不过我希望能够如此。于是我的耳边响起了他的自怨自艾的话，他的叹气，他的哭泣，他的咒骂。我觉得我感到了复仇心和好奇心的满足。

我们这时候又走过了一道桥。可是周围的一切已经不再像先前那样地明亮了，它们在我的眼前开始暗淡起来。月下的马路，浓密的树丛，明亮的湖水，模糊的山影，都不再像先前那样地美丽了。我的脑子里出现了一个后悔的、朴实的脸庞，还带着一对忍受的、苦恼的眼睛。它占据了我的脑子，把别的一切都赶走了。我的耳边又接连地响起了自怨自艾的话，叹气，哭泣和咒骂。我差不多完全沉醉在这个想象中了，我的脸上浮出了满足的微笑。我的心开展了。我慢慢地下着脚步。

过了一些时候，我开始感到心里空虚了。刚才的满足已经不知道消失在什么地方去了。它来得那么快，飞去也是这般速。依旧是月光下的马路，依旧是慢慢下着脚步的我。可是我这颗心里却缺少了什么东西。这时候我再想到逃走的打算，觉得毫无意义。我只感到一种悲哀，一种无名的悲哀。

张和黄仍然不停地赞美周围的景色和月光的美丽，但是已经引不起我的兴趣了。

我们看见了路灯，遇见了两三个人，走过了最后的一道桥。我们走完了苏堤。

黄后悔地发现自己说错了地方。原来在这里泊了几只小船，我们本来可以在这里下船的。于是我们下了堤，转了弯，走到岳坟旁边的码头。这时候我才明白船夫的话是对的，他本来说要在这里等我们。

"起先我们叫他把船停在这里就好了！"黄后悔地说。

"他本来说把船停在岳坟等我们，你却叫他靠到白堤上去，这是你的错。"我这样抱怨他。

"我起先不知道这里就是岳坟，"黄笑着说，一面向白堤望了望，"我们叫他把船摇过来好了，他刚刚摇到了那边。"黄并不征求我们的同意，就用手在嘴边做个扬声筒，大声叫道："喂，把船摇过来！喂，把船摇过来！"

我向楼外楼那边看。我看见了灯烛辉煌的楼外楼酒馆，看见了楼前的马路，看见了泊在柳树下面的几只小船。

从那边，从小船上送来了应声，接着又是黄的"喂，把船摇过来"的叫声。我们等待着。

"不要叫他摇过来，还是我们走过去罢。在月夜多走走也不坏。"张忽然举头望着秋瑾墓前的柳树说。

我无意间向秋瑾墓看去。稀疏的一排高柳垂向岸边，丛生的小草点缀了墓前的一条石板道。月光从树梢洒下来把柳枝的纤细的影子映在石板道上。没有风吹动柳树，没有脚步扰乱草间的虫鸣。我便附和着张说："好，还是散步好些，也没有多少路，并不远。"

"然而船已经摇过来了，"黄反对说，"你们早又不说！"这时候船已经走在半路上了，好像比先前快了许多。

"那么就叫船摇回去，我们还是在那里上船罢。"张提议说。

"船既然摇过来了，就坐上去罢。何苦叫船夫摇来摇去。他不是已经疑心我们有意骗他吗？何苦老是叫他担心！"我说了自己不愿意听的话。我又一次掉头去望秋瑾墓。我想只要走十多步路的光景，我们就可以在垂柳拂着的石板道上散步了。

船摇过来了。黄第一个就抱怨船夫说："你划得这样慢！"

船夫似乎并不留心听黄的话，他只顾说："你们先生叫我在楼外楼等的。"出乎我的意料之外，他的声音里充满了喜悦。用什么话来形容这种喜悦才适当呢？就说是绝处逢生罢。

我不由自主地看他的脸。他无意间把头往上面一仰，月光在他的脸上掠过。我看见那是一张朴实的、喜悦的脸。我觉得自己也被一种意外的喜悦感动了。

船在水面上淌着，比先前快了许多。这一次我和张、黄两个换了座位。我跟船夫离得近。我掉过头注意地默默观察他的动作。我觉得现在的他跟先前的他完全不同了。先前的一个是苦恼的，现在的一个是快乐的。而且现在的比先前的似乎还要年轻些。

我也许还不知道他的喜悦的真正原因，但是我自己也被一种从来没有感到过的喜悦抓住了。我觉得这一次我才是真正地满足了。我想笑，我想哭。我很庆幸，庆幸好奇心和复仇心并不曾征服了我。……

最后我们回到了湖滨。我在他应得的船钱以外，多付了一半给他。他非常喜悦、非常感动地接了钱。

我们要走开了，忽然我觉得非跟他说一两句话不可。究竟这是什么缘故，我也讲不出来。不过我确实跟他说了话。我问他："你家里还有什么人吗？"我的意思并不是要说这句话，然而我却这样说了。

"只有一个女儿……十多岁的女儿……她在家生病……我现在就要去买药……"他断续地说，他的喜悦在一刹那间完全消失了。

我呆呆地立在码头上。我想不到会从他那里听到这样的答话。我不知道究竟怎样做才好。我也想不到应该拿什么话安慰他。

他忽然拔起脚就跑。我慢慢地转过头，我看见他还在不远的地方跟一个人说话，但是一转眼间他就消失在人丛中了。

　　张、黄两个人走回来，带笑地问我站在码头上干什么。我只是苦笑。

　　最后我还应该补说一句：今天晚上并没有去博览会塔。

（原载1931年11月1日《中学生》第9号）

复 仇

一

　　这年夏天老友比约席邀请我到他底别墅去度夏。

　　我去的时候，那里已经有了几个客人。一个是医生勒沙洛斯，一个是新闻记者福拉孟；还有一位比叶·莫东，是一个中学教员，我跟他第一次见面。我们几个人都是单身汉。

　　比约席底别墅在一个风景优美的乡村。一条河流把全村围抱在里面。岸边有一带桦树林，点缀着许多家房屋，有的是中世纪式的古建筑物，有的又是现代的样式。绿的、黄的、红的、灰的，各种颜色的屋顶在夏天的太阳下面放射出奇异的光彩；有时候它们映在水里的倒影也似乎有了奇妙的颜色。水永远不停地缓缓流着，不论是昼和夜。有几夜，我因为读书，睡得迟。那时候似乎全村的人都睡着了，我很清晰地听见了流水底喁喁私语。可是在平日，这种声音是听不见的。我想，在起风暴的时候，水上一定会奏出美妙的音乐。可惜我住在那里的两个月中间，并不曾有过暴风雨。

这里的礼拜堂大概很古老了，这是从褪了色的墙壁和钟楼底形状上看出来的。我不曾去过教堂。不过礼拜日早晨开始做弥撒时的钟声，我无一次不听见。严肃的、悲哀的声音从不远的地方传来，又慢慢地落进水里，好像被碰碎了似的，分散在水面；这以后它不再是严肃、悲哀的钟声，而成了低声的、微细的乐曲。这乐曲刚刚要在我底耳边消去时，悲哀的钟声又追了上来，把它完全赶走了。但是这个声音自己又撞在水面，变成了同样微细的乐曲。这样的音乐我非常喜欢。

可是我底几个朋友底趣味却跟我底趣味并不完全相同。医生和新闻记者爱打猎，比约席喜欢划船，莫东先生似乎没有什么嗜好。但是他爱写诗。他底诗，我并不喜欢，就像我不喜欢他本人一样。他底身体庞大、肥胖，有一个屠户所特有的大肚皮。两只脚又是长短不齐，走起路来一颠一跛，虽然用一根手杖撑住，也不能使他底屁股不向上耸。我当时有一种偏见，这样的人决不会写出好诗。

在这里我们底日常生活除了读书、打猎、划船、游泳、游山、散步之外，还有一件不能不提起的大事：闲谈。差不多每天傍晚，用过晚饭以后，我们都留在座位上，一面喝咖啡，一面谈论各种题目，来消磨这个夏天的夜晚。

傍晚时分空气很凉爽。我们底餐桌放在院子里，眼前是一片草地。晚风轻轻地吹起来。黄昏底香气包围着我们。白日的光线在黄昏中慢慢地飞去，让星子在黑暗中放出它们底光芒。在友谊的讨论中，在和平的环境里，我们底日子就这样幸福地过去了。

有一次我们不知道怎样谈到幸福上面来。对于平时职务繁忙的我，这样的生活就是很幸福的了。我当然表示出我底这种意见。新闻记者同意我底看法。

可是莫东先生却发出了奇怪的议论，他引了英国诗人布郎宁底话，说人生的至上善就在于跟少女一吻①。诗人并不是在跟我们开玩笑。我们单看他说话时的那种梦幻的样子，就可以知道他这时候真正在梦想着少女底嘴唇。这使我们忍不住笑起来。

"人生底最大幸福就是看见正义胜利的时候。"比约席说，他是学法律的人，说这种话也不无理由。

后来轮到医生发表他底意见了。做医生的人总是以救人为幸福的，我这样想。

"复仇——"医生慢腾腾地说出这两个字。

"复仇?"我们都惊叫起来。

"是，我说最大的幸福是复仇。"他镇静地说。但是他又闭了口，好像静静地等候着我们底反驳。

我们都不发言，只是默默地带了疑问的眼光望着他。他似乎在沉思。过了一会儿，他终于开口解释他底意见。他底声音很镇定，但是里面仍旧有一点痛苦底味道，这说明他说的话曾经给了他很深刻的印象。

二

复仇——不错，复仇是最大的幸福，我是这样相信的。

在两年以前，我到过意大利，在某小城的旅馆里我住了一个多月。有一天晚上，我已经睡了，忽然一声枪响惊醒了我。过了一会

① 见英国诗人罗勃特·布郎宁（R. Browning，1812—1889）老年写的一首诗《至上善》（*Summum Bonum*）。

儿房东跑来敲我底房门。我开了房门，看见她底惊惶的面孔。她惊急得几乎说不出话来。她告诉我下一层的房间里有一个房客自杀了。

我连忙提起皮包跟着她下去，到了那个房间。可是已经迟了。

地上躺着一个瘦弱的青年。他底胸膛露了出来，偏左一点有一大团血迹，脸色白得像一张纸，喉咙不住地响。我俯下去听了他底脉，知道已经无望了。死已经来了。我刚刚站起来，他忽然睁开了两只血红的眼睛，口里说了一句："我是福尔恭席太因。"喉咙里再吼了几下，便死了。

这个人，我见过几面。我们虽然同住在一个旅馆里，但是在楼梯上遇见时，连"日安"、"晚安"也不曾说过一声。他底相貌非常阴郁，好像从来不曾有过笑容。我虽然常常想招呼他，但终于对他生不出感情。一直到这个夜晚我才知道他是福尔恭席太因。

福尔恭席太因这个姓，你们总该记得罢。他是曾经轰动全巴黎的鲁登堡将军暗杀案底凶手。他杀了鲁登堡以后就不知逃到什么地方去了。谁也不知道他底踪迹。难道他真是在这里吗？那么他为什么自杀呢？

我从房东那里知道他是一个名叫约翰·伦斯塔特的德国人。在这里住了半年多，在一个铁厂里作工。他没有朋友，也没有家属。他并没有什么嗜好，房里弄得很整洁，房钱到期即付，从不拖欠，倒是一个很好的房客。

我听了房东底话，便不敢相信这个自杀的青年就是刺杀鲁登堡的凶手。我想他也许是另外的一个福尔恭席太因罢。但是这时候我无意中看见他底衣袋里露出了一个纸角，我便把它抽出来。原来是一束文件。我只瞥见"福尔恭席太因底自白"几个字，便把它塞在寝衣底袋子里，房东似乎不曾注意到。

　　警察也来了，我除了回答一些照例的问话以外便没有什么事情。警察们忙着处置尸体。我便回到自己底房间里来。

　　夜已深，四周非常静。圆月挂在蓝天里，它底清冷的光芒从开着的窗户射进来，但是在屋内的电灯光下消失了。蓝天的意大利整个地睡去了，我这个异邦人却怀着激动的心情读那个全欧洲的人所想知道而没法知道的秘密。

　　福尔恭席太因底遗书很长，而且我现在也记不完全了，我只把大意告诉你们。他底自白大约是这样的。在下面的叙述中我自己可能加了一些话，但是大意总不会错，我现在仍旧用他底口气讲出来：

　　"我现在要把我底生命结束了。我想这是我现在唯一的出路，因为不能忍受的生活应该把它毁掉。不过我害怕以后会有人怜悯我，说我没有勇气生活，才去走死路，所以在临死前我决定写下我底自白来。

　　"福尔恭席太因这个姓一年前曾经轰动过全欧洲，被各国报纸称为'最可怕的凶手'，被法国警察追缉，一般人都不知道他底行踪，这样的一个人现在却要无名地死在这里了。

　　"有些人也许会说我底死是在忏悔我底罪恶。其实我对于杀死鲁登堡的事，并不后悔。我所杀过的人除了鲁登堡还有一个叫做希米特的军曹。我一点也不悔恨。我以为我杀他们是正当的。

　　"三年前，我还在家乡。那时我刚同我底吕贝加结婚不几月。我们开设了一家杂货店，两人过活得也还幸福。

　　"然而在这个城里发生了所谓反犹运动，成立了专门的团体，由反动的军官指挥，先用各种宣传煽起种族的仇恨，然后发动大规模的烧杀抢劫。

　　"有一天我因事出去了，留下吕贝加在店里。我回来时远远地看见一个军官匆忙地从我底店里出来。他走过我底身边，轻蔑地望了我一眼，便向前走了。他底脸上有抓破的地方，军服也很凌乱。我忽然不自觉地感到灾祸底到来，便加速了脚步，跑进店里。我推开门，看不见吕贝加。我狂叫她，也听不见回声。我跑上了楼。

　　"天呀！她赤裸裸地躺在地上，满身都是血。我狂热地吻她底脸。她底脸，她底小手，都冷了。她底眼睛深闭着，并不睁开来看我最后一眼。我哭，我痛哭了许久。

　　"我忽然有了一个思想。我认得那个军官是希米特军曹。我马上跑了出去，到了司令部，要求见鲁登堡将军。鲁登堡将军接见了我。他听了我底请愿以后，并不说什么，只是微微一笑，就叫两个兵士把我带出去了。

　　"我被他们关了两天，等我回到店里时，什么都没有了。我底东西被他们毁得精光。

　　"我没有家，我没有亲人，没有产业，连我所爱的妻子底遗体也没有了。这茫茫的世界中我还有什么去处？生活里没有一点可以留恋的东西。在我前面横着一条死路。我真想像许多失望的人那样，到那里去寻找安慰！

　　"忽然一个思想像一线光明似的射入了我底脑子。复仇，复仇！我似乎又找到一个生活底目标了。我还是要活下去的。在这个世界中我虽然没有一个亲人，但是我却有仇人呢！我要为复仇而生活。烈火烧着我底心，我以最大的决心宣誓要对希米特和鲁登堡两人复仇。我决不放过那两个刽子手。

　　"我虽然失去了我底吕贝加，但是我底复仇心也够使我生活下去了。忍耐也许是痛苦的事，但是一想到复仇，我就有力量了。我必须忍受一切以达到我底目的。

"我怀着这样的决心，离开了这个成了废墟的家。我并没有什么遗憾，在我什么都死去了。只有一个东西占据了我底整个思想：复仇。

"经过了短期的飘泊的生活，我居然弄到一个德国人底护照，在这个城里做了马车夫。我过着极其刻苦的生活，一面锻炼我底身体，以便进行那个伟大的工作。

"天幸机会终于来了。在一个大风雨之夜，我把车停在一家大咖啡店门前，自己坐在上面打盹。已经很迟了，忽然一个粗暴的声音叫醒了我。我看见一个喝醉了的军官站在我底面前。我打了一个冷噤。在这微弱的马车底灯光下，我认得这是我底仇人希米特。仇人底面容我一看就认出来了。

"我让他上了车，并不拉向营里，却把车赶向河边去。我底心里充满快乐，一路上正在打算怎样向他复仇。

"到了河边，雨势已经小了。我停了车，走下车来给他开了车门，说：'到了，请下来罢。'他一摇一摆地走了出来，看见了河水，吃惊地问：'这是什么地方？'

"我底手已经拉住了他底领口，我狂暴地叫起来：'你这狗，可认得我？'——'你？'他思索了一下，忽然眼里现出恐怖的表情叫道：'你？——福尔恭席太因？'他似乎吓着了，身子也站不稳。但是我紧握着他底领口，一手扯开他底外衣，又从我底怀里摸出一把匕首来，在他底脸上晃了一下。

"'放了我，饶了我罢，看在上帝底面上！'他一点男子气也没有，竟然向我跪下了。但是我底妻子底血使我忘记了一切。'狗，现在我要拿你底血来洗我妻子底血了。'我说着就对准他底胸膛把匕首刺了进去。他哀叫了一声。在车灯底微光下我看见他底痛苦的挣扎和脸上那种难看的表情，我非常满意，我觉得我一生从来不曾有过这样的幸福。雨点打湿了我底身体。但是我底心还很热。我抽出匕首，血跟了出来。我把匕首放在嘴唇边，用舌舔着刀叶，我把血都吃了。我不觉得有什么味道，只觉得热。我藏了匕首，把那个垂死的身体拖到岸边，抛进河里去了。

"雨势又大起来，在漆黑的天空中，看不见什么，他底身体马上就被浪花吞去了，一点踪迹也不留，一声呻吟也没有。河岸上跟先前完全一样。这好像是梦，可是我底身子很热，唇边还有血底气味。

"我赶车离了河岸，一路上我唱着歌，心里非常快乐，觉得我是世间最幸福的人。我底仇人已经在我底手里死掉一个了。

"希米特失踪了，但没有一个人知道是我把他杀死的。不过我不久也就离开了这个城市，因为鲁登堡已经离开这里了。

"这三年来我到处跟着他。他到哪里，我也要到哪里。自然在他旅行是容易的；在我却很困难，往往因为筹旅费的缘故耽误了时间，等我赶到那个地方，他已经走了。我跟他到过来比锡，到过汉堡，到过柏林，到过维也纳，最后到了巴黎。三年来我历尽千辛万苦，做过种种的工作，每天只吃白面包，喝清水，但是我从没有一天失掉过健康和勇气。一个伟大的理想鼓舞着我，——复仇。一想到那个屠杀犹太人的刽子手而且是我底仇人的鲁登堡底死，我觉得这是莫大的幸福。为了这个未来的幸福，我就忘记了一切的痛苦和琐碎事情。

"到了巴黎以后，我买了一支手枪，到处探访他底踪迹。后来从一个犹太朋友那里知道他常常到日光咖啡店去。

"我每天出门时总要把那支装好子弹的手枪吻许久。有一天我果然找着他了。他一个人坐在咖啡店里面。

"我闯了进去，对他叫道：'现在福尔恭席太因找着你了。'我连续发了三枪，我亲眼看见三颗子弹都打进了他底身体。他只是呻吟着。我却在一阵混乱中逃走了。这是我一生中最快乐的时候。

"没有人捉住我，我到过比利时，到过瑞士，才到了意大利。我底姓名响遍了全个欧洲，可是我自己却依旧困苦地、无名地而且像一只狗那样被人追踪地活着。

"我底精力渐渐地消失了。从前因为有仇人在，有复仇的事待做，所以我能够历千辛万苦而活着。现在呢，生活没有了目标，复仇的幸福已经过去。我没有家，没有亲友；在前面横着不可知的困苦的将来。工厂里的繁重的工作和奴隶般的生活，我实在厌倦了。我一个人不能够改变这一切。我决定把我的生活结束，因为我一生再也不会有那样的幸福了。"

三

医生说到这里，停了一会儿，把桌上的一杯咖啡端起来喝完了，又惋惜地接下去说：

"福尔恭席太因底遗书大概就这样完结了。我很对不起他，不曾把他底遗书发表，因为他底话虽是真实的，我虽然也像他那样相信复仇是最大的幸福，但是人们互相仇杀的事在我看来终于是可怕的。难道除了复仇以外，我们便找不到别的道路吗？……譬如宽恕，不更好吗？……"

"我倒劝你把他底遗书交给我发表，这样就可以把鲁登堡事件底悬案解决了。你把福尔恭席太因底秘密永远藏在你底心里，又有什么好处？"新闻记者热心地说。

医生在沉思，还没有答话，比约席开口了。他严肃地、决断地说："在现在，除了以眼还眼，以牙还牙外，还没有别的路。"

路，我想是有的，不过他们不想走罢了。至于路是什么呢？在我也只有含糊的概念。

奇怪的是医生既然相信复仇是最大的幸福，却又说起宽恕来。这不是很矛盾的吗？

我们都在思索，大家不再开口。我默默地抬起头，望着繁星在深蓝的天空中飞舞。

（原载1930年9月1日《中学生》第8号）

后　记

　　有一天我和女儿小林谈起浙江文艺出版社编选的我的散文集，小林说："还可以编选一本篇幅差不多的小说集。"我说："那么你来试一下。"现在她把小说集的全稿送到了我面前，厚厚的一册，我翻看了一遍，无法拒绝她的要求：为这本小说集写几句话。

　　我年轻时候编集子、出书，总喜欢在书前或书后写一些心里话，好像害怕读者不懂自己的用意，还拉住他们喋喋不休。别人说我啰嗦，我并不在乎。话越积越多，也是厚厚的一册。

　　大概是这样吧：人年纪越大，讲话越少。我写来写去，也感觉到笔重千斤挥动无力了。很奇怪，在广州出版的那本《序跋集》是怎样编成的？

　　不管怎样，我还要为这本小说集写几句话。于是我又翻开这部稿子，我一眼看到"莫东先生"几个字。这是我早期短篇小说《复仇》的第一页。莫东先生是一个讲故事的人物，真实的生活里他是沙多-吉里，拉封登中学的德语教员，我在他的班上学习了一年，

1928年暑假后我离开中学，他已到南方避暑去了，以后便没有再看见他。

1979年我重访沙多-吉里，中学似乎改变不大，但是我见不到一个熟人。人们和我谈起校长赖威格、总学监热沃米尼，都是几十年前的事情。还有人满面笑容地谈到莫东先生，我觉得眼前一亮，马上记起来五十一年前身材高大的莫东先生就在学校的院子里跟我告别，他惋惜不能同我在一起继续学德语，他希望我回国后不要放弃学习，他送给我一本巴黎出版的德语课本作为纪念。

我对这位老师有较深的感情，我经常把他的礼物带在身边，有空便拿出来朗读。1940年我去西南，也带了它去，从昆明到重庆，给自己印象最深的，就是我住在沙坪坝的时候，几乎每天拿着这德语课本一个人在茶楼上消磨大半个寂静的上午。后来从成都回重庆，我便写了《爱尔克的灯光》。爱尔克的故事就是在德语课本中看到的。姐姐爱尔克每夜在窗前点着长明灯，给航海的弟弟照路，最后她带着希望进入坟墓。在我的想象中她闭上眼睛前叹一口气说了一句"我有信仰"，她相信她的亲人还在海上。

抗战胜利后我回到上海，丢失了从沙多-吉里带回来的德语课本。德语并未学成，而唯一的把我和老师的纪念连在一起的东西也消忘了。我为那些失去的记忆感到惋惜。

那些记忆真的失去了吗？怎么我又在这本集子里见到了"爱尔克的灯光"？我明明看见莫东先生在学校院子里。不，记忆永远不会消失。我为一本书所写的前言后记都是挂在窗前的一盏小灯，不是为读者而是为作者自己照亮道路。

巴　金

1992年5月30日

图书在版编目(CIP)数据

巴金小说 / 巴金著 ; 李小林选编. —杭州:浙江文艺出版社,2018.6

(名家小说典藏)

ISBN 978-7-5339-5314-0

Ⅰ.①巴… Ⅱ.①巴… ②李… Ⅲ.①中篇小说—小说集—中国—现代②短篇小说—小说集—中国—现代 Ⅳ.①I246.7

中国版本图书馆 CIP 数据核字(2018)第 092038 号

责任编辑　邓东山
装帧设计　私书坊 _ 刘　俊
责任印制　朱毅平

巴金小说

巴金　著　李小林　选编

出版　浙江文艺出版社
地址　杭州市体育场路 347 号
邮编　310006
网址　www.zjwycbs.cn
经销　浙江省新华书店集团有限公司
印刷　杭州富春印务有限公司
开本　650 毫米×970 毫米　1/16
字数　250 千字
印张　20.75
插页　2
印数　1-6000
版次　2018 年 6 月第 1 版　2018 年 6 月第 1 次印刷
书号　ISBN 978-7-5339-5314-0
定价　45.00 元